우주화

온우주
단편선
0 1 2

우주화

권 민 정 작 품 집

온우주

우주화

차 례

온우주
단편선

나 하 의   거 울

나 하 의   거 울

쑥을 뿌리째 뽑아 피운 모깃불 연기가 맵다. 자욱한 연기가 바람에 실려 검은 하늘로 치솟지만, 그래도 하늘은 넓어 연기를 품에 안고도 별이 반짝일 구석자리가 남아 있다. 대청에 앉은 노인은 짧은 소매 밑으로 드러난 팔이 밤바람에 으슬으슬하기도 하련만, 한쪽 무릎에는 금琴을, 다른 쪽 무릎에는 자고 있는 아이의 머리를 올려놓고 둘을 번갈아 쳐다보는 데 여념이 없다. 노인은 한 손을 들어 무심히 현을 어루만지다가 아이가 움찔하자 금을 무릎에서 내려놓는다. 무슨 꿈을 꾸는지 아이의 눈꺼풀이 파르르 떨리고 피 맺힌 작은 손가락이 움찔거린다. 노인은 그만 뭉클해져 주름진 손으로 아이의 머리를 쓰다듬는다. 어린것이 고생도 심하지. 아이가 손이 아프다며 울먹거리면 버럭 노기를 드러내 억지로 금을 안겨준 노인이지만, 작은 손끝에 꽃망울처럼 맺힌 피를 보면 가슴이 턱턱 막히는 것은 어쩔 수 없다. 노인은 아이가 깰세라 조심스럽게 아이의 손을 쥐어본다. 앞으로 이 작은 손은 갈라지고 터지기를 수없이 반복해야 할 것이고 노인은 몇 번이고 아이에게 화를 내야 할 것이다. 손끝이 단단하게 굳어 금을 만지기에 자유로워지기까지 노인도, 노인의 스승도 그리하였으니까.

한숨 같은 흐느낌이 노인의 밝은 귀에 스며든다. 고개를 숙여 바라본 아이의 입술이 부모를 찾고 있다. 노인이 아이를 데려온 것은 아이 어미의 장례식 날이었다. 생전에 아이 어미에 대해 생각하길 꺼렸던 노인은 그날 처음으로 아이 어미의 얼굴을 떠올려보았다. 흐리게 남은 기억 속의 얼굴은 제법 희고 고왔다. 아이 어미가 죽은 것은 불 때문이라 했다. 다행히 아이 아비는 일하러, 아이는 친구와 놀러 나가 무사했지만 아이 어미는 집과 함께 형체도 찾을 수 없을 만치 스러져버렸다. 아마도 그녀의 이름 뒤에 놓여 있던 관에는 뼛조각 몇 개밖에 들어 있지 않았을 것이다.

"요망한 년, 도리어 잘된 일이지."

노인의 입술이 바르르 떨린다.

아이 아비는 노인의 네 번째 제자였다. 그의 맑디맑은 재능은 노인이 '채해'라고 부르며 귀여워할 정도로 출중한 것이어서 나름대로 뛰어나다고 자부했던 다른 세 명의 제자들이 둔해 보일 지경이었다. 노인은 아이 아비 이후로 더 이상 제자를 받지 않고 그에게만 매달렸다. 돈을 털어 이름난 명산과 계곡으로 데리고 다녔고, 명인의 연주가 있다 하면 자신은 못 가도 아이 아비를 대신 보냈다. 현에 손가락 얹는 방법 하나 소홀히 가르치지 않았고 아침저녁으로 금을 다루는 마음가짐을 단단히 일렀다. 결국 다른 제자들은 그런 노인에게 질려 떠나버렸지만 노인은 아침에 다르고 저녁에 또 다른 아이 아비의 발전을 보며 마냥 기뻐했다.

노인은 아직도 눈을 감으면 아이 아비의 금음琴音을 또렷이 떠올릴 수 있다. 그 소리는 강처럼 도도하고 장중해서 어느새 노인을 뛰어넘고 있었다.

'그래, 너만은 진음眞音을 얻거라.'

노인은 아이 아비 몰래 뜨겁게 뺨을 적셨다.

그러던 아이 아비가 아이 어미를 만나자 금을 팽개치고 세상으로 나갔다. 사람들과 부대끼고, 돈을 벌고. 아이 아비의 맑디맑은 재능으로는 그리 살 수 없을 것이라 생각했는데, 그는 깨어진 거울을 버리듯 쉽게 금을 포기했다. 이후로 노인은 다른 제자를 키울 생각조차 못하고 십여 년을 흘려보냈다.

아이 아비의 집에서 난 불은 멀리 살던 노인의 귀에도 전해질 만큼 대단했다. 노인은 아이 아비의 이름을 듣고 기가 막혀 입만 벌리고 있다가 간신히 정신을 추스르고 찾아갔다. 아내를 잃고 집을 잃었으면 마음이 바뀌었을 만도 하련만 오랜만에 본 아이 아비는 금을 버리겠다고 선언하던 때와 마찬가지로 당돌한 눈을 하고 있었다. "이래도 금을 버린 것이 후회되지 않는단 말이냐?"라는 힐문에 "금을 잡았던 때보다 지금이 낫습니다. 금을 잡았을 때는 혹여 틀릴까, 듣는 이의 심기가 어떠할까 싶어 금 타기가 두려웠고 그 소리가 마음을 할퀴었지만, 금을 놓은 지금은 금이 편하고 그 소리가 아름답습니다."라 받아칠 정도였다. 그때 노인의 눈에 구석자리에 누워 자던 아이가 들어왔다. 노인은 생활고를 구실 삼아 아이를 빼앗듯 안고 나왔다. 아이 아비는 다시 살 곳을 마련할 때까지만이라고 정색해 말했지만 노인의 귀에는 들리지 않았다. 그렇게라도 하지 않았더라면 노인의 대에서, 노인의 음악은 끊겼을 것이다.

누구에게 말한 적은 없으나 노인은 울서蔚西 사람 이현의 뒤를 이은 자였다. 이현은 남연 15년에 태어난 사람으로 그의 음은 잊혔지만 "백색의 눈이 땅을 씻기고, 녹색의 비에 초목이 물든다"는 구절로 유명한 계절가의 작자이다. 그는 당대의 문인으로도 유명했으나 스스로는 악사를 자처했으며 임금의 총애를 받아 왕실행사에는 그의 연주가 빠진 적이 없다 한다. 사람들 앞에서 연주하는 데 인색하지 않은 그였지만, 그의 연주를 듣기 위해서는 쌀 백 가마니도 아깝지 않았다 하니 사실이라면 참으로 대단한 일이다. 다만 어지간히 금을 탄다 하면 개나 소나 이현의 후예라 자처해 그의 명성이 흐려진 것이 안타까울 뿐이다.

노인에게 금을 가르친 것은 윤명원尹明原이라는 사람으로, 그의 집안은 고조부 윤훤尹喧 때부터 대대로 금을 연주했다. 윤명원은 자식이 없어 대가 끊길까 걱정하던 차에 노인의 재능을 알아보고 자기 밑에서 금을 배우게 했다. 윤훤의 스승은 기람基覽이라는 사람이었는데, 이 생소한 이름의 야인은 궁중 악사 유상柳想이 늘그막에 거둔 유일한 제자였다. 유상은, 역시 궁중 악사였으며 최초로 자신의 악곡집을 남겨 유명한 단립但立과 함께 당대의 재인 송하宋河의 문하에 있었는데 송하는 금이면 금, 적笛이면 적, 고鼓면 고, 다루지 못하는 악기가 없었다고 한다. 송하는 음악을 사랑하는 어느 사대부 집안에 얹혀 살았던 금영金英의 여섯째 제자였다. 금영을 아꼈던 사대부가 요경록要經錄의 관희상罐熙嘗이란 이야기도 있고 후세 사람이 쓴 관희상전罐熙嘗傳에는 그것이 참인 양 쓰여 있지만 알 수 없는 노릇이다. 바로 이 금영의 외가가 '울서 이 씨' 가문으로 금영은 이현의 후예가 되는 것이다.

노인은 차근차근 머릿속을 더듬어 거미가 줄을 타고 오르듯 계보를 타고 오른다. 노인의 계보는 그 유명한 이현에 이르러서도 멈추지 않는다.

이현은 아버지 이경李境의 친구였던 당익唐翊에게 금을 배웠는데, 기록은 평인이었던 당익이 당시 관직에 있던 이경에게도 거리낌 없이 술주정을 할 정도로 언동과 행실이 무례했다고 전한다. 이를 보면 당익도 전성기의 이현 못지않게 금을 다뤘음이 분명하다. 그렇지 않으면 이경이 신분이 다르고 고상하지 못한 당익에게 아들을 맡길 턱이 없지 않은가. 당익에게 금을 가르친 것은 당익의 어머니 두연이었는데 그녀는 진덕陣惪사람 채해採海의 아내인 나하那荷의 딸이었다.

채해까지 이르러야 노인의 계보는 더 이상 오르지 못하고 막힌다. 그러니 정확히 말해 노인의 원류는 이현이 아니라 채해라 해야 할 것이다.

채해는 이현과 다른 의미로 유명하다. 기록을 확실하게 남기고 부요한 생을 살았던 이현과 달리 제대로 남긴 기록 하나 없으며 입에서 입으로 전해지는 그의 삶도 그리 행복한 것이 못 되었기 때문이다. 이현이 역사적 사실이라면 채해는 전설이고, 이현이 음악의 큰 열매였다면 채해는 그 씨앗이라고 볼 수 있다. 그런 만큼 채해가 음악을 하는 사람들에게 의미하는 바는 오히려 이현보다 크다.

✡

진덕 사람 채해는 상제가 천상음을 전하라고 세상에 내린 것처럼 뛰어난 사람이었다고 한다. 그의 밝은 귀는 십 리 밖에서 겹겹이 뭉쳐 흐르는 풀벌레 소리, 풀잎 소리, 바람 소리의 미세한 차이를 구분해냈고, 날랜 손은 그 소리를 금으로 연주했으며, 목소리는 청아하여 한 번 입을 열면 온 마을의 새들이 날아올라 하늘에서 춤을 출 정도였다고 한다. 나라 안으로 그의 명성이 닿지 않은 곳이 없고 사립문 밖에는 그의 연주를 듣기 위해 한겨울에도 사람이 끊이지 않았다. 마을 사람들은 그의 집에서 흘러나오는 금음과 노랫소리에 기뻐하며 채해를 자랑스레 여겼다.

비록 작은 초가에 살았고 가족은 홀어머니와 보기 드문 옥거울을 가지고 시집온 조용한 아내가 전부였지만 그의 집은 언제나 활기가 넘쳤고 채해는 부러울 것이 없었다.

어느 날, 지방의 유명한 귀족이 그의 연주를 듣기 위해 진덕 땅을 찾았다. 혹자는 이 귀족이 허식 차리기로 소문난 경임왕經任王

이라고 하지만 경임왕이 태어난 것은 서강 6년경이고 노인의 계보로 따져볼 때 채해는 영동 2년에서 12년경의 사람이니 시대가 서로 맞지 않는다. 제법 풍류를 안다고 자부하던 이름 모를 귀족은 채해의 초라한 집 안에 앉아 음악을 청했다. 채해는 성심성의껏 연주하였다. 과연 봄 햇살이 떨어지듯 맑고 밝다가 바다가 출렁이듯 깊고 넓게 퍼지는 금음에 새들이 날아오르고 사람들이 일손을 멈췄다. 귀족은 내심 감동하였지만 금을 거두고 앉은 채해가 당연하다는 듯 빙그레 웃자 괜히 자존심이 상해 마음에 없는 소리를 꾸몄다.

"공의 솜씨는 실로 뛰어나오. 그러나……."

"가르침을 받겠습니다."

"험험, 진정한 음은 단순히 귀에 들리는 데 있지 않고 들리지 않는 곳에 있소. 종이의 흰색보다 먹의 검은색이 실로 풍요해 만 가지 색을 품고 있는 것과 마찬가지인 이치요. 그대의 연주에는 들리지 않음, 침묵이 부족하오."

귀족의 말을 들은 채해는 마침 자신의 한계를 느끼고 있던 터라 귀족에게 엎드려 절을 했다.

"어찌하면 가음假音에 진음眞音을 더할 수 있겠습니까."

"일단은…… 그렇지, 침묵을 들어보시오."

채해의 태도에 귀족이 도리어 부끄러워하더니 자리를 떠났다.

귀족의 말이 꾸며낸 것인 줄을 꿈에도 생각 못한 채해는 그날부터 침묵을 들으려 무던히 애썼다. 채해는 아내와 비슷할 정도로 말수가 줄었으며 그의 집 밖으로 흘러나오는 금소리와 노랫소리가 줄었다. 그를 찾는 사람도 점차 줄었다. 사람들은 쓸데없는 짓을 한다며 혀를 찼지만 그럴수록 채해는 거동을 조심할 뿐이었다. 그러나 잊을 만하면 채해의 금음을 타고 새들이 날아올랐다. 잊을 만하면 채해의 노랫소리에 사람들이 일손을 멈췄다. 손닿는 자리에 기대어 있는 금이 더욱 그를 유혹하였고, 입을 벌리면 튀어나오는 목소리가 더욱 달아져, 채해는 몇 번을 다짐하여도 어느새 금을 타고 노래하는 자신을 깨달았다. 침묵을 듣기에 그는 너무나 약한 사람이었다.

채해의 생활은 날로 달로 어려워졌다. 부엌 아궁이에는 거미가 줄을 쳤으며 독에는 먼지만 그득했다. 그의 금음과 노래를 잊지 못한 몇몇이 보다 못해 보리 몇 줌과 옷가지를 보내 도왔지만 예전 같지 못했다. 사람들은 살림이 그 지경이 되어도 방 안에 틀어박혀 입도 벙긋 않는 채해를 미쳤다 했고 시간이 흐르며 채해 스스로도 침묵이 과연 존재하는지, 바보 같은 짓을 하는 게 아닌지 의심스러웠다. 그러나 그는 포기할 수 없었다. 침묵만이 정체된 그의 음악을 변하게 할 실마리였다.

자식의 모습이 답답한 노모가 가슴을 치며 예전처럼 금을 타고 노래하라 하였지만 채해는 죄송스럽게 고개를 흔들 뿐이었다. 결국 울화와 고생이 겹쳐 노모가 몸져누워 다 죽게 되었다. 집을 벗어난 적이 없던 채해는 그제야 밖으로 나와 사람을 찾으며 도움을 구했지만 선뜻 나서는 이가 없었다. 세상의 인심을 절절히 느낀 그는 집으로 돌아와 노모의 손을 붙들고 눈물만 흘렸다.

"애야, 고집부리지 말고 다시 금을 잡아라. 너는 금을 놓고 살 사람이 못 된다.”

노모는 와병 중에도 채해를 걱정하였다.

“하지만 어머니, 저는 아직 침묵을 듣지 못했습니다. 침묵을 듣지 않고는 금 소리에 침묵을 담을 수 없지 않겠습니까.”

“금이 아니면 누가 너를 돌아볼 것이냐. 금을 타고 노래하던 시절에는 많은 사람이 너의 음악에 감탄하여 많은 도움을 주었다. 그런데 지금은 어떠냐. 궁핍해진 살림을 보고도 깨닫는 바가 없단 말이냐?”

노모는 역정을 내었다. 채해는 부르르 떨리는 노모의 마른 손을 꼭 쥐었다.

“그 시절의 제 음은 거짓입니다. 얄팍하기 짝이 없는 소리로 사람의 귀를 유혹했던 것을 생각하면 쥐구멍에라도 숨고 싶은 심정입니다. 저는 무슨 일이 있어도 진음을 얻겠습니다. 그리하면 지금보다 더 많은 새가 날아오르고 지금보다 더 많은 사람이 돌아봐주겠지요.”

“말은 잘하는구나.”

노모는 채해의 마음을 돌릴 수 없음을 깨닫고 슬피 울었다. 채해의 손을 놓고 저리 가라 손을 저었다. 채해는 구석자리로 물러나 웅크리고 잠들었다. 노모는 이불을 뒤척이다 자는 듯 떠났다.

다음 날, 노모의 죽음을 안 채해는 망연했다. 이리도 허무하게 가실 줄이야. 채해는 조용히 누운 노모를 바라보다가 무언가 부족한 것을 느끼고 노모의 머리카락을 쓸어보았다. 노모가 덮은 이불을 뒤척여보았다. 그러나 생전 어머니의 연약한 손이 내던

소리와 같지 않았다. 이것이로구나. 채해의 마음속에 희미한 무엇이 스쳐 지나갔다. 드디어 침묵의 한 자락을 붙든 것이다.

만일 채해가 소리로 세상을 보는 사람이 아니었다면 노모의 죽음에서 깨우침을 얻지 못했을 것이다. 채해가 화가였다면 노모의 껍데기만 남은 싸늘한 시신을 화폭에 그려 넣어 빈자리를 채웠을 것이다. 채해가 문인이었다면 노모의 생을 돌아보고 '그런 이가 있었는데 모월 모일 북망으로 떠났다'라는 구절로 빈자리를 채웠을 것이다. 그러나 채해는 화가가 아니었고 문인도 아니었다. 그는 오로지 악사였고 그의 귀에는 노모의 기침소리와 숨소리가 들리지 않음을, 이불 뒤척이는 소리가 나지 않음을, 머리카락 쓰다듬는 소리가 나지 않음을 확실히 인지시켰던 것이다. 노모는 죽었고 그 빈자리는 침묵으로 통했다.

채해는 조용히 자리에서 일어나 노모의 시신에 세 번 절한 뒤 금을 애써 벽에 기대놓고 아내의 옥거울만을 품에 넣은 채 진덕을 떠났다. 침묵이 존재한다는 것을 알게 된 이상 집에 앉아 기다릴 수 없었다. 험한 세상을 돌다보면 더 큰 침묵과 만날 수 있으리라 여겼다.

채해는 시끄러운 사람을 피해 다니기 시작했다. 그가 간 곳이 정확하게 어디인지는 알 수 없지만 아마 인적 없는 바닷가나 깊은 산속이었을 것이다. 그의 걸음은 10여 년이나 이어져 나라 안에 발이 닿지 않은 곳이 거의 없게 되었다.

10년 넘게 세상을 구른 채해의 모습은 그의 아내라 해도 알아볼 수 없을 정도로 변했다. 산에서는 뱀과 벌레를 잡아먹고 마을로 나와서는 밥 구걸을 했다. 텁수룩한 수염과 산발한 머리, 더러운 입성과 얼굴을 한 그를, 누가 감히 그 아름다웠던 채해라 여길 수 있었겠는가. 그도 품속에 있는 아내의 옥거울을 만져 확인하지 않았다면 자신이 누구인지 잊었을 것이다. 그러나 오랜 세월 고생했어도 그는 침묵을 만날 수 없었다. 어딜 가든 그의 밝은 귀에서 풀벌레 소리, 풀잎 사각대는 소리, 바람 소리, 물소리가 떨어지지 않았기 때문이다. 채해는 언제고 돌아가 침묵을 녹여 담아 금을 연주하기만을 꿈꾸며 비참한 생활을 이겨 나갔다.

어느 날, 강가로 간 채해는 화려하게 차려입은 일행이 커다란 바위 위에서 술을 기울이며 가무를 즐기는 것을 보았다. 금 소리가 제법 유려하고 흥이 도도한 것에 마음이 끌린 그는 조심스레 일행에게 다가갔다. 자신의 솜씨에 비하면 과히 훌륭하다 할 수 없는 소리였지만 오랜만에 듣는 금음이 피로를 씻어주는 듯했다. 채해는 일행 가운데 앉은 연주자를 보았다. 얼마 지나지 않아 연주가 끝나자 화려한 비단옷을 입은 사람이 술을 권했다. '좋다, 아름답다' 칭찬을 연발하는 그의 목소리와 얼굴이 낯익었다. 채해는 안력을 돋구어 그 사람을 쳐다보았다. 웬 걸인이 무엄하게 꼿꼿이 서 있는 것을 본 그자의 얼굴이 불쾌감으로 일그러졌다. 마침내 채해는 그가 누구인지 알아보았다. 그리고 소리 내어 외쳤다.

"어르신! 접니다. 진덕 사람 채해입니다!"

"채해?"

그 사람은 채해에게 침묵을 들으라 말했던 귀족이었다. 귀족의 얼굴에 의심이 가득하자 채해는 자신의 행색을 돌아보며 쓰게 웃었다.

"예전에 제 누추한 집을 찾으셔서 침묵이 부족하다 하지 않으셨습니까?"

"아, 자네였구려."

귀족은 비로소 얼굴을 펴고 아는 척을 했다. 사람들은 둘의 대화를 듣고 저자가 그 유명한 채해인가 하며 눈을 크게 뜨고 보았으나 꾀죄죄한 차림과 생김에 실망했다. 특히 금 연주자는 귀족에게 들은 칭찬에 우쭐해 "채해를 부족하다 평한 이가 내 연주를 극찬하였다. 그러니 내가 그보다 나으리라"면서 대놓고 떠들었다. 채해는 기분이 좋지 못했다.

"한 가지 여쭙겠습니다. 아까, 저 사람의 연주를 듣고 칭찬하셨는데 그의 연주는 저의 연주보다 나은 것이 없었습니다. 그의 연주에 과연 침묵이 녹아 있습니까?"

"그러니까 말일세. 침묵이란 것이 있기는 하던가? 있더라도 사람이 그것을 음 안에 녹여 넣는 것이 가능하기는 한가? 하도 옛날에 말했던 것이라 나도 내가 무슨 말을 했는지 가물가물하네."

어물쩍 돌아온 말에 채해는 귀족의 안목이 그리 높지 못하며 자신에게 말했던 것이 모두 꾸며낸 것임을 깨달았다. 그렇다면 흘려보낸 10년과 참고 참은 노래와 연주는 어찌 되는 것인가. 분한 마음이 들었지만 어쩔 수 없었다. 청자의 안목도 알아보지 못하고 곧이곧대로 믿은 자신이 어리석었다. 침묵을 들었다 여겼던 것은 단순한 착각이었던 것인가. 허망하게 돌아가신 노모와 남겨

둔 아내에게 죄스러운 마음이 들었다.

"금을…… 만져보아도 되겠습니까?"

채해가 연주자에게 물었다. 연주자는 떨떠름한 표정을 지었지만 귀족의 한 마디에 군소리 없이 금을 내주었다. 채해는 바위에 올라앉아 금을 무릎 위에 얹었다. 숨을 고르고 현에 손을 올렸다. 사람들은 유명한 채해의 연주를 듣게 된다는 생각에 떠들기를 멈추고 귀를 기울였다.

첫 음을 뜯긴 순간, 채해는 무언가 잘못되었다는 것을 깨달았다. 그는 손을 거두고 금을 보았다. 금은 멀쩡했다. 손을 놀려 다른 줄을 건드려보았다. 역시 소리가 공기 중으로 힘없이 사라졌다. 그가 두어 번 줄만 튕기자 다들 의아한 표정을 지었다. 채해는 차마 금을 더 이상 만지지 못하고 내려놓았다.

"무슨 일이오."

"아닙니다."

"허, 사람하고는. 뭐가 아니라는 거요?"

귀족이 물었으나 채해는 고개만 젓고 발길을 돌렸다. 사람들은 "거 싱거운 사람일세"하고 돌아서 금세 잊고 여흥을 즐겼다.

채해는 강을 따라 걸었다. 한참을 걸어 사람들의 모습과 떠드는 소리가 사라지자 한숨을 지으며 품을 더듬어 거울을 꺼냈다. 거울에 비친 모습, 거울을 든 손은 예전 그의 것이 아니었다. 잔상처가 가득하고 손톱이 길게 자란 더러운 손은 악사의 손이 아니었다. 그저 걸인의 손이었다. 아무것도 아닌 것을 찾아 헤맨 10년은 참으로 긴 세월이었다.

더 이상 미련이 없는 채해는 진덕 땅으로 돌아가리라 결심했다. 진덕에 돌아간다 하여 어찌할 수 있을 거란 생각은 없었지만 다른 수가 없었다. 그는 바람을 벗 삼아 열심히 걸었다. 막연히 떠돌 때와는 달리 서두른 보람이 있어 산을 하나 사이에 두고 고향 가까이 다다랐다.

이때 그는 산을 넘으며 큰 사건을 겪게 된다. 여기에는 세 가지 설이 있는데 하나는 산중에서 호랑이를 만났다는 것이고 두 번째는 시기를 잘못 타서 산을 내려가는 도중 폭풍을 만났다는 것, 세 번째는 앞의 두 가지를 다 겪었지만 호랑이를 만난 것은 진덕이 아니라 진덕 동쪽의 덕영德零 근처이고 폭풍을 만난 것이 진덕이라는 설이다. 셋 다 그리 다른 내용은 아니지만 전후관계를 보아 가장 그럴듯한 것은 세 번째 설이다.

진덕에서 삼십 리 떨어진 덕영은 산세가 얕아 사람의 왕래가 많았다. 그날따라 인적이 드물었지만 채해는 마음 놓고 산을 올랐다. 그동안 사람을 피해 험준한 산을 오르내렸던 그에게 이름도 없는 야산은 별것도 아니었다. 덕분에 유람이라도 나온 기분이 되어 찬찬히 주위를 돌아보며 걸음을 옮겼다. 때는 여름이라 좋은 철을 맞은 벌레와 새들이 따갑게 울어댔다. 문득 사람 하나 안 보이는 산속도 이렇게 요란한데 무작정 침묵을 찾으려 했던 자신이 우스웠다. 아무것도 없는 곳이 세상 어디에 있겠는가. 흘러내리는 땀을 닦으며 산을 반쯤 올랐을 때였다. 갑자기 새소리가 뚝 그쳤다. 벌레도 울기를 멈췄다. 바람마저 숨을 죽인 것 같았다.

'아뿔싸, 산신님인가?'

코를 찌르는 노린내가 풍겨왔다. 오랜 산 경험으로 많은 산짐승을 마주쳤지만 이런 경우 생각할 수 있는 것은 단 하나였다. 호랑이. 말도 안 되는 일이었다. 다른 곳이라면 모를까 덕영에서 호랑이라니. 채해는 다리가 풀려 풀숲 사이에 털썩 주저앉았다. 식은땀이 흐르고 오싹 소름이 끼쳤다. 호랑이의 기운에 질려 시간이 멈췄다. 얼이 빠져 보이지도 들리지도 않았다. 끝없이 계속될 것 같은 침묵을 깬 것은 쾌애액 하는 짐승의 비명이었다. 무언가가 서걱대는 풀을 밟고 나타났다. 부리부리한 눈, 커다란 발. 파들파들 떨며 피를 뚝뚝 흘리는 사슴을 입에 문 호랑이였다. 채해는 저도 모르게 호랑이와 눈을 마주쳤다. 그 시퍼런 눈빛에 오금이 저렸다. 머릿속이 텅 비어 아무런 생각도 나지 않았다. 호랑이는 잠시 채해를 쳐다보았다. 그리고 웃는 듯 콧잔등을 들어 올리더니 풀숲으로 유유히 사라졌다. 천천히 사물이 움직이기 시작했다. 소리가 돌아왔다. 정신이 돌아왔다. 채해는 일어설 생각도 못 하고 호랑이가 있던 자리만 보았다. 붉은 피가 점점이 풀을 물들이고 있었다.

채해는 자신이 찾던 침묵의 실체를 조금이나마 엿본 듯했다. 노모의 죽음으로 침묵의 한 자락을 붙잡았을 때 왜 깨닫지 못했을까. 그것은 사람이 넘보아서는 안 될 것이었다.

산을 내려오자 채해는 침묵에 쫓기듯 사람 속에 섞였다. 전 같으면 상상도 못할 일이었다. 그는 아무나 붙들고 끊임없이 말했다. 누군가가 말 걸어주기를 간절히 원했다. 덕영에 호랑이가 산다고 이야기했으나 아무도 믿지 않았다. 한 사람이 미친 사람을 보는 눈으로 그에게 붙들린 소매를 떨치고 가버리자, 그토록 듣기 원했던 침묵이 그의 어깨를 타고 앉아 까르륵 요요한 웃음을 터뜨렸다. 채해는 절망적인 심정으로 다른 이에게 매달렸다. 차라리 화를 내어라, 때려도 좋다, 제발 내게 말을 해다오. 웃음소리를 누그러뜨릴 만큼 커다란 소리를 듣고 싶었다. 그러나 아무도 그를 상대해주지 않았다.

채해는 시끄럽고 번화한 곳을 골라 길을 걸었다. 사람 없는 길을 가야 할 때면 손으로는 풀잎을 훑으며 쉰 목소리로 노래를 불렀다. 풀어헤친 머리와 멍한 눈동자, 쉴 새 없이 중얼거리는 입. 누가 보아도 미쳤다고밖에 할 수 없었다.

진덕에 어렵사리 도착했을 무렵이었다.

"하늘이 흐리군."

하늘이 이상하게 검은 것을 발견한 채해가 눈을 비볐다. 분명 낮이었고 다른 사람들은 칠일장이 열려 분주하게 움직이고 있는데 하늘 끝에서 구름이 몰려오고 있었다.

"여보시오. 비가 올 것 같소."

"무슨 소리요? 하늘이 이렇게 맑은데."

분명 채해의 눈에 비친 하늘은 불길하게 요동치고 있는데 다른 이의 눈에는 구름 한 점 없이 맑은 모양이었다.

"여보시오, 하늘 좀 보시오! 저렇게 검지 않소!"

채해는 모두 들으라고 크게 외쳤다. 하지만 지나가는 사람 모두 절레절레 고개만 흔들며 지나가버렸다.

"하늘이……."

채해는 말을 이을 수 없었다. 순식간에 엄청난 바람이 그의 몸을 덮쳤다. 날카로운 빗방울이 그의 뺨을 때렸다. 하늘이 쪼개지는 소리가 들렸다. 퍼런 벼락이 바로 앞에 떨어졌다. 그는 무력하게 몸을 웅크렸다. 눈앞은 아비규환이었다. 사람들은 난데없는 상황에 비명을 지르며 몸을 숨겼다. 노점상의 물건들이 하늘로 치솟았다. 채해는 두 손으로 귀를 틀어막았다. 침묵이 깔깔대며 웃어젖혔다. 웃음소리는 더욱 커지고 커져서 마침내 그의 머릿속을 가득 채웠다. 아니, 머릿속을 가득 채운 것은 빗소리와 바람 소리, 천둥과 사람들의 비명이었다. 마침내 그의 머릿속에 빈자리가 조금도 남지 않자 소리는 서로 엉겨 붙어 그대로 굳어버렸다.

그가 정신을 차리자 마른 땅과 바쁘게 움직이는 사람들, 새파란 하늘이 보였다. 대기는 고요했고 모든 것이 가지런했다. 채해는 비척비척 일어났다. 사람들의 시선이 이상했다. 그의 몸은 물에 푹 젖어 있었다.

기이하다고밖에 할 수 없는 그의 체험이 복인지 화인지는 알수 없지만 선인들의 해석은 명쾌하다. 10년을 고생한 채해를 불쌍히 여긴 하늘이 그에게 호랑이와 비바람을 보내 침묵을 알려주었다는 것이다. 그렇지 않고서야 어떻게 낮고 울창하지 못한 덕영의 산에서 호랑이를 만나고, 기후가 온화하기로 유명한 진덕 땅에서 때 아닌 폭풍을 만나겠는가. 더구나 다른 사람은 알지 못하고 그 혼자 체험한 것도 다른 이에게 알리기를 꺼린 하늘의 뜻이라는 것이다. 이렇게 채해는 모든 것을 포기하고 집으로 돌아가던 중에 침묵을 직면했다.

채해는 비틀거리며 그리운 집으로 발을 옮겼다. 초가집은 그 자리에 그대로 있었다. 마당이 깨끗하고 싸리울이 멀쩡한 것이 그의 아내인지 아닌지는 모르나 사람이 살고 있음을 가르쳐주었다. 물에 젖은 발을 벗고 집 안으로 들어가려는데 축축한 품에서 옥거울이 떨어진 것은 하늘의 조화라고밖에는 할 수 없을 것이다. 순간 품이 허전해진 것을 느낀 그가 거울을 잡으려 했지만 이미 늦어 댓돌에 부딪혀 깨진 뒤였다. 채해는 몹시 놀랐다.

"거울 깨지는 소리가…… 들리지 않았다."

당혹스러웠다. 입은 말하였으나 그의 귀에는 자신의 중얼거림도 들리지 않았다. 채해는 두 손으로 귀를 움키었다. 모든 것이 먹먹하고 답답했다.

"사람의 몸으로 들어서는 아니되는 것을 들었기 때문인가."

먹의 검은색이 실로 풍요해 만 가지 색을 품는 것과 마찬가지의 이치라. 검은색이 풍요하여 만 가지 색을 품은 것이 아니라 만 가지 색을 품어 검은색이 된 것이었던가. 머릿속으로 폭우가 몰아쳤다. 구름이 울고 비가 내리고 번개가 치고 바람이 성내고 땅이 진동하였다. 아이가 울고 산짐승이 도망치고 둑은 무너지고 나무가 부러졌다. 그리하여 더없이 맑고 밝고 고요하였다. 산에서 노린내를 맡은 이후 그렇게 두려워하여 피하려 했지만 피할 수 없게 되었다. 천둥소리에 귀가 먼 것이다.

채해는 거울을 줍지 않았다. 댓돌 위에 해진 신발을 가지런히 벗어놓지도 않았다. 그는 물에 젖은 발로 절벅거리며 방 안으로 들어갔다. 아쉽게 두고 갔던 금이 먼지도 타지 않고 벽에 얌전히 기대어 있었다. 노모가 덮었던 오래된 이불은 방 한구석에 잘 개어져 있었다. 변한 것은 없었다. 목이 메었으나 울음이 나오지 않았다. 대신 그는 시원한 미소를 얼굴 가득 띠었다.

채해의 아내가 집에 돌아와 물 묻은 발자국과 깨어진 거울을 보고 놀라 방문을 열었을 때, 채해는 이미 목을 매어 죽은 뒤였다. 나하는 남편의 시신을 끌어내릴 생각도 못하고 문고리를 잡은 그대로 굳었다. 이제 알아보기도 힘든 그의 얼굴을 보았다. 손톱이 길게 자란 그의 손을 보았다. 더럽고 물에 젖은 옷을 보았다. 고개를 돌려 댓돌 위에 떨어진 거울을 보았다. 그녀는 조용히 안으로 들어가 채해의 시신 앞에 마주 앉아 금을 무릎에 올렸다. 현에 손가락을 대었다. 입을 벌렸다.

그녀의 애도가哀悼歌에 온 산천의 새가 하늘로 날아오르고 온 천하의 사람들이 영문도 모르고 눈물 흘렸다 한다.

‡

노인은 주름진 입으로 미소 짓는다. 전해지기로 나하의 모습은 거울에 비친 듯 창백하고 흐릿했지만 그녀의 밝은 귀는 십 리 밖에서 겹겹이 뭉쳐 흐르는 풀벌레 소리, 풀잎 소리, 바람 소리의 미세한 차이를 구분해냈고, 날랜 손은 그 소리를 금으로 연주했으며, 목소리는 청아하여 한 번 입을 열면 온 천지의 새들이 날아올라 하늘에서 춤을 출 정도였다고 한다. 음 속에 침묵을 녹여낼 수 있는 유일한 사람이었다고 한다.

이후, 그녀는 두규와 혼인하여 두연을 낳았고 두연은 당익을 낳았으며 당익은 이현을 길렀고·이현의 후예는 금영을, 금영은 송하를, 송하는 유상을, 유상은 기람을, 기람은 윤훤을 가르쳤고 윤훤의 고손자 윤명원은 노인을 가르쳤다. 이제 노인은 아이를 가르칠 것이다. 그리하여 노인의 음 속에 면면히 흐르는 윤명원의, 윤훤의, 기람의, 유상의, 송하의, 금영의, 이현의, 당익의, 두연의, 그리고 채해와 나하의 음은 끊이지 않고 흐를 것이다. 쌓이고 쌓여 더욱 큰 줄기를 이룰 것이다.

구전에 의하면 나하는 채해의 아내였다고 하지만, 이 다시없을 재녀의 기록으로 남아 있는 것은 두규와의 혼인뿐이고 당시 그녀의 나이는 갓 열일곱이었다. 노인은 생각한다. 아마도 그녀는 거울 속에서 나온 사람이었으리라. 채해의 옥거울 속에 흐리고 얌전하게 깃들어 그와 함께 세상을 두루 돌고, 마침내 채해가 자신의 모든 것을 바쳐 찾아낸 티끌 하나 없이 맑은 침묵에 또렷이 비추이자 거울을 깨고 나왔으리라. 그녀는 채해의 그림자 중에서도 가장 아름답고 완벽한 형상이었으리라. 노인은 쥐고 있던 아이의 손을 본다. 아이의 손은 어릴 적 아이 아비의 손과 거울에 비춘 것처럼 닮아 있다.

"금이 좋아요. 다른 거 다 안 해도 좋으니까 금만 타며 살래요."

어린 얼굴로 해맑게 웃던 아이 아비의 목소리가 떠오른다. 오냐오냐 기쁜 마음으로 답하던 자신의 목소리가 떠오른다. 하나를 얻으려면 하나를 버려야 하는 법. 노인의 입술이 달싹인다. 아이 아비는 자신의 재능 중 가장 맑은 부분을 쪼개 던지고 세상의 혼탁 속으로 가버렸지만, 이제 그 조각은 노인의 손에 있다. 노인은 이 조각을 더욱 공들여 닦으리라 다짐한다. 더럽고 뿌연 부분은 없애고 맑고 맑은 부분만 남기리라 다짐한다. 그리하면 언젠가 아이가 자기 속의 나하를 비춰내리라 믿는다.

사람들은 말한다. 채해와 나하는 둘 다 실존 인물이 아니었으며 음을 익히는 자들의 이상인 진음과 가음에 대한 비유에 불과하다고. 아무려면 어떠랴. 그도 아이도 나하의 후예, 나하의 거울인 것을.

■ 나 하 의   거 울 은 ……

　플롯을 갖고 단편소설을 쓰는 모임이 있었다. 비록 글은 몇 번밖에 쓰지
못하고 흐지부지 흘러갔지만 그중 추구 플롯을 갖고 쓴 것이 이 글이다. 부화
뇌동하는 사람이라 지인과 그 모임이 아니었으면 글을 쓸 생각을 아예 하지
못했을 것이다. 채해, 나하, 이현은 당시 모임을 같이 했던 지인들의 이름 자
에서 따오거나 변형했다.

　지금은 없어진 장르문학웹진 이매진의 단편공모에서 상을 받게 해주었고
시작의 『한국 환상 문학 단편선 2』에도 실렸다. 여러모로 고마운 글이다.

우 주 화

우 주 화

나도 ----에 데려가줘.

안 돼.

부탁이야.

우리는 자네를 잃을 수도 있어.

----. 말로는 표현할 수 없는 달콤하고 강렬한 울림을 지닌 색채를 뱉어내자 흐느낌 같은 떨림이 찌르르 전해져왔다. 그는 실체를 한 번 떨기까지 했다. 눈으로 보았을 때는 갈색의 막대기를 땅에 꽂아놓은 것 같은 그의 몸이 그렇게 격렬하게 움직이는 것을 본 건 그때가 처음이었다. 녹색의 반점들이 아주 조금 커지는 것이 보였다. 그는 두려워했다. ----에서 무언가를 잃는 것은 그들에게 가장 슬픈 일이었다.

자네를 잃으면 자네의 실체는 우리 발치에 시들 거고 자네

들은 자네의 실체를 보고 우리가 자네를 일부러 잃었다고 발할 거야. 그러면 우리는 슬퍼져서 우리의 돌아갈 몸을 시들게 할 거야.

그의 생각이 그들의 실체 중 하나에 희미하게 닿았다. 그들 중, 유일하게 시들어버린 실체였다. 나는 눈이 없는 그들에게는 무의미하다는 것을 알고 있었지만 살짝 고개를 저었다.

아니. 그들은 너무 둔해서 자네들을 커다란 막대기라고 생각할 거야. 뽑히지 않게 누가 일부러 꽂아놓은 막대기들.

둔하다? 막대기?

나는 그들을 돌아보았다. 인간의 눈으로 보았을 때 그들은 가지런히 꽂혀 있는, 울퉁불퉁하고 화려한 색깔의 막대기 군집에 불과했다. 생물이라고 생각할 수 있을까도 미지수였다. 나는 처음 그들을 보았을 때 인공적인 구조물을 떠올렸으니까. 백 개의 돌탑, 고인돌, 스톤헨지 같은 것들. 내가 막대기에 딸려 떠오른 생각을 발하자 그는 웃었다.

아아, 히이, 호오, 하아.

재미있나?

그의 몸에 있는 녹색 반점이 원래대로 돌아갔다. 떨림도 사라진 지 오래였다. 그는 그대로 시들어 잎이 다 떨어져버린 우주 식물의 일종처럼 보였다……. 나는 의도적으로 생각을 멈췄다. 무례한 생각이었다.

'둔하다'는 뭔가?

글쎄, 아무것도 발하지도 접하지도 섞이지도 않는 것일까.

잠시 고민하다가 최대한 장난스러운 어조를 담아 발했다. '둔하다'라는 말을 어떻게 풀어야 할지 알 수 없었다. 그들은 모두 하나같이 예민하고 섬세해서 둔하다는 표현을 쓰지 않았다. 나의 대답에 호기심이 어려 있던 그의 색채가 천천히 누그러들었다. 색채는 한없이 느려지고 무거워졌다. 웅웅거리는 소리만이 희미하게 들렸다. 처음 겪는 반응에 나는 섬뜩 놀랐다.

이봐?

물음에도 반응이 없었다.

거기? 어이! 자네들?

당황해서 사용할 수 있는 모든 어휘를 동원해 그를 불렀지만 여전했다. 그들에게 개체의 개념은 있으나 이름이 없다는 사실이 안타까웠다. 꽤 한참을 부르던 나는 두통을 느끼고 발하기를 멈췄다. 그렇게 오랫동안 크게 발하는 것은 무리였다. 잠시 후 그에게서 느릿느릿하고 작은 답이 돌아왔다.

두운하아다아느은 이잃지아않았지이마안 잃으은 자르을 마 알하느은 거로구운.

그의 속삭임에 더 이상 공포는 느껴지지 않았다. 나는 미안해졌다. 동시에 그에게 존경심이 들었다. 나였다면 그런 형태의 새로운 개념이 가져다주는 공포를 그렇게 빠르게 극복하지 못했을 것이다.

아니, 그들이 이미 그런 식으로 존재한다면 슬퍼할 이유가 없네.

두려움과 슬픔. 말로는 그렇게밖에 표현하지 못할 것이다. 그의 어조는 다시 분명해졌지만 슬픔에서 느껴지는 텅 비고 꽉 찬 색채는 들여다보는 나에게 약간의 고통을 가져다주었다.

자네를 잃는 건 우리에게 훨씬 큰 고통을 가져다줄 거야.

나는 침묵했다.

가게. 우리는 꽃을 피울 걸세.

며칠 뒤, 그를 보러 가자 그의 실체는 보라색으로 멋지게 변해 있었다. 다른 이들도 모조리 다른 색깔, 미묘하게 다른 모양으로 변해 있었다. 그들이 서 있는 위치가 절대 변하는 일이 없다는 것을 몰랐다면 나는 그를 찾지 못했을 것이다. 그들이 변화하는 모습을 보고 싶었지만 그들은 내 앞에서 '꽃을 피우지' 않았고 하다못해 ----로 들어가려는 시도조차 하지 않았다.

자네는 우리와 달라. ----가 자네에게 어떤 영향을 줄지 알 수 없어.

그가 말했다. 그의 색채는 지난번보다 풍부해져 있었다. 발함의 끝에서 느껴지는 미묘한 색채의 처리라든가 섬세하게 뻗어 나가는 가느다란 공간 같은 것이. 꽃을 피우는 횟수가 거듭될수록 그의 정신도 풍부해지는 것 같았다. 나는 조금 울적해졌다.

그러면 나는 혼자야. 나는 우리들과도 다르고 자네들과도 다르니까.

왜 ----로 가고 싶은 건가.

요즘 발목이 아파. 더 튼튼한 발목이 있었으면 좋겠어.

하아, 이이, 하아. 실체의 고통 때문에 그런 위험을?

그가 웃기지 말라는 듯 발했다. 발목이 아픈 건 사실이었다. 모래바람이 불 때만 되면 지끈지끈한 게 잠을 잘 때도 불편했다. 하지만 그는 내 발함의 표면에 드리워진 장난기를 읽어냈고 나는 잠시 망설이다가 감춰두고 있었던 진심을 열 수밖에 없었다.

나도 꽃을 피우고 싶어. 얼마 전에 안내자를 잃었거든…….

변하고 싶다. 나는 아무것도 없는 추운 공간에 둥둥 떠다닐 아내의 텅 빈 몸을 생각했다. 사고였다. 잘 웃고 잘 울던 그녀는 다른 사람들과 다른 나를 두려워하지 않고 슬퍼해주었다. 그들처럼. 그녀는 안내자였다. 그들이 처음으로 ----에 나가서 만나는 상대를 부르듯, 서로 끌어당겨 방대한 ----에서 길을 잃지 않도록 지표가 되어주는 상대를 부르듯 그렇게. 그녀는 사람들 속에서 혼자가 되지 않도록 나를 끌어주었다. 내 속에 틀어박히지 않게 해주었다. 하지만 그녀는 이제 본 적 없는 시체가 되어 우주를 떠돌고 나는 사람들을 떠나 아무도 찾지 않는 행성 외곽에서 사람이 아닌 자들을 찾는다.

자네가 자신을 잃고 싶어 한다면 더더욱 ----로 데려갈 수 없어.

나는 뜨거워진 뺨을 닦았다. 그가 나의 눈물을 느끼고 있는 것이 분명했다. 그가 옳다. 변하고 싶다는 것은 잘 포장된 죽음에의 욕구에 지나지 않았다.

미안해.

우리도 ----에 뭐가 있는지 아직 잘 몰라. 우리는 자네들이 우주를 탐험하듯 ----를 탐험하네. 그러니까…….

그는 무언가를 발하려다 멈췄다. 시냇물이 흐르고 벌레가 우는 것 같은 소리가 끼어들었다. 색채들이 그물이 되어 그를 감쌌다. 간질이고 휘돌다가 멈췄다. 약간 달랐지만, 색채들이 그의 것과 비슷해서 구분하기 어려웠다. 보이지 않는 어딘가에서 실들이 뻗어나와 얽혔다. 나는 어지러워져서 보기를 멈췄다. 멀미가 났다. 손으로 입을 틀어막고 바라본 그들의 실체는 발하고 있는 색채들이 믿어지지 않을 정도로 고요했다.

잠시 대화를 했네.

그가 내게 발했다. 멀미가 가라앉을 무렵 똑똑, 문을 두드리듯이 시신경과 연결된 뇌의 어딘가를 직접 두드렸다. 나는 안도의 한숨을 쉬었다.

대화에도 그 정도인데 ----로 가겠다니 자네도 참.

그는 분명히 나를 놀리고 있었다.

우리는 우주에 나갈 때도 무모했어. 그래도 우리가 성공해서 내가 자네와 이야기하고 있지 않나.

이야기!

그가 웃었다. 그에게 나는 그리 훌륭한 대화상대가 되지 못하는 것이 사실이었다. 정신은 지나치게 단조로웠고 구분할 수 있는 색채와 공간도 한계가 있었다. 나와 이야기하는 중에는 내가 멀미라도 할까봐 다른 이들과 대화할 수도 없었다. 순식간에 얼마만큼의 정보가 오고 가는지 측정 불가인 그들식 대화가 아니라 어눌하고 느리적한 인간식의 대화를 함으로 해서 그가 낭비하는 시간이 상당할 것도 분명했다. 그가 인내심을 가지고 엄청난 시간을, 그의 표현으로는 아흔여섯 번 이상 꽃을 피울 수 있는 시간을 버려가면서 상대해주지 않았다면 나는 그들의 인사말 하나 배우지 못했을 것이다. 물론, 그가 나를 대하는 방식이란 성심성의껏 상대하기는커녕 인간식으로 치면 졸면서 상대하고 있는 것 같았지만.

너무 그러지 말라고.

그는 나의 단순한 정신을 좋아했다. 내가 그의 놀림에 쓴웃음을 짓자 나의 생각에 닿아 있던 그가 발했다.

자네는 단순하지 않아. 자네가 모를 뿐이지 자네는 아주 복잡하다고. 단순한 건 우리야. 자네의 셀 수 없는 머리카락과 피부의 굴곡과 물렁물렁한 실체에 비해 우리의 실체를 보라고.

그건 실체잖아.

어째서 실체와 정신을 구분하는지 모르겠군.

나는 그의 매끈하고 기름한 실체를 보았다. 잠시 망설이다가 그의 실체를 만졌다. 차갑고 딱딱했다. 신진대사를 하는 징후는 어디에도 없었다. 어쩌면 그들은 옛날이야기에 나오는 몽당 빗자루 귀신 같은 것이 아닐까. 실체는 무생물이고 거기에 정신만이 깃들어…….

실례야.

나는 그의 실체에서 손을 뗐다.

실체가 무생물이라는 건 우리의 정신도 없다고 하는 거야.

미안.

지난번 그가 실체를 떠는 것을 보고도 그런 생각을 하다니. 나는 진심을 담아 사과했다. 그가 인간이었다면 분명 어깨를 으쓱하며 눈썹을 추켜올렸을 것이다. 그러나 그는 대신 망설임의 색채를 뿜어냈다.

자네들에 대한 기억을 열어주겠어? 가능하다면 자네의 안내자에 대한 것도.

왜?

가끔, 우리는 ----를 다니다가 잃은 자를 발견하기도 해. 아무것도 발하지 않고 텅 빈 상태지만. 가까이 가지 않는 것이 불문율이지만 특히 깊게 나눴던 자라면 멀리서 보고 오기도 하지. ----에는 우리 말고 더 복잡한 자들도 있으니까.

마주치는 건 천 서른아홉 번 꽃을 피울 때 한 번쯤으로 아주 가끔이라고 그가 조심스럽게 덧붙였다. 아마도 위로하려는 것이리라. 새삼스럽게 미안해졌다. 그가 자신의 정신을 모두 열어 보이지 않는 것은 나를 보호하기 위함이지만 내가 정신을 열어 보이지 않는 것은 오로지 내 두려움 때문이니까.

싫다면 안 해도 돼.

아냐.

나는 내 기억을 열었다. 그것이 얼마나 왜곡되고 마모되었는지는 알 수 없어서 부끄러웠지만 그는 탄성을 흘리며 정신의 더듬이를 뻗었다. 그리고 보답이라는 듯 ----에 대한 가장 단순한 형태의 정보를 보여주었다.

말은 단순하다 했지만 그것은 무척이나 거대했다. ----라는 곳 자체의 거대함도 거대함이지만 그 안에 가득 찬 수많은 것들. 그것은 공간이 아니라 하나의 물질에 가까웠다. 꽃을 피운다는 것은 투명하고 어두운 ---- 안을 돌아다니다가 빈 공간을 발견해 몸을 담았을 때 일어나는 찰나의 폭발이었다. ---- 안은 미세하고 수많은 구멍들이 헤엄쳐 다닌다. 갖가지 형태의 구멍들은 몇억 광년의 거리를 두고, 혹은 몇 나노미터의 거리를 두고 산재해 있고 근처를 지나가는 것을 블랙홀처럼 잡아당긴다. 그들은 그 속에서 가장 자신과 비슷하게 생기고 마음에 드는 구멍이 보일 때까지 구멍 틈을 헤엄쳐 다니는 것이다. 그리고 자신과 꼭 닮은 구멍을 찾아내면 옷을 입듯이 몸으로 구멍을 채운다. 말 그대로 꽃이 피어난다. 온갖 색채의 환희, 새로운 공간, 변형. 전류가 흐르고 그들은 ----의 가장 먼 끝에서도 보일 정도로 밝게 타오른다. 벌어진다. 폭발한다. 사그라진다. 꽃이 지면 그들은 새로운 모습으로 다시 헤엄친다. 더욱 풍성해지거나 섬세해지거나 부드러워지거나 강해져서. 구멍도 헤엄치기 시작한다. 열매는 그들 자신이다. 아니다. 말로는 안 된다. '보지 않으면' 모른다. 사실 나도 완전히 이해할 수 없었다. 그것이 슬퍼서 나는 울어버렸다.

둔하지 않아서 괴로움을 당하다니 자네들은 이상하군.
땅바닥에 엎어져 울고 있던 내게, ----의 환상을 거둔 그가 발했다. 그가 발하고 있는 색은 한없이 부드러웠다. 눈물로 머릿속이 멍해져서 뭐라고 대답할 수 없었다. 손으로 얼굴을 감싸는 것이 고작이었다.

난 비정상이야.

쥐어짜듯 한 문장을 발했다.

그러면 자네들과 자네를 이어주던 안내자도 비정상이야.

나는 나와 달리 사람들과 곧잘 어울리던 그녀를 떠올렸다. 그
녀는 평범한 사람이었다. 나처럼 보거나 발한 적이 없었다. 그녀
가 비정상인 것을 숨겼다고 해도 내가 눈치채지 못했을 리 없었
다. 나는 그들과 이야기할 수 있을 정도로 비정상인 인간이니까.

아니, 내 안내자는…….

차마 그 이상 발할 수 없었다. 사실이라고 해도 그건 두렵고 슬
픈 것이었다. 발하는 순간 얼마만큼의 휑뎅그렁한 공간이 모습을
드러낼지 알 수 없었다. 마음이 아팠다. 우주로 날아간 시신이라
도 찾아 묻어줄 수 있다면. 끝없는 우주에 누워 있는 것은 차라리
나여야 했다.

자네의 안내자는 둔하지 않아. 그녀는 자네가 발하는 걸 보
았고 그 색을 아꼈어.

그가 자신의 확신만큼 강렬하고 밝은 색채를 풀었다.

진짜?

믿을 수 없었다.

우리가 발하는 거니까 믿으라구.

그는 더 이상 발할 것이 없다는 듯 색을 거두었다. 진심으로 미
소가 떠올랐다.

자네는 그녀만큼이나 상냥해. 자네가 우리였다면 그녀 대신
자네와 결혼했을지도 모르겠어.

그가 커다란 색채의 폭죽을 터뜨렸다.

호오! 하아! 헤에!

눈이 부셨다.

참으로 기쁜 말이지만 우리는 이십삼만 오천일곱 번 꽃을 피운 늙은 자라구.

이십삼만 오천여덟 번 째 꽃은 나를 위해 피워줘.

그는 붉은 꽃의 환상을 발해 대답했다.

그날 밤, 나는 꿈속에서 인간화한 그를 만났다. 늙은 자라고 한 것답지 않게 그는— 혹은 그녀는— 서글서글한 눈매가 아내와 닮아 있었다.

"역시 복잡해."

그는 긴 머리카락을 손가락으로 훑으며 말했다. 불평이라기보다 감탄에 가까운 어조였다. 인간화되어 발하는 것 대신 익숙하지 않은 성대를 사용했지만 이제껏 들어본 사람의 목소리 중 가장 아름다운 울림이 있는 목소리였다. 그는 하느적거리며 우주를 헤엄치고 있었다. 그의 뒤로 점점이 빛나는 별들이 어지러웠다.

"자네들은 꿈을 쉽게 잊는다지. 지금부터 하는 말, 기억할 수 있겠어?"

노력할게. 말이 나오지 않았다. 나는 힘들게 고개를 끄덕였다. 고개가 움직이는 것이 너무 느려서 그가 알아볼 수 있을지 걱정이 되었다.

"----에서 우리 중 하나가 새로운 걸 발견했어. 우리는 자네가 그걸 봤으면 싶고 말이야. 하지만 자네들의 몸이 너무 복잡해서 그대로는 무리야. 우리는 결정했어. ----에 가고 싶으면 털들을 없애서 실체를 단순화시킨 다음 오라고."

다음 순간 그의 몸에서 머리카락과 눈썹이 사라졌다. 민둥민둥한 머리와 얼굴은 그다지 보기 좋지 않았다. 나는 그만 웃음을 터뜨렸다. 내 입에서 터져 나온 웃음이 몽글몽글한 연녹색 거품이 되어 우주의 끝까지 흩어졌다.

"웃으라고. 히에, 호오, 헤에. 우리도 웃어줄 테니."

그의 눈이 슬퍼졌다. 나는 그가 무슨 말을 하려고 하는지 알 수 있었다. ----는 위험해. 우리는 자네를 잃을지도 몰라. 그럼 우리는 아주 슬퍼질 거야. 그때처럼. 약속해. ----에서는 우리의 뒤만 따라다니겠다고. 거긴 너무 넓어서 방향도 알 수 없어. ----에서 자네가 우리를 잃으면 우리는 자네를 잃을 거야.

약속을 했는지 안 했는지 다음은 기억나지 않았다.

나는 일어나서 한참을 고민했다. 그냥 꿈이라고 생각할 수도 있지만 그들은 장소를 넘어 대화하는 법을 알고 있었고 그 방식으로 내게 말을 걸었다고 볼 수도 있었다. 나는 어깨를 으쓱하고 가위와 면도칼을 찾았다. 이곳은 나밖에 없었고, 설사 꿈이 그냥 꿈이었다고 해도 그는 나도 실체를 변형할 수 있다는 데에 감탄할지도 모른다. 나는 스스로를 위로하며 온몸의 털을 깎았다. 온종일 몇 군데 상처를 입어가며 해낸 작업의 결과는 참담했다. 인체 구조상 필연적으로 손이 닿지 않는 곳이 있기 마련이고 인간

기술의 정수인 강력 접착 테이프로 털을 잡아 뜯는 것은 눈물이 찔끔 나게 아팠으니까. 나는 벌겋게 부은 피부를 어루만지며 키들거렸다. 누가 보면 미쳤다고 하기 딱 좋은 상황이었다. 대충 옷을 걸치고 그들을 찾아갔다.

그들은 무엇을 이야기하는지 휘황한 색채로 뒤덮여 있었다. 그는 내가 왔음을 알아차리고 인사했지만 다른 이들과 대화를 끊지 않았다. 대신 그는 내가 보는 데 부담을 느끼지 않도록 모든 색채를 아주 조심스럽고 가늘게 조정했다. 그는 오른편에 있는 녹색과 파랑의 실체로 검정색을 발하는 한편, 뒤쪽으로 한참 떨어진 자들에게 엷은 분홍색을 발했다. 왼편에서 뿜어져 나온 청록색에 휘감겨 투명한 공간을 열어 색을 섞었다. 내게는 반짝거리는 노랑으로 말을 걸었다.

그런 식으로 말을 건 것은 처음이라 걱정했는데 기억했군.

진짜였네.

나는 그동안 붉은색으로 변한 그의 실체 앞에 쭈그리고 앉았다. 전보다 아주 약간 가늘어 보였다.

자네를 기억해서 붉은색으로 변했지. 예쁜 꽃이었는데 못 보여준 게 아쉽네.

나는 그가 보여주었던 붉은 꽃을 떠올렸다. 그러자 그는 붉은 잎사귀에 금빛 후광을 덧그리고 한꺼번에 솟아올라 흩어지는 빛을 발했다.

예쁘군.

예쁘지……. 준비는 됐나?

응.

나는 고개를 끄덕였다.

우리를 따라와. 그리고 무엇을 보더라도 함부로 행동하지
마. 우리는 자네가 자네로 있기를 바라네.

그가 발했다. 나는 고개를 갸웃했다. 맨 마지막 발함은 그에게
서 전혀 들어본 적 없는 것이었다. 자네가 자네로 있기를 바라네.
그것은 무척이나 어색했고, 어떤 의미인지 이해할 수는 있었지만
개체의 이름이 없는 그들에게도 매우 생소할 발함이었다. 내가
멋대로 그들에게 생소하리라고 지레짐작하는지도 모르지만.

자네와의 이야기는 열 번 꽃을 피우는 것보다 유익하고 새
롭네. 자네는 재미있어. 스스로를 단순하다고 착각하는 자네들
의 복잡함도 우리에게 많은 것을 가르쳐주었네.

나에게서 배운 발함이라는 것인가. 나는 미소를 지었다.

영광이야. 그런데 지금 뭐하는 거지?

자네를 위해 특별히 ----의 입구를 짜고 있어. 조금만 기다
리면 꽃을 볼 수 있을 걸세.

그는 입구를 일부러 성기게 짜고 있어서 내가 볼 수 있는 것이
----의 일부에 지나지 않을 거라고 발했다. 내가 얼마만큼 민감
하게 볼 수 있을지는 모르겠지만 전부를 본다면 눈이 멀어버릴지
도 모른다고 했다.

우리도 ----를 다 보려는 짓은 하지 않아. 글쎄. 숫자로 셀
수 없을 만큼 꽃을 피우고 난 뒤라면 시도해볼 만하겠지만.

그가 발했다.

그런데 뭘 발견한 거야?

보면 알아.

그는 입구를 짜는 데 동참해야 한다며 대화를 끊었다.

우리가 자네의 안내자 역할을 할 거야.

그가 개체의 의미가 담긴 빛을 발했다. 입구가 완성되었다. 나는 입을 벌리고 완성된 입구를 쳐다보았다. 그건 기하학적 무늬가 수놓아진 한 장의 천이었다. 천은 그들의 머리 위에서 찬란하게 빛나고 있었다. 수런거림이 보였다. 흔들림이 보였다. 다른 공간이 보였다. 넋을 놓고 있는 내게 그가 발했다.

준비가 되면 발해.

준비됐어.

얼떨떨한 가운데 대답을 하자 그들은 내 몸에서 나를 끌어냈다. 어떻게 그렇게 할 수 있는지는 모르겠지만 아마도 유체이탈이란 것이 이런 것일까 싶었다. 천이 움직였다. 그들은 발함을 움직여 천으로 나와 자신들을 감쌌다. 천이 닿자 나는 날실과 씨실 틈으로 스며들었다. 시선이 가닥가닥 쪼개져 어질어질한 중에 온갖 색채가 주변을 빠르게 지나갔다. 밝은 빨강이 눈을 감쌌다. 그였다.

따라와.

그가 나를 잡아끌었다. 순식간에 색이 가라앉았다.

----야.

여긴…….

자네에겐 어떻게 보이나?

뭉쳐 있던 천이 촤르륵 풀려나가며 생생한 공간이 펼쳐졌다. 실들이 뻗어 나갔다. 그들은 춤을 추기 시작했다. 어지러웠다. 그들이 발하고 있는 색 때문이 아니었다. 눈 닿는 곳 어디든 색이 가득 차 있었다. 어떻게 보이냐고? 나는 억지로 시야를 넓혔다. 그리고 깨달았다. 우주였다. 별이 빛나지도 않았고 춤지도 않았지만 이건 우주였다.

우주……로군.

----보다 밋밋하기 짝이 없는 표현이었다. 도대체 뭐라고 발해야 할까. 그때 여기저기서 인력이 느껴졌다. 구멍이었다. 따라 들어온 그들 중 하나가 휘리릭 돌다가 구멍에 잡혀 겹겹이 피어오르는 빛을 뿜으며 폭발했다. 장엄하다. 광활하다. 웅장하다. 빛에 압도당한 나는 그제야 몇 가지 어휘를 떠올릴 수 있었다. 꽃이었다. 그가 보여준 붉은 꽃의 환상보다 몇천 배 아름다운 꽃. 그것을 기점으로 그들은 ---- 안을 날아 구멍을 찾기 시작했다. 여기저기서 온갖 색의 꽃이 피어났다. 그와 나의 앞에도 그를 꼭 닮은 구멍이 나타났다. 그러나 그는 내 손을 잡고 가볍게 뛰어 구멍을 피해 날았다. 이번엔 꽃을 피우기 위해 들어온 것이 아니니까. 그는 가볍게 발하며 움직였다.

마음에 들지 않는 것에 잡혀서 어정쩡한 색깔의 꽃을 피우는 건 싫어. 자네도 조심해. 자네가 잡히면 이상한 꽃을 피우게 될 거야.

나도 꽃을?

그리고 몇십만 번의 꽃을 피우기까지 답답해서 계속 불평을 하게 될걸. 자네는 우리랑 달라서 자네가 아니게 되는 걸 견디지 못할 테니.

그가 구멍을 피하는 솜씨는 매우 노련했다. 나는 그가 이십만 육천여 번의 꽃을 피웠다는 것이 사실임을 알았다. 처음에는 그도 서툴렀을 것이다. 그의 움직임이 보기 좋아서 한 번 꽃을 피워볼까, 발하자 그가 진짜로 비정상이 되고 싶으면 마음대로 하라고 했다. 우리는 비정상이 되어도 별 상관없지만. 그가 발했다.

시간이 없어. 입구가 너무 성겨서 오래 견디지 못할 거야.

그는 노래라고 가늠되는 선을 그으며 질주했다. ----의 끝까지, 성긴 실을 타고 단숨에 날았다. 전에 헤엄이라고 표현한 건 실수였다. 그는 그야말로 날아올랐다. 나는 그에게 이끌려 그가 나를 놓지 않기만 바랄 뿐이었다. 파박, 불꽃과 현란함이 뒤로 뒤로 멀어져 별빛으로만 남았다. 주변은 점점 공허해지고 비어갔다. 헤엄치는 구멍들도 더 이상 보이지 않았다. 나는 불안해졌다.

어디로 가는 거야?

나는 그를 꼭 쥐었다.

약속해. 지금처럼 꽉 잡고 놓지 마.

실의 가장 끝자락까지 날아간 것 같았다. ---- 안은 이제 어둠이 드리우고 있었다. 검은색이 아니라 그냥 텅 빈 어둠. ----의 밀도가 낮아졌다.

자네들의 ----야.

그리고 그것이 나타났다. 움직이지 않는 무채색의 구멍.

우리가 '잃은 자'라고 부르는 것이야.

맙소사. 구멍은 인간의 형태를 하고 있었다. 잊을 수 없는 나의 안내자. 나의 아내.

나는 그를 놓았다. 다시 잡으라고 그가 발하는 것은 보이지 않았다. 보이는 것은 오로지 ---- 안의 공간을 더욱 복잡하게 쪼개 놓는 그녀의 긴 머리카락, 뾰족한 속눈썹, 가느다란 손가락뿐. 아름다웠다. 방금 전까지 내 눈앞을 수놓았던 어떤 꽃보다 더.

이미 잃은 자에게 가까이 가지 마, 그냥 보기만 해.

가까이 가면 어떻게 되는데?

안 돼.

그가 대답을 피했다.

보여줘.

그가 물러났다. 그에게서 슬픔이 퍼져 나왔다. 미안. 미안. 미안. 하지만 자넨, 하지만, 하지만.

자네는 다 기억할 수 없어. 자네는 다 알 수 없어. 자네들이 그렇듯이. 위험하고 어지러울 거야. 참아낼 수…….

자네답지 않아.

나는 발했다. 그녀에게, 가까이, 가고 싶은, 마음을, 어떤 꽃보다, 더욱, 아름답게, 어떻게, 그녀가, 보이는지, 알게, 알고, 그녀를, 다시 한 번.

그는 슬퍼했다. 내 텅 빈 슬픔을 위해 마침내 그는 기억을 열어

주었다. 잃은 자에게 손댄 그들 중 하나가 어떻게 되었는지.

나는 웃었다. 몸을 돌려 그녀를 향해. 그녀의 껍데기를 향해. 그녀의 실체를 향해 헤엄쳤다. 그가 흔들리며 강렬한 색채를 뿜었다.

약속했잖아!

아니, 꿈속에서조차 나는 약속하지 않았다. 그가 발했다.

어떻게 되어도 몰라. '나는' 자네가 자네로 있기를 바란다고. 내가 발했다.

괜찮아. 무슨 일이 있어도 후회하지 않아.

그녀에게서는 인력이 느껴지지 않았다. 안타까웠다. 너무 멀었다. 좀 더 가까이 갈 수 있다면, 조금만 더. 한참을 몸부림 친 뒤에야 나는 그녀에게 손을 댈 수 있었다.

그녀에게서는 아무것도 피어나지 않아.

좋아.

----를 떠도는 건 자네가 될 거야.

좋아.

그는 침묵했다. 나는 나의 민둥민둥한 몸 대신 그의 실체 앞에 누울 그녀의 차가운 몸을 생각하며 웃었다. 손가락이 닿았다. 입술이 닿았다. 그녀가 사라졌다. 꽃은 피어나지 않았다.

■ 우 주 화 는 ⋯⋯

꿈을 굉장히 가끔 꾸는 편이다. 대신 기억에 남는 꿈은 굉장히 선명하고 오래간다. 어느 날 꿈속에서 굉장히 멋진 여성이 손을 잡고 함께 우주를 건너 주었다. 그 우주가 ----였다. 내가 느낀 경이를 나누고 싶은 마음으로 썼다. 하지만 글 속의 ----는 꿈속에서 건넜던 것 보다는 작게 느껴지고 멋진 여 성분도 성별이 모호한 우주생물이 되어버렸다. 물론, 결과물은 꿈 내용과는 전혀 상관없는 다른 이야기가 되었으므로 우주도, 멋진 여성분도 이해해주 리라 생각한다.

환상문학웹진 거울 4호와 거울 외계인 단편선『제15종 근접조우』에 실렸 다.

윤 회 의   끝

윤 회 의 끝

어둡고 조명이 낮은 카페. 조용한 음악이 흐르는 가운데 친구와 마주 앉아 커피를 마시는 당신만이 생생하다. 당신은 나를 모른다. 하지만 나는 당신을 기억한다. 나는 홀로 앉아 쓴 커피를 홀짝이다 담배를 한 모금 뿜어낸다. 뿌연 연기에 가려 시선이 흐려지지만 당신의 동작 하나하나를 잡아낼 수 있다. 당신은 커피를 한 모금 삼키고 음악을 따라 흥얼거린다. 눈은 당신의 친구에게 고정되어 있다. 턱을 괴고 묘한 미소를 짓는다. 팔을 따라 흘러내린 블라우스 자락을 만지작거린다. 잠시 고개를 갸웃하다 진지한 표정으로 말한다. 손은 다시 커피 잔으로 간다. 당신은 쓴 커피를 좋아한다. 설탕이나 프림은 넣지 않는다. 잔을 쥐는 손은 언제나 조심스럽다. 그건 손이 미끄러져 몇 번 커피를 쏟은 적이 있기 때문이다. 커피 잔에 올라앉은 손가락엔 엷은 색의 매니큐어가 칠해져 있다. 그러지 않으면 당신의 손톱은 약해서 잘 부러진다. 당신의 이는 그리 고른 편이 아니다. 당신은 치과를 무척 싫어한다.

나는 당신을 잘 알고 있다. 당신은 나를 모른다. 나는 아직, 당신이 앉은 테이블에서 몇 미터 떨어진 구석자리에 홀로 앉아 있는 타인에 불과하다.

나는 거의 모든 전생을 기억하고 있다. 정확히 말하면 당신과 관련된 전생을 기억하고 있다. 첫 생에서 당신을 만났을 때 나는 당신을 사랑했다. 두 번째 생에서 당신을 만났을 때 나는 기뻐하며 당신을 사랑했다. 세 번째 생에서 당신을 만났을 때 역시 나는 당신을 사랑했다. 그렇게 이백육십여 번의 생이 돌고 도는 동안 나는 당신을 사랑하며 내 생에 숫자를 매겼다. 덕분에 나는 당신을 잘 알고 있다. 나는 고민한다. 새로운 생에서 과연 당신과 어떤 식으로 해후해야 하는지. 나는 당신의 이상형을 알고 있다. 당신은 당당한 사람을 좋아한다. 그런 면에서 나는 언제나 당신의 기준에 못 미치는 사람이었다. 하지만 난 당신을 사랑했고 당신의 곁을 끝까지 지켰다. 당신은 힘든 상황이 닥치면 이백육십여 번의 생에서 매번 나를 돌아보았다. 나는 그렇게 당신의 사랑을 얻었다.

첫 생에서 내가 당신을 만났던 것은 올해 이달 오늘 이 시간 이 카페에서였다. 좀 더 정확하게 말하면 올해 이달 오늘 지금으로부터 삼십 분 후이다. 두 번째 생에서 당신을 만났던 것도 올해 이달 오늘 지금으로부터 삼십 분 후 이 카페에서였다. 세 번째 생에서 당신을 만났던 것도 올해 이달 오늘 지금으로부터 삼십 분

후 이 카페에서였다. 이번 생에서도 나는 지금 당신을 보고 있다.

처음 봤던 그때도 당신은 블라우스 자락을 만지작거리며 커피를 앞에 놓고 친구와 이야기를 나누는 중이었다. 당신은 커피를 다 마시고 새로운 커피를 시켰고 당신보다 늦게 카페에 들어온 내가 시킨 커피와 당신이 시킨 커피가 바뀌고 말았다. 당신은 아르바이트생에게 항의했다. 내가 이름만 보고 메뉴판에서 고른 커피에는 휘핑크림과 잼이 가득했다. 아르바이트생은 내 커피를 들고 내 테이블로 왔지만 이미 나는 무지하게 쓴 커피를 한 모금 마신 뒤였다. 아르바이트생을 좇던 당신의 눈동자가 나에게 와서 닿았다. 나는 당신의 검은 눈동자가 매우 예쁘다고 생각했다. 나는 용기를 내서 당신에게 커피를 사주었다. 당신은 신기하게도 그 쓰디쓴 커피를 맛있게 마셨다.

그날 밤 나는 잠을 잘 수 없었다. 그건 카페에 오래 머물러 당신을 보느라 마셔댔던 커피 때문이었고 당신의 검은 눈동자 때문이기도 했다.

나는 당신을 만나려고 무던히 노력했다. 몇 번을 부딪친 끝에 당신은 어떤 눈물 젖은 날 마침내 나의 이름을 물었다. 그날 이후 나는 당신의 친구가 되었고 연인이 되었고 동반자가 되었다. 나는 당신을 사랑했다. 당신도 나를 사랑했다. 나는 당신을 끝없이 사랑할 수 있기를 바랐다. 다음 생에도, 그다음 생에도 당신을 사랑하고 당신을 끝없이 찾아 헤맬 것이라고 맹세했다. 당신은 웃었다. 당신은 대답하지 않았다. 그래서일까. 이백육십여 번. 나는 당신을 기억하고 당신을 찾아 당신을 만나러 오지만 당신은 먼저 나에게 말을 건 적이 없었다. 하지만 나는 감사했다. 당신을 찾을 수 있는 나의 기억에. 당신과 함께 자주 이 카페를 찾는 당신의 친구에게. 매 생마다 당신과 나의 커피 잔을 바꿔주는 아르바이트생에게. 수많은 생 동안 바뀌지 않고 쓰디쓴 커피를 좋아하는 당신의 입맛에.

시간이 흐른다. 손목시계의 분침이 당신이 새로운 커피를 시키는 시간을 향해 달려간다. 나는 고민한다. 언제나처럼 당신에게 새로운 커피를 사줄까, 아니면……. 모든 생에서 시작은 늘 같았다. 끝도 한결같았다. 당신과 나는 부부였고 서로를 오롯이 의지하다가 당신과 나는 죽고 나는 같은 모양의 세상에 다시 태어나 당신을 만날 날을 기다린다. 이백육십여 번. 삶은 부정형으로 뭉그러지고 한없이 단순한 것으로 변해간다. 이백육십여 번. 자신 없고 대략적인 헤아림. 나는 지쳐간다. 내가 다시 태어난 것은 오로지 당신을 만나기 위해서일 텐데도. 나를 움직이는 것은 관성이 붙은 마음뿐이다.

대략 백 번째 생까지 나는 당신을 지켜보는 데 나의 모든 것을 쏟았다. 두 번째 생에서 나는 동해의 일출에 붉게 물든 당신의 얼굴을 보았다. 일곱 번째 생에서 일본으로 건너가는 비행기 안에서 만족스러운 표정으로 잠든 당신을 보았다. 열 번째 생에서 남국의 붉은 꽃을 머리에 꽂고 깔깔대는 당신을 보았다. 열두 번째 생에서 당신은 루브르 박물관 앞에서 사진을 찍었다. 당신은 언제나 좀 더 자주 여행을 다니자고 불평을 했다. 하지만 백 번째 생이 지난 뒤, 우리는 히말라야를 정복하고 몽골 초원을 달리고 태평양을 건너 모든 자연의 경이와 문명의 유산을 향유한 뒤였다. 당신은 언제나 기억하지 못했다. 우리가 함께 갔던 많은 곳들을. 내가 당신의 웃는 얼굴에, 우는 얼굴에, 화내는 얼굴에 얼마나 감탄했는지도.

나는 커피를 마신다. 당신의 커피 잔은 비어 있다. 당신은 친구와 이야기하느라 십육 분 동안은 커피를 시키지 않을 것이다. 그 안전한 시간 동안 나는 고민한다.

사실대로 고백하자면 백여 번째 생 이후 나는 당신에게 꽤 못되게 굴었다. 당신을 사랑하는 마음은 여전했지만 앞서 말했듯이 나는 지쳐갔다. 당신은 내가 지친 이유를 이해하지 못했다. 처음과 끝이 한결같았던 것처럼 당신도 한결같았으니까. 나는 당신이 부러웠고, 당신이 나와 같은 것을 느끼지 못한다는 것에 안도했고, 그래서 증오했다. 미안하다. 나는 커피를 마시며 흘깃 당신을 본다. 당신은 내가 바라보는 것을 눈치채지 못한다. 백이십 번째 생에서 나는 당신에게 의도적으로 상처를 주었다. 나쁜 남편이 되어 당신을 홀로 집에 두고 어디에도 함께 가지 않았다. 나는 세계의 여기저기 서 있는 당신의 모습을 기억할 수 있으니 상관없었다. 당신은 눈에 띄게 우울해졌고 내게서 등을 돌렸다. 나는 조금 기대했다. 하지만 백이십일 번째 생의 당신은 나를 미워하지 않았다.

이후로 나는 방향을 잃고 헤맸다. 내가 많은 생을 거쳐 당신을 만나는 이유는 퇴락하고 황폐해졌다. 나는 당신과 싸웠다. 나는 당신을 때렸다. 나는 당신을 떠났다. 끝없이 겹쳐지는 인연 속에서 당신은 내가 바라는 말을 한 마디도 하지 않았다. 어디선가 본 것 같았다고, 인연이었나보다, 운명이었나보다. 그렇게 한 번만 말해주었다면 나는 새로운 기쁨으로 앞으로 사백여 번의 생까지는 당신을 행복하게 만들 궁리만 했을 것이다. 그러나 당신에게 나는 이백육십여 번의 생 동안 최후의 기댈 곳에 지나지 않았다. 이번 생에서도 당신이 내 이름을 묻는 것은 당신의 운명을 잃고 눈물을 흘리던 날이 될 것이 분명하다. 그럼에도 불구하고 나는 당신을 사랑한다. 당신과 함께 한 지겨운 날들을 사랑한다.

나는 마지막 커피를 마신다. 담배를 비벼 끈다. 슬슬 당신이 새 커피를 시킬 시간이 된 것 같다. 나는 아르바이트생을 부른다. 커피를 시킨다. 잠시 후, 당신도 손을 들어 커피를 시킨다. 나는 당신을 쳐다본다. 시작의 당신, 젊은 당신은 아름답다. 나는 잠시 후회한다. 그러나 곧 고개를 젓고 커피를 기다린다. 음악이 나른하다. 당신과 친구는 이야기를 한다. 아르바이트생이 커피를 날라온다. 아르바이트생은 이백육십여 번째 똑같은 실수를 했다. 그가 가져온 커피 잔의 무늬를 보면 알 수 있다. 나는 말없이 커피를 한 모금 마신다. 커피는 매우 쓰다. 나는 자리에서 일어날 준비를 한다. 당신은 항의하지 않는다. 맛있게 커피를 마신다. 당연하다. 당신과 함께한 이백육십여 번의 생 동안 나는 쓴 커피를 잘 마시게 되었으니까. 어쩌면 나는 이것을 위해 당신을 사랑해왔는지도 모른다. 나는 당신을 지나쳐 카페를 나선다. 당신은 나를 보지 않는다. 이걸로 된 거다. 나는 서글픈 미소를 짓는다. 다음 생에서는 당신을 기억할 수 없을 것이다.

■ 윤 회 의   끝 은 ……

2001년에 썼다. 지금은 사라진, 홍대 상파울로 카페를 생각했다. 가격이
싸고 오래 앉아 있어도 신경 쓰지 않는 분위기 때문에 홍대 쪽에서 지인들과
만날 때는 자연스럽게 어두침침한 지하 카페에서 만났다. 커피 메뉴가 그렇
게 많다는 것도 거기서 처음 알았다. 그때는 쓴 커피를 정말 못 마셨다. 지금
은 그럭저럭 잘 마신다. 시간이 흐르면 변하지 않을 거라고 생각했던 것들이
그렇게 소소하게 변한다.

환상문학웹진 거울 2호에 실렸다.

온우주
단편선

물 고 기 여 인

물 고 기 여 인

이비야 란도는 9월의 가면축제에서 남편인 레도 아솔바를 만난 것을 자랑스러워했다. 가면축제는 온 도시의 기쁨이었다. 아직 여름의 뜨거움이 남아 있는 햇살이 사라지고 서늘한 밤이 되면, 더위를 피해 꼭꼭 닫았던 문을 젖히고 평소보다 들뜬 사람들이 거리로 쏟아져 나왔다. 사람들은 저마다 아름답거나 기괴한 모양의 가면을 쓰고 즐거움을 만끽했다. 설령 누가 어떤 가면을 썼는지 알았더라도 그날은 모르는 척하는 것이 예의였다. 개중에는 가난한 이가 있어 허름한 천으로 눈만 내놓고 얼굴을 가리기도 했지만 아무도 무시하지 않았다. 신분을 철저히 숨기고 즐기려는 상류층 사람들이 종종 그런 차림새를 흉내 내었기 때문이다. 밤은 흥청망청 흔들렸다. 대부분의 부부는 손을 잡고 집을 나서지만 어느새 인파에 휩쓸려 서로를 잃고 다른 부인과, 혹은 다른 남편과 어울렸다. 축제의 밤이 끝나면 둘은 집 앞에서 흐트러진 매무새로 마주치고 서로에게 어디에 있었느냐고 묻는 대신 밤새 같이 있었던 양 다정하게 집으로 들어갔다. 물론 서로에게 충실한 부부도 있었으나 손을 잡고 음악에 맞춰 춤을 추는 사람이 진짜 자신의 배우자인지 옷과 가면만 같은 사람인지는 확인할 도리가 없었다. 그래서 정신이 제대로 박힌 부모들은 딸이 향수 냄새와 불빛, 음식 냄새가 어지러운 거리에 나가는 것을 금하는 것이 보통이었다. 하지만 일단 집 밖을 나가 인파에 섞이기만 하면 부모, 유모, 정숙한 미덕을 강조하는 신부님도 어찌할 도리가 없다는 것을 잘 알고 있는 처녀들은 바느질하는 척하며 부모가 집을 나서기만을 기다렸다.

그런 면에서 일찍 부모를 여읜 이비야 란도는 다른 처녀들보다 축제일 운이 좋은 편이었다. 이비야는 말괄량이 축에 속하는 아가씨여서 정숙한 척하느라 가면축제와 같은 즐거움을 포기하는 것은 어리석은 일이라고 철석같이 믿고 있었다. 단 한 명, 이비야를 어릴 때부터 돌봐오던 독실한 유모 나라가 광란의 도가니로 나서지 못하도록 단단히 주의를 줬지만 늙고 병든 나라는 하루의 반 이상을 꾸벅꾸벅 졸며 지냈고 방금 전에 자신이 한 말도 제대로 기억하지 못했다.

그날, 이비야는 졸고 있는 유모의 바로 코앞에서 미리 준비해둔 붉은 드레스를 갈아입으며 약간의 죄책감을 느꼈다. 다행스럽게도 그녀에게는 충분한 자기방어책이 있었다. 나라가 성인의 재래라며 존경해 마지않는 안델레코 신부 역시 약 10년 전부터 정체를 숨기고 가면축제를 즐긴다는 사실이었다. 10년 전, 아직 어렸던 이비야는 축제날 어른들 몰래 길가로 나섰다가 사람들에 휩쓸려 길을 잃어버렸다. 얼굴을 가릴 생각도 못하고 훌쩍훌쩍거리는 소녀를 재미있게 생각했는지 짓궂은 몇이 술을 권했고 그 자리에 있던 안델레코 신부는 이비야가 커다란 잔을 비우고 두 번째 잔을 입에 대는 순간 직업적 도덕성이 분출하는 것을 참지 못하고 이비야의 손을 이끌어 그녀를 집에 데려다주었다.

"앞으로는 혼자 다니지도, 이런 곳에 나오지도, 술을 마시지도 마라. 그러지 않으면……."

안델레코 신부는 성당 냄새가 풀풀 풍기는 설교를 길게 이으려다 꿀꺽 삼켰다. 그러나 이비야는 예민한 귀로 그가 안델레코 신부라는 것을 알아본 뒤였다.

"지옥에 간다고요?"

이비야는 술에 취해서도 영리한 아이였다. 그녀는 안델레코 신부가 침묵하는 사이 부모님과 유모, 친구에게 가면축제에서 그를 보았다는 사실을 절대 말하지 않을 것임을 자기가 알고 있는 어휘를 총동원해 확고하게 맹세했다. 이비야가 성신과 성부와 성자를 끌어다 붙이며 하나님이 노할 짓을 하는 동안 안델레코 신부는 가면 속에서 수치심으로 얼굴을 벌겋게 붉힌 채 억지로 이비야의 입을 막았다. 다행히 처음 접해본 술로 인해 이비야는 제풀에 지쳐 잠들어버렸고 안델레코 신부는 그녀를 현관에 자게 버려두고 도망칠 수 있었다. 그 뒤로 안델레코 신부는 이비야만 보면 제대로 말을 잇지 못했다. 시간은 훌륭한 약이어서 지금의 안델레코 신부는 고해실에서 이비야와 마주 앉으면 그때의 일로 농담을 할 정도로 융통성이 생겼지만.

　이비야는 드레스를 입은 뒤 그녀의 어머니가 즐겨 쓰던 금색 가면을 썼다. 그리고 조심스럽게 유모의 앞을 지나 밤거리로 나섰다. 드레스 밖으로 나온 이비야의 흰 목과 젊고 건강한 팔은 많은 남자들을 끌어 모았다. 이비야는 여왕이 된 기분으로 춤을 추었다. 가장 마지막 춤 상대가 바로, 레도 아솔바였다.

　레도 아솔바는 좋은 집안에 더불어 재치와 우아함을 타고난 보기 드문 남자였다. 많은 아가씨들이 그에게 말이라도 한 번 붙여보기 위해 줄을 섰고 부모들은 그가 자신의 사위가 되기를 열망했다. 이비야 란도도 레도 아솔바를 먼발치에서 본 적이 있었다. 하지만, 그녀의 머릿속을 점령한 것은 짧은 축제의 밤을 좀 더 즐겁게 보내려는 생각뿐, 자신의 손을 붙든 것이 누구인지는 관심 없었다. 이비야는 상대인 레도 아솔바도 무시하고 나비처럼 춤을 추었다. 한편 레도는 춤추는 내내 자신의 팔 안에서 쾌활한 동작으로 빙글빙글 도는 아가씨가 누구인지 궁금해 견딜 수 없었다. 말을 걸거나 에스코트할 때도 깔끔한 매너를 선보였지만 그녀는 자신의 가면 밑을 궁금해 하는 기색이 없었다. 마침내 이비야는 지쳐 쓰러질 정도가 되어 춤을 멈췄다. 그는 친절을 유지하며 한사코 거절하는 이비야를 집에 데려다주었다. 집이 가까워질수록 그녀는 어쩐지 안절부절못하고 있었다. 그것이 자신 때문이라고 생각한 레도가 빙그레 웃으며 불편하냐고 넌지시 묻자 이비야는 걸음을 멈추더니 날카로운 목소리로 말했다.

"알면 가세요. 지금쯤 유모가 깨서 절 찾고 있을지도 몰라요."

레도 아솔바는 자신의 자존심을 밟아놓는 아가씨의 정체가 궁금해 참지 못하고 이비야의 가면을 벗겼다. 이비야는 예상치 못했던 무례에 분노해 레도에게 가면을 벗을 것을 요구했고, 그가 레도 아솔바라는 것을 알고 놀랐을 때는 얼굴 붉힐 사이도 없이 작은 손으로 그의 얼굴을 갈긴 뒤였다. 이비야의 손이 어찌나 매웠는지 레도는 눈앞이 빙글 돌아서, 정신을 차렸을 때는 이비야의 입술에 키스하고 있는 것이 당연할 지경이었다. 그때 이비야를 찾아 나섰던 나랴가 둘을 발견하고 소리를 질렀다. 결국 둘은 온 도시 안에 불명예스러운 소문이 퍼짐과 동시에 결혼해버렸다. 물론 그렇게 되기까지 사소한 걸림돌이 있었다. 아솔바 집안에서 이비야의 부모님이 돌아가신 것과 축제에서 외간남자의 팔에 — 물론 이 부분에서 레도가 분별 있는 아가씨를 꼬드겼다는 나랴의 주장은 무시되었다 — 안겨 있었다는 것을 이유로 그녀의 행실이 나쁘다고 비난한 것이다. 하지만 그들도 안델레코 신부가 이비야에 대한 칭찬을 아끼지 않자 수그러들 수밖에 없었다. 도시 안에서 이비야만큼 안델레코 신부에게 전폭적인 지지를 받는 규수는 없을 것이었다. 덕분에 나랴는 세상에서 가장 사랑스러운 아가씨를 무사히 결혼시키고 눈을 감을 수 있었다.

이후로 이비야는 가면축제가 되면 예의 붉은 드레스를 입고 금색 가면을 쓰고 사람들에게 휩쓸려도 놓치지 않도록 남편의 손을 꼭 잡았다. 둘은 도시 안에서 가면축제를 온전히 함께 보내는 유일한 부부였다. 사람들은 신혼이 지나도 허용된 일탈을 즐기지 않는 이 부부를 이상하다고 생각하기보다 사랑의 시선으로 보았다. 특히 축제를 기다리는 처녀들이 이 아솔바 부부를 매우 좋아했다. 축제에 나가는 것을 걱정하는 부모들에게 그들의 이야기를 하면 곧 누그러지는 기색이 드러났기 때문이다. 하지만 도시 안에 단 한 사람, 레도와 이비야가 축제를 함께 보내는 것을 싫어하는 사람이 있었다. 레도의 저택에서 일하는 하녀 미아 바로아였다.

레도 아솔바는 이비야의 엉뚱한 구석이 있는 쾌활한 성품을 좋아했다. 하지만 레도의 예상과는 달리 결혼한 후에도 그녀의 성품은 누그러지지 않아서 그에게 약간의 두통을 안겨주었다. 이비야는 꽤 알뜰하고 훌륭한 주부였지만 행동은 여전히 철모르는 처녀 같았다. 바느질과 자수를 하느니 물건을 산다는 핑계를 대고라도 밖에 나가고 싶어 했고 남편의 비위를 맞추기보다는 남편이 자신을 연인처럼 숭배해주기 바랐다. 이비야가 연인이었다면 분명 레도는 그녀의 아담한 손발과 잘록한 허리를 찬양했겠지만 불행히도 이비야는 그의 아내였다. 그는 연인처럼 구는 아내가 약간, 아주 약간 불만스러웠다. 그래서 그는 집안의 하녀 중 입이 무겁고 일솜씨가 뛰어난 미아 바로아를 아내 같은 연인으로 두었다. 미아 바로아는 검은색 머리카락에 큰 손발을 지닌 여자로 일솜씨 외에는 눈에 띄는 구석이 없었다. 그녀가 스스로를 자랑스럽게 생각할 만한 것은 아솔바 가의 신사인 레도가 그녀를 연인으로 선택했다는 것뿐이었다. 미아는 이비야의 남편에 대한 도덕성과 이상, 이러한 아내의 비위를 맞추려는 레도로 인해 축제일이면 홀로 집 안에 남아 바느질을 하거나 청소를 하고 멍하니 앉아 있어야 했다. 그녀도 옷을 차려입고 축제에 나간다면 축제일에 대한 거부감이 덜했겠지만 레도는 그녀가 홀로 축제를 즐기도록 허용하지 않았다. 레도와 미아의 관계는 집안의 공공연한 비밀이었다. 이비야는 미아의 존재를 몰랐고 고용인들은 미아가 레도의 잠시간 흥밋거리에 지나지 않는다고 생각했다. 미아는 때로 이비야 마님이 자신의 존재를 알아차리기를 바랐다.

가끔 미아는 불안을 가장해 레도의 마음을 떠보았다. 마님이 둘 사이를 알아차리지 않을지 걱정하면 레도는 웃으며 당치 않다는 듯 고개를 저었다. 그런 면에서 이비야는 고집이 세고 이상주의적이었다. 그녀의 완강한 자존심은 남편에게 신이 허락한 아내 이외의 여자가 있다는 것을 인정하느니 눈을 가리고 그의 영원한 연인이자 아내로 남아 있을 것이라 의심치 않았다. 때문에 레도는 죄책감을 느끼지 않았다. 사람도, 세상도 그렇게 머물러 있는 것이 당연했다. 그래도 드물게 불편해질 때면 고해성사를 통해 이 비밀을 융통성 많은 안델레코 신부와 나누었다.

아내에 대해 잘 알고 있던 레도는 가면축제를 몇 달 앞둔 어느 날 저녁, 이비야가 이렇게 말했을 때에도 놀라지 않았다.

"여보, 난 물고기가 될 거예요."

그날, 이비야는 언제나처럼 하루 동안 사용할 식료품을 검사하고 남편이 입을 옷을 고르고 하녀들에게 맡기기 어려운 고가의 집기들을 손수 닦는 등 모범적인 아내로서의 의무를 다하고 자신이 사랑하는 유일한 일상에 빠져 있었다. 그녀는 의자에 앉은 남편의 무릎에 기대어 책을 읽고 있었다.

이비야가 읽고 있던 책은 레도가 가져다준 것으로 세상의 온갖 신기한 이야기를 모아둔 책이었다. 바다 건너 새로운 대륙에 산다는, 배에 입이 달린 식인종부터 범선을 한입에 삼키는 고래, 수백 수천 년에 걸쳐 부활을 기다리는 이집트의 미라 등 이비야가 좋아할 만한 이야기가 가득 차 있었다. 두꺼운 책은 언뜻 훑어보기에도 화려한 솜씨로 그려진 펜화가 들어 있었다. 이비야가 처음 그 책을 받았을 때 눈을 동그랗게 뜨고 봤던 것은 고래와 미라의 그림이었다. 그녀가 손가락으로 고래의 반질반질한 피부를 훑으며 "이렇게 커다란 물고기도 있군요." 하고 감탄하자 레도는 웃음을 지으며 그것은 물고기가 아니라고 정정해주었다. 하지만 그 그림 속의 고래에게는 커다란 비늘이 달려 있었다. 때문에 이비야는 레도의 설명에도 아랑곳 않고 그것이 물고기라고 생각했다. 과연 저 커다란 바다 물고기의 입에 배는 맛있을까? 거대한 비스킷 같을까? 이비야는 과자를 씹을 때마다 즐거운 상상에 사로잡혔다. 한편 미라의 그림은 혐오감을 자아냈다. 관 속에 누운 미라는 붕대가 반쯤 풀려 보기 싫은 까만 팔과 두 개의 구멍으로 남은 눈이 선명하게 드러나 있었다. 이비야는 그것이 인간이었다고 믿을 수 없었다.

레도는 쓸데없이 이비야의 상상력을 자극하고 싶지 않았지만 아내의 외출을 막는 데에는 책만 한 것이 없었기 때문에 그녀의 독서를 막지 않았다. 이비야는 숲 어딘가에 요정의 원이 있을 것이라고 믿었고 늑대인간을 만나지 못하는 것은 너무나 문명화된 도시 안에 살고 있기 때문이라고 생각했다. 레도 아솔바는 아내의 말을 심각하게 받아들이지 않았다. 그저 '이번엔 인어로군'이라고 여겼을 뿐이었다. 그는 장난기 어린 목소리로 말했다.

"당신이 물고기가 되면 세상에서 제일 예쁜 물고기가 될 거요."

이비야는 평소처럼 고개를 젖히고 웃는 대신 심각한 표정을 지었다. 기대고 있던 머리를 떼고 남편을 보았다. 흐트러짐 없는 옷차림으로 비스듬히 의자에 기댄 레도는 언제나와 같이 자신만만한 모습이었다. 이비야의 말은 거짓이 아니었다. 문득 깨달은 그날은 변화의 첫날이었고 그녀는 아무도 느껴보지 못했을 종류의 예감에 휩싸여 침묵했다. 이비야의 머릿속에서 앞으로 몇 달에 걸쳐 자신의 몸에 일어날 변화가 빠르게 스쳐 갔다.

"당신, 인간의 조상이 원숭이라는 얘기도 있다고 했죠?"

그녀는 남편의 바짓단에 묻은 검은 머리카락을 떼어내며 물었다. 레도는 건성으로 그래, 라고 대답했다. 이비야는 눈을 크게 뜨고 남편의 얼굴을 필사적으로 올려다보았다.

"어쩌면 인간의 조상은 물고기일지도 몰라요."

하지만 레도 아솔바는 이비야가 잠들면 미아 바로아의 방에 가기로 마음먹고 밤을 기다리고 있었으므로 아내의 목소리에 담긴 절박함을 읽어낼 수 없었다.

"여보."

이비야는 도움을 구했지만 레도는 언제나 그랬듯이 친절하고 사려 깊은 남편의 태도로 그녀의 손에서 흘러내린 책을 바로잡아 주었다. 이비야는 체념하고 책장을 넘겼다. 가시처럼 변한 손가락과 그 사이에 자리한 물에 젖은 피막이 보이는 듯했다.

그날부터 이비야는 문을 꼭꼭 닫고 방에서 나오지 않았다. 처음에 레도는 신경을 쓰지 않았다. 하지만 며칠간 계속된 이비야의 은둔이 주일까지 이어지자 이유를 알아볼 수밖에 없었다. 성당 신도석 앞쪽에 위치한 아솔바 집안의 지정석 한 곳이 휑하니 비어 있는 것이 사람들과 안델레코 신부의 눈에 띄지 않을 리 없는 것이다. 미사가 끝나고 부인이 어딘가 편찮으신지 묻는 사람들의 질문 공세에 견디지 못하고 레도는 이비야의 방문에 노크했다. 레도는 몇 번 부드러운 설득을 해보았으나 이비야는 침대에 누워 똑같은 말을 반복하며 미소만 지었다.

"내가 물고기가 되면 바다에 풀어줘요."

"그러면 세상에서 제일 큰 물고기로 자라서 배를 와작와작 씹어 먹으려는 거지?"

"네. 와작와작."

레도의 농담에 답하는 이비야의 미소가 더욱 짙어졌다. 레도 아솔바는 아내가 이토록 심한 변덕을 부리는 이유가 무엇인지 알 수 없었다. 이비야의 방을 나오는 레도에게 미아가 불안한 목소리로 말했다.

"혹시 알아채신 건 아닐까요?"

"글쎄, 그냥 꾀병처럼 보이지만."

레도는 고개를 저었다. 레도가 떠올릴 수 있는 것은 이비야가 공상에 사로잡혀 있다는 것이었다. 하지만 이비야는 공상으로 인해 두문불출할 여자가 아니었다. 그녀는 밖을 끝없이 동경했고 언제나 밖으로 나가고 싶어 했다. 레도는 도시 사람들의 호기심과 제멋대로 떠돌 소문을 예상하며 두통을 느꼈다. 그는 미아에게 이비야를 적당히 잘 돌볼 것을 부탁하고 사람들에게 이비야의 모습이 보이지 않는 데 변명할 말을 궁리했다. 미아는 꾀병이라는 레도의 말에 드물게도 싫은 기색을 비쳤다.

그동안 이비야 란도는 그토록 싫어하던 바느질에 몰두했다. 그녀가 만드는 것은 붉은 새 드레스였다. 이제껏 배운 모든 솜씨와 정성을 다하는 드레스는 완성되면 도시의 누구라도 부러워할 만큼 아름다운 자태일 것이 분명했다. 이비야는 자르고 주름을 잡고 꿰맸다. 장신구를 고르고 리본을 달고 진주를 붙였다. 그녀는 곧 바늘을 잡기도 버거워질 것이라고 생각했다. 레도 아솔바는 눈치채지 못했지만 그녀는 자신의 몸이 완만히 변해가는 것을 느낄 수 있었다. 개중 눈치 빠른 하녀는 이비야가 임신하거나 병에 걸렸거나 둘 중 하나라고 결론을 내리고 의사를 불러야 한다고 주장했다. 물고기가 된다는 것보다는 훨씬 합리적으로 들렸기에 레도는 도시에서 가장 고명한 의사인 73세의 베토 페라 박사를 불렀다. 베토 페라는 이비야가 방에 틀어박힌 지 일주일 만에 그녀를 진찰할 수 있었다. 밤눈이 어두운 그는 방에 들어가서 그 방이 매우 어두운 데 놀랐고, 맥을 짚기 위해 더듬거리며 잡은 이비야의 손목이 차가운 데에 놀랐다. 베토 페라가 보기에 이비야 란도는 임신이 아니었다. 병이라고 하기에는 딱히 의심 가는 것이 없었다. 베토 페라는 따뜻한 것을 잘 먹이라는 애매한 처방만을 남기고 자리를 떴다. 이비야는 고개를 갸웃거리는 베토 페

라의 뒷모습을 보며 키득거렸다. 남편의 도움을 포기한 이후 그
녀는 물고기가 된다는 사실을 담담히 받아들이기로 마음먹었다.
한 번 체념하고 나자 그녀의 낙천적인 정신은 상황을 즐길 것을
명령했다. 그녀가 방에 틀어박힌 것은 오로지 레도 아솔바가 변
화하는 그녀의 모습에 혐오감을 느낄까 저어해서였다. 몸은 점차
사지가 퇴화해 형태가 뭉그러지고 운신이 힘들어질 것이다. 차츰
숨을 쉬는 것이 고통스러워지고 차가운 피는 차가운 물을 원할
것이다. 눈꺼풀은 투명해지고 체모가 모두 사라질 것이다. 머리
카락. 이비야 란도는 아쉬움에 한숨을 내쉬었다. 그녀는 자신의
숱 많은 다갈색 머리카락을 좋아했다. 이비야는 베개에 엉켜 있
는 머리카락을 그러모아 뺨으로 가져갔다. 아마도 고통스러울 것
이다. 하지만 이비야의 걱정거리는 고통이 아니라 몇 달 뒤에 다
가올 가면축제였다. 그때쯤이면 물고기화가 끝까지 진행된 다음
이어서 붉은 드레스를 입지도, 가면을 쓰지도, 남편의 손을 잡지
도 못할 것이었다. 그녀는 가면축제에 남편을 홀로 내보내고 싶
지 않았다.

　이비야의 변화는 그녀 스스로 생각한 것처럼 일어나지 않았
다. 피부에 비늘이 돋아나지 않았고 뺨 뒤에 아가미가 생기지도
않았다. 그녀의 몸은 물속을 헤엄치기보다 공기 중에 날아오르고
싶어 하는 것처럼 보였다. 레도 역시 이비야의 모습에 놀라지 않
았다. 그는 밖으로 돌아다니던 이비야가 얌전하고 수줍은 아내
가 되어 집 안에 들어앉았다는 이야기를 퍼뜨리느라 바빠서 그
녀를 보러 올 틈이 없었다. 물론 신 앞에서 거짓말을 할 수는 없

는 노릇이라 안델레코 신부에게는 이비야의 꾀병에 대해 말해두었다. 신부는 가정을 축복한다는 명목으로 저택을 방문했지만 이비야에게서 별다른 낌새는 챌 수 없었다. 그녀는 방 안에 있다뿐이지 매우 쾌활했다. 안델레코 신부는 미사에 나오겠다는 약속을 받은 것으로 만족하고 자리를 떴다. 미아 역시 처음에 안심하고 있기는 마찬가지였으나 그녀는 레도와 안델레코 신부, 두 남자가 밖에서 시간을 보내느라 보지 못하는 주인마님의 모습을 볼 수 있었다. 미아는 이비야의 느린 변화에 충격을 받았지만 레도에게 아무런 말도 할 수 없었다. 처음에는 꾀병을 부리며 단식을 하는 마나님의 장난에 오기가 나서였다. 미아의 눈에는 이비야가 관심을 끌고 싶어 하는 어린아이 같았다. 더군다나 레도는 그런 이비야에게 진력을 내며 미아에게 더한 관심을 쏟아주었다. 원래도 공공연한 사이였지만 이비야의 눈이 집 안 곳곳에 미치지 못하는 지금은 미아가 집안의 안주인이나 마찬가지였다. 미아는 몇 번 정도 이비야를 보러 가라고 레도의 등을 떠밀 수 있었지만 레도의 미소에 이내 포기했다. 마침내 미아가 마님이 음식을 감추고 있는 것도 꾀병을 부리는 것도 아니라는 사실을 알았을 때는 돌이킬 수 없을 정도가 되어 있었다. 침대에 누워 있는 바싹 마른 여인에게서 예전의 이비야라는 것을 연상시키는 부분은 입가에 어린 쾌활한 미소뿐이었다. 미아는 두려움에 떨며 레도에게 마님의 상태가 심상치 않다고 말했다.

"마님께서 많이 수척해지셨어요."

레도는 웃으며 괜한 걱정이라고 했지만 미아 바로아는 다시없이 심각한 얼굴로 고개를 저었다. 레도는 내키지 않는 걸음으로 이비야를 찾았다. 방문을 열고 어두운 방 안에 들어선 그는 할 말을 잃었다. 수척하다는 말로는 부족했다. 마음만 먹으면 손가락 하나로도 그녀를 들어 올릴 수 있을 것 같았다. 이비야의 팔은 바싹 마른 나뭇가지 같았고 머리카락도 윤기를 잃었다. 끝없이 물을 마시는데도 입술은 하얗게 갈라져 갈증을 호소했다.

"맙소사."

레도가 그것을 끝으로 침묵하자 이비야가 천천히 말했다.

"말했죠. 물고기가 된다고."

말하는 이비야의 목에서 큐큐거리는 숨소리가 흉하게 들려왔다. 레도는 아내의 입술만큼이나 하얗게 질렸다.

"페라, 페라 박사님을 다시 불러야⋯⋯."

"병이 아니에요."

하지만 레도 아솔바는 듣지 않았다. 그는 창문을 열어 젖혀 햇빛이 들어오도록 했다. 이비야의 바싹 마른 손에 들린 바느질감과 여기저기 떨어져 있는 실 꾸러미, 천 조각을 보고 하녀들을 불러 모아 꾸짖고는 미아 바로아를 시켜 이비야에게서 억지로 바느질감을 빼앗았다. 이비야는 손을 뻗었지만 곧 포기하고 자리에 누울 수밖에 없었다. 레도는 베토 페라를 불러 진찰을 하게 했다. 하지만 이번에도 베토 페라는 고개를 갸웃거릴 수밖에 없었다.

"무슨 병입니까?"

레도 아솔바가 물었다. 베토 페라는 대답하는 대신 레도의 얼굴을 살폈다. 이비야 란도의 몸에는 여전히 특별한 이상이 없었다. 베토 페라가 의심할 수 있는 것은 단 한 가지였으나 73세가 되도록 볼 꼴 못 볼 꼴 다 본 그도 인정할 수 없는 가정이었다. 베토 페라는 작게 고개를 흔들고 대답하는 대신 지병을 핑계 삼아 레도 아솔바의 집을 떠났다. 베토 페라는 레도 아솔바가 이비야 란도를 굶기고 학대했다고는 감히 생각할 수 없었다. 페라 박사가 종종걸음으로 저택을 뜨자 레도는 미아를 불렀다.

"어째서 이렇게 될 때까지 말하지 않은 거야?"

레도의 추궁에 미아는 입술을 깨물었다.

"꾀병이라고 생각했어요."

레도는 분노했지만 그 자신도 그렇게 생각했던 터라 더 이상은 어찌할 수 없었다. 이비야 란도는 그날부터 밝은 빛과 하녀들의 끊임없는 보살핌에 시달리게 되었다. 그녀는 손끝 하나 마음대로 까딱할 수 없었다. 레이스 단만 정리하면 마무리 단계였던 드레스를 떠올리며 이비야는 목소리를 억지로 끌어내 바느질감을 가져다달라고 부탁했지만 미아 바로아는 주인님의 명령이라며 고개를 저을 뿐이었다.

이비야 란도는 눈에 띄게 힘이 없어졌다. 그녀의 표현에 따르자면 물고기로 변하는 속도가 빨라지기 시작했다. 머리카락이 우수수 떨어지고 수분을 잃은 몸이 미라처럼 변해갔다. 보다 못한 미아 바로아는 레도에게 말해 바느질감을 가져와 자신이 바느질을 시작했다. 미아가 보기에도 안타깝도록 예쁜 드레스였다.

"이걸 입고 주인 나리와 같이 축제에 가시려고요?"

미아는 최대한 병자를 향한 질투와 슬픔을 억누르며 물었다.

이비야는 눈을 천천히 깜박거리며 미아를 쳐다보다가 천천히 고개를 저었다.

"축제일…… 난 물고기가 되서 물에 들어갈 거야. 그러니까 그건 네가 입어."

이비야의 눈은 기묘한 빛으로 반짝였다. 미아는 생선의 눈을 들여다보는 기분이 되어 오싹해졌다. 미아는 재빨리 드레스로 시선을 옮겨 바느질에 전념했다. 그런 미아를, 이비야는 약간의 심술과 즐거움이 뒤섞인 마음으로 쳐다보았다. 마침내 드레스가 완성된 날, 미아는 묘한 기분에 휩싸여 물빛 천을 장만했다. 미아 바로아가 만든 것은 비늘무늬가 잡힌 잠옷 한 벌이었다. 조개껍데기 모양의 목걸이와 귀걸이도 구해두었다.

마침내 축제의 밤이 되었을 때 이비야는 인간이라기보다 더 낯선 무언가로 보였다. 털이라고는 하나도 없고 가죽 밑으로 뼈가 비치는 몸. 이비야는 괴로운 표정으로 하루의 대부분을 잠들어 있었다. 말도 거의 없어져서 단음절로 내뱉는 것은 물이 전부였다. 레도는 한숨을 쉬었다. 집은 텅 비어 있었다. 미아 바로아를 제외한 하인과 하녀들은 모두 놀러 나간 뒤였다.

"마님도 예쁜 옷이 입고 싶으실 거 같아요."

미아는 레도에게 만들어둔 옷을 건넸다. 레도는 말없이 잠옷을 쳐다보고는 부드럽게 이비야를 불러 깨웠다. 밖이 시끄럽기 때문인지 안은 더욱 조용했다. 이비야의 숨소리가 잠시 멎나 싶더니 부스스 눈을 떴다. 레도가 옷을 들어 올리자 이비야는 곁에 서 있던 미아 바로아를 쳐다보고는 눈을 깜박여 고갯짓을 대신했다.

레도는 잠옷과 장식을 이비야에게 걸쳐주었다. 이비야의 손가락이 잠옷을 스치고 지나가며 만족한 미소가 입가에 어렸다. 그녀의 바싹 마른 몸뚱이는 잠옷의 물결무늬로 인해 진짜 한 마리 물고기처럼 보였다. 레도는 욕조에 물을 받았다.

"당신을 바다에 놓아주는 대신이야."

이비야의 미소가 짙어졌다. 레도는 미아 바로아의 도움을 받아 물이 너무 차갑지 않도록 온도를 적당히 맞춘 뒤 이비야를 안아 욕조에 앉혔다. 물에 젖은 잠옷이 찰박거리는 레도의 손짓에 맞춰 하느작 흔들렸다. 물속에 들어가자 조금 편해졌는지 이비야가 눈을 느리게 깜박였다. 그녀의 눈이 무언가를 묻는 듯 레도를 향해 움직였다. 레도는 고개를 끄덕였다.

"그래, 당신은 세상에서 제일 예쁜 물고기야."

이비야 란도는 입술을 조금 움직여 단어를 하나 만들어냈다. 레도는 다시 고개를 끄덕이며 그녀의 말을 되뇌었다.

"와작와작."

이비야는 휴, 하고 숨을 내쉰 뒤 눈을 감았다. 그녀의 편안한 표정을 확인한 레도 아솔바와 미아 바로아는 욕실 문을 닫고 자리를 떴다. 이비야는 자신의 흉한 숨소리에 잠시 귀를 기울이다가 닫힌 문을 쳐다보았다. 잠시 문 너머에 함께 서 있을 레도와 미아를 생각했다. 하지만 이제 상관없는 일이었다. 그녀는 한 마리의 물고기였다. 세상에서 가장 크고 아름다운 물고기. 이비야는 몸에서 천천히 힘을 빼고 물속으로 미끄러져 들어갔다.

욕실을 나온 레도와 미아는 말없이 서로를 쳐다보았다. 미아 바로아는 레도에게 잠시 기다리라고 하더니 이비야가 부탁한 붉은 드레스를 입고 검은 머리카락을 잘 틀어 올린 뒤, 금색 가면을 썼다.

"이제 축제에 가요."

드레스는 이비야보다 키가 큰 미아에게도 매우 잘 맞았다. 레도는 우울한 기분을 잠시라도 떨치기로 마음먹고 미아의 손을 꼭 잡았다. 현관문을 열자 시끄러운 음악과 사람들의 웃음소리가 들려왔다. 밤의 희미한 빛 아래에도 또렷한 색깔의 옷들이 서로 부대껴 휘감기는 것이 보였다. 그 속으로 한 걸음 내딛자 매년 보이는 낯익은 옷의 남녀에게 의례적인 축제의 인사말이 쏟아졌다. 둘은 말없이 고개를 끄덕여 인사를 했다. 그리고 축제의 밤이 끝나도록 서로의 손을 잡고 놓지 않았다.

■ 물 고 기   여 인 은 ……

어두운 집 안에서 욕조에 잠겨 죽어가는 꿈을 꾸었다. 마침 하이텔 판타지 동호회의 데카메론 프로젝트에서 축제를 소재로 글을 쓰고 있어서 나온 결과물이 이 글이다. 주변 환경의 영향을 잘 받는 편인데 당시 어떤 책을 읽고 있었는지 빤히 보여서 부끄럽다.

환상문학웹진 거울 15호에 실렸다.

온우주
단편선

13월 혹은 32일

13월 혹은 32일

친애하는 Dr. 윌리엄 브렌스

지금의 심정을 표현할 말이 달리 떠오르지 않아 상투적인 문구로 시작과 끝을 맺으려 합니다. 당신이 이 글을 읽을 때는 내가 사라지고 난 뒤일 것을 믿어 의심치 않습니다. 이것은 이전, 말한 마디 남기지 못하고 죽은 나의 유서이며, 당신에게 보내는 처음이자 마지막 편지입니다. 어디서부터 써야 할까요. 짧게 한다면 잉크 한 방울이면 충분할 테지만 그러고 싶지 않습니다. 허락된 시간 동안 조금이라도 길게 이야기하고 싶은 마음입니다. 비록 내용이 너무 길어지더라도 참고 끝까지 읽어주세요. 부탁드립니다.

18년 전 오늘. 아니, 어제라고 할까요? 12월의 마지막 날, 나는 어머니의 목숨을 대가로 태어났습니다. 원래부터 병약하기 그지없었던 어머니는 위험하다는 의사의 만류도 뿌리치고 나를 낳았다고 합니다. 그 의사가 당신이었다고 들었습니다. 그렇게 어렵게 얻은 아이였음에도 아버지는 날 사랑하지 않았습니다. 여자였기 때문이었을까요. 다른 사람들이 금발과 가느다란 얼굴 윤곽을 보고 어머니와 꼭 닮았다고 하여도 그는 증오보다 더욱 두려운 무심한 눈빛으로 지나칠 뿐, 관심조차 두지 않았습니다.

그런 아버지조차 낙마하여 돌아가시고 완전히 외톨이가 된 나를 돌봐준 것이 당신과 당신의 딸 리넬라였습니다. 비록 명목상은 고용인이었지만 당신 부녀의 노력 덕택에 이름조차 모르는 먼 친척집으로 보내지지 않았다는 것은 잘 알고 있습니다. 그러니 감사하달까요? 아무리 비뚤어진 어린 마음에 버릇없이 굴었어도 마음 한구석에는 언제나 그런 감정이 숨어 있었습니다.

어린 시절, 나는 잔병치레가 잦았습니다. 당신은 기침을 하거나 열이 끓으면 리넬라를 시켜 어떤 때는 달콤한 약을, 어떤 때는 쓴 약을 가져와 먹였습니다. 그리고 옆에서 잠이 들 때까지 지켜봐주었죠. 어느 정도 자란 뒤에는 그 덕인지 매우 건강해졌습니다. 하지만 당신은 늘 몸에 좋다는 약을 찾아다녔고 몇 주나 걸리는 여행을 다녀오기도 했습니다. 그사이 리넬라와 나는 키가 몇 뼘은 자랐습니다. 리넬라는 제프리라는 하인과 연인이 되었습니다. 제프리는 키가 크고 눈이 선해서 누가 보아도 호감을 가질 만한 청년이었습니다. 밤이 되면 리넬라를 불러 머리카락을 빗으면서 제프리의 이야기를 했죠. 혹 당신이 반대하면 도와주겠다고 약속했습니다.

당신이 마침내 긴 여행에서 돌아왔을 때, 우리는 정말 기뻤습니다. 비록 당신이 함께 마중했던 제프리를 달가워하지 않았지만 리넬라는 스스럼없이 당신의 품으로 뛰어 들어갔습니다. 아버지가 돌아왔다고 해도 그보다 기쁘지 못했을 겁니다. 당신은 초췌한 얼굴로 내게 웃었습니다. 더 이상 아프지 않아도 된다면서 말이에요.

난 아프지 않았습니다. 약하지도 않았지요. 병약했던 건 오히려 리넬라 쪽이었지요. 왜 그때 부인하지 않았을까요. 열여덟 먹은 큰 아기의 어리광이었을까요? 그날 저녁, 식사가 끝나고 당신이 손수 떠먹여준 초록색 물약은 코끝이 시큰한 느낌이었습니다. 색은 전혀 달랐지만 그날 저녁 포도주와 같이 새큼한 맛 때문이리라고 애써 생각하면서도 잘 자라고 인사하는 당신에게서 눈을 뗄 수 없었습니다. 당신이 내게 다정하게 신경을 써주어서 리넬라는 불만스러워 보이기까지 했죠. 그날 밤은 약 덕분인지 편하게 잠들 수 있었습니다.

다음 날, 주체할 수 없는 두통을 느끼고 옅은 잠에서 깨어나 눈을 떴을 때는 무언가 달라져 있었습니다. 나는 침대에 누워 있지 않았습니다. 아버지의 죽음 이후로 보기조차 싫어했던 검은 색 드레스에 검은 베일을 드리운 채로 묘하게 낯익은 어두운 방에 서 있었습니다. 여기저기 흩어진 오렌지색 불빛 사이로 어른거리는 검은 실루엣들. 먼지 색으로 가련하게 뒤틀린 마른 장미 다발이 손에 들려 있었습니다. 촛불 빛에 보이는 모든 것이 흐려서, 눈물처럼 흐려서 마치 꿈과 같았습니다. 그래서 난 생각했습니다. 난 아직 잠들어 있구나. 이것은 꿈이구나.

한참을 돌아본 뒤에야 서 있던 곳이 저택의 연회용 홀이라는 것을 깨달았습니다. 무리도 아닙니다. 내가 사랑했던 화려한 색채의 태피스트리들은 모두 벽에서 떼어져 어디론가 사라져 있었고 벽의 대부분을 차지하는 커다란 창들도 검은 커튼으로 가려져 있었으니까요. 무엇보다도 익숙지 않았던, 두통의 원인이 된 엄청난 양의 죽은 꽃들! 그 지독한 향기는 모든 감각을 마비시키고도 모자라 생각하는 것조차 힘들게 할 정도였습니다. 죽음의 냄새가 났습니다. 네, 그건 장례식이었습니다. 그래야만 설명이 되겠지요. 이 침울한 분위기도, 감각 없는 실내 장식도.

그때 옆에 있던 사람이 울음을 터뜨렸습니다. "헤드윈, 몸이 약했던 헤드윈, 그런데……."라고요. 그 말로 모든 것이 설명되었습니다. 헤드윈은 누구도 제대로 입에 올린 적이 없었던 어머니의 이름이었습니다. 이건 내가 너무 작아서, 우는 것밖에 할 줄 몰라서 참여하지 못했던 어머니의 장례식이 틀림없었습니다. 한 가지 재미있었던 것은 울음을 터뜨린 사람이 아는 사람이었다는 것입니다. 에빌본 카운티의 세르지에 부인이었는데 항상 흐트러짐 없는 모습으로 냉소밖에 보일 줄 모르던 그녀가 보기 흉하도록 울고 있었습니다. 가쁜 숨을 몰아쉬다가 곧 옆에 있던 남편 세르지에 씨의 뚱뚱한 어깨에 몸을 기댔습니다. 솔직히 웃음이 났습니다. 누군가 보았다면 버릇이 없다고 화를 냈겠지요. 난 웃음을 참느라 베일을 푹 눌러쓰고 구석으로 비켜섰습니다. 아무도 내 얼굴을 볼 수 없게요.

연회장의 문이 열리고 리넬라가 들어왔습니다. 그녀는 열여덟 살의 내가 기억하는 모습 그대로였는데 문에 기대지 않으려고 애쓰는 듯, 투박한 손으로 치맛단을 꼭 쥐고 있었습니다. 붉어진 조그만 눈을 크게 뜨려 애쓰며 따라오라고 말했습니다. 사람들은 천천히 열을 지어 그녀의 뒤를 쫓기 시작했습니다. 리넬라는 어느새 문밖에 서 있던 당신의 팔에 세르지에 부인과 닮은 꼴로 매달렸습니다. 당신은 리넬라를 질질 끌듯 걸으면서도 그녀의 팔을 토닥여주는 것을 잊지 않았습니다. 침울한 분위기에 물들지 못했던 나는 질투를 느꼈습니다. 세르니에 부인도, 리넬라도, 다른 사람들 모두 기댈 어깨를 가지고 있었는데 나만 혼자 걷고 있었으니까요. 더구나 리넬라의 뒤에는 당신 몰래 제프리가 뒤따르고 있었습니다. 아버지의 장례식 때에는 모두 귀찮을 정도로 신경을 써주었는데 말이죠. 하지만 이것은 꿈이었고 꿈에서는 아무도 나를 몰라본대도 이상하지 않죠. 나는 평범한 조문객처럼 조용히 뒤를 따랐습니다.

당신 부녀가 인도한 곳은 지하실이었습니다. 지하실 치고는 좁지도 음습하지도 않았지만 그래도 별로 가고 싶지는 않은 곳이었습니다. 가족 납골당의 입구가 있으니까요. 과거의 경험을 되살려 보건대 안에는 납골당에 들어가기 직전의 시체가 커다란 화환에 짓눌린 채 관에 누워 있을 것이었습니다. 장의사에게 과할 정도로 많은 돈을 쥐여주고 심혈을 기울여 분칠을 하고 옷을 갈아입힌, 광대 같은 빨간 볼의 시체가 말입니다. 사람들은 혹여 죽은 자가 다시 일어날세라 조심스러워 보였습니다. 꽃과 함께 마지막 인사를 바치고 되돌아 나오는 사람들의 얼굴엔 어린 내가 알아볼 수 있을 정도의 안도가 비쳤으니까요.

마침내 내 차례가 되었습니다. 나는 천천히 베일 너머로 보이는 관을 향해 다가갔습니다. 당신들은 죽은 이의 가족처럼 관의 머리맡에 서서 꽃을 놓고 가는 사람 하나하나에게 말을 건네었습니다. 나는 조금 심술궂은 미소를 지었습니다. 꿈속에서 당신들이 나를 알아볼 수 있을지 궁금했거든요. 꽃을 내려놓기 전에 먼저 베일을 들어 올리고 무례하게 환하게 웃어 보였습니다. 아니나 다를까. 리넬라의 얼굴에 질린 기색이 떠올랐습니다. 당신은 리넬라의 어깨에 손을 올린 채 돌처럼 굳었습니다.

"이게…… 무, 무슨……."

신음에 가까운 리넬라의 책망을 흘려 넘기며 관에 다가갔습니다. 허리를 굽혀 죽은 꽃을 죽은 자 옆에 내려놓았습니다. 그리고 더 이상 움직일 수 없었습니다. 뒤쪽에서 사람들의 웅성거림이 커지는 것이 느껴졌습니다. 베일을 벗어 내려놓고 얼굴을 시체의 얼굴에 바싹 들이밀었습니다. 금빛 머리카락. 가느다란 얼굴 선. 그건 어머니의 얼굴이라기보다는 마치…….

"파비안느으!"

그때 리넬라가 비명을 질렀습니다. 고개를 돌려보니 리넬라는 이미 정신을 잃고 인형처럼 당신의 팔에 간신히 걸려 있었습니다. 어이가 없어서 웃음이 났습니다. 리넬라를 껴안고 휘청거리는 당신의 모습도 우스웠지만 흰 드레스를 입고 빨간 볼연지를 칠한 채 관 속에 누워 있었던 것은 바로 나였으니까요.

제프리가 사람들 사이에서 뛰쳐나와 리넬라와 내 사이를 가로막았습니다. 모였던 사람들이 비명을 지르며 흩어지는 데는 그리 오랜 시간이 걸리지 않았습니다. 당신은 리넬라를 끌어안고 나를 피해 도망쳤습니다. 정신을 차리고 보니 나는 짙은 화장으로 생전의 나보다 혈색이 좋아 보이는 몸뚱이와 함께 갇혀 있었습니다. 당신이 나를 찾아 내려올 때까지 나는 그것을 내려다보며 생각에 잠겼습니다.

죽음을 받아들이는 것은 의외로 쉬웠습니다. 물건을 쥘 수 있고 꼬집으면 아픈 육체가 있었지만 이것이 가짜이고 저기 누워 있는 것이 진짜라는 느낌이 들었습니다. 그러고 나니 보통 죽고 나서는 하지 않을 일을 하게 되더군요. 앞날에 대해 생각하는 것이었습니다. 하인들은 유령의 집에서 떠나겠다고 벌써 짐을 꾸리지 않았을까요? 호기심 많은 변호사와 신부, 의사들이 찾아올지도 모르지요. 변호사들은 재산 분배가 어떻게 되는지 토론하고 신부들은 성수를 뿌리며 나를 내쫓으려 하겠죠. 당신과 같은 의사라면 의학적으로 내 상태를 규명하고 싶어 하겠지요.

무거운 소리와 함께 문이 열리고 당신이 지하실 입구에서 불렀을 때, 마지막이라고 다짐하며 관 속의 얼굴을 들여다보았습니다. 짜증 날 정도로 약해 보이는 몸이었습니다. 당신이 그렇게 걱정했던 것도 무리는 아닙니다. 이제는 저렇게 가느다란 꼬챙이 같은 육체 따위 썩어 들어가든 쥐에게 파 먹히든 알 바 아니라고 생각하며, 부름에 답해 밖으로 나갔습니다. 커튼이 열린 창에서 햇빛이 쏟아졌습니다. 투명하게 반짝이는 초록 약병을 들여다보던 당신은 그것을 주머니에 넣고 나를 바라보았습니다. 꽤나 한참이 걸려 미안하다고, 애써 한 일이 헛수고가 되었노라고 말했죠. 진심으로 당황하고 두려워하면서도 필사적으로 담담한 척하려 애쓰는 것이 느껴졌습니다. 다시 살아나게 된 이유는 몰랐지만 어쨌든 난 그것으로 좋았습니다.

"파비안느, 의학적으로 말하자면 넌……."

당신이 적당한 말을 찾지 못해 우물거리다가 꺼내놓은 한 마디는 당연하고 간단한 것이었습니다.

"죽었단다."

뭐가 그리 힘들까요. 당신 부녀, 장례식에 왔던 모든 사람들, 그리고 이제 나조차도 알고 있는 사실인데 말입니다. 사인이 무엇이냐고 묻자 당신은 심장마비라고 일러주었지요. 그때 내가 뭐라고 생각했는지 아시나요? 그날 밤, 당신에게서 아버지에게 받을 수 있을 법한 모든 달콤함을 받아서 기쁜 나머지 심장이 멎었을지도 모른다고 생각했답니다. 바보같이 말이죠.

당신은 나를 끌고 복도로, 정원으로 나갔습니다. 태양빛 아래에서도 내가 아무렇지 않자 실망한 눈치였습니다. 따뜻하게 빛나는 머리칼은 내 몸을 떠나자 사라져버렸습니다. 당신은 무엇이든 논리적으로 설명하고 싶어 안달이 난 상태였습니다. 나와 달리 시간이 필요했죠. 그래서 당신이 조사를 위해 서재로 가겠다며 따라오지 말라고 손을 저었을 때 상처받지 않았습니다.

저택은 고요했습니다. 드물게 도망치지 않은 고용인은 문을 꼭

꼭 닫고 나올 생각을 하지 않았습니다. 복도에 나와 있다가도 멀리 내 검은 드레스자락이 보이면 허겁지겁 방으로 도망쳐 문을 잠갔습니다. 술래잡기 하듯 저택 안을 돌다 보니 리넬라의 방이 보였습니다. 문은 잠기지 않았고 리넬라는 침대에 누워 있었습니다. 악몽이라도 꾸는지 눈꺼풀 아래 눈동자가 쉼 없이 움직였고 입술 사이로 새어 나오는 가느다란 흐느낌은 끊길 듯 말 듯 이어졌습니다. 얼굴이 그리 하얀 편이 아니었음에도 파랗게 보일 정도로 창백한 얼굴이었죠. 이러다 죽는 게 아닐까 덜컥 겁이 날 정도였습니다. 그때 그 약이 떠올랐습니다. 달지는 않았지만 편안한 잠 속으로 깊이 밀어 넣었던 그 푸른 약.

서재로 가서 머리를 싸쥐고 책상에 엎드린 당신 몰래, 당신이 서재 입구 옆 소파에 걸쳐두었던 웃옷에서 약병을 꺼내는 것은 무척 쉬웠습니다. 기적 없이 유령처럼 움직이겠다고 마음먹어서든지, 당신이 날 신경 쓸 겨를이 없었든지 둘 중 하나였겠죠. 주방에 들러 작은 숟가락을 하나 챙기고서 리넬라를 깨웠습니다. 살살 흔들자 금방 눈을 뜨더군요. 나는 잠기운에 취해 정신이 없는 그녀를 어린아이 다루듯 끌어 앉혔습니다. 당신이 했던 것처럼 약병의 뚜껑을 열고 숟가락에 약을 덜었습니다. 웃으며 입을 벌리라고 말했죠. 그런데 리넬라는 고마워하는 대신 비명을 질렀습니다. 숨이 넘어갈 듯이, 지치지도 않고 공포에 질린 입술로 그 약한 몸에 숨어 있던 소리란 소리는 다 끄집어내 저항했죠. 당황스러웠지만 이해하려고 했습니다. 당신이 용감하게 나와 대화를 시도했다고 해서 리넬라까지 그러란 법은 없겠죠. 괜찮다고, 겁내지 말라고 어떻게든 말을 걸고 있을 때 당신이 들어왔습니다. 내 겐 악의가 없었는데도 불같이 화를 내며 리넬라를 끌어안았죠. 내게는 방 밖으로 나가라고 소리를 치고 리넬라를 보듬어 안았습니다. 쓸쓸하게 돌아서는 뒤로 리넬라의 울음소리가 뒤통수에 꽂혔습니다.

"내가 다 잘못했어, 그러니까 제발, 제발 사라져."

문을 닫았지만 울음소리와 달래는 소리가 들려왔습니다. 입장은 다르지만 친자매처럼 자랐다고 생각했는데 리넬라는 아니었던 걸까요. 눈물이 나지 않았습니다. 이래서야 그냥 죽어 있는 쪽이 좋았을 거란 생각이 들었습니다. 아니면, 하인들이 나를 피해 도망쳤듯 내가 당신 부녀를 피해 숨어야 할지도 모르겠다 싶었습니다.

당신이 내 방, 내가 죽었던 침대로 찾아왔을 때 그 위에 웅크리고 앉아 그런 생각들을 하고 있었습니다. 당신은 웃옷을 가져와 던지며 무서운 얼굴로 약의 행방에 대해 물었습니다. 겁이 나서 엉겁결에 소맷자락에 약을 숨기고 거짓말을 하고 말았죠. 모른다고. 당신이 다시 물었습니다. 모른다고, 이번엔 고개를 저으며 답하자 당신은 내 팔을 움켜쥐었습니다. 모른다고 소리를 지르자 더욱 무섭게 얼굴을 일그러뜨리며 다시 가고 싶지 않았던 지하실로 끌고 갔습니다. 애써 잊으려, 가지 않으려 했던 그곳으로. 그리고 거기서 본 것, 들은 것들.

그 전에 계단부터 써야겠군요. 지하실로 통하는 계단을 거칠게 내려가며 당신이 말했죠.

"그 약, 알고 있니? 한 모금쯤은 나쁘지 않지. 오히려 양을 잘 재어 쓰면 그런 영약이 없어. 하지만 양이 과하면……."

당신은 숨이 차 헐떡거리며 간신히 말을 이었습니다. 겁이 나고 두려워서 무슨 의도로 그런 말을 하는지 이해가 되지 않았습니다. 오히려 떨고 있는 당신이 슬퍼 보여서 끌어안고 위로해주고 싶은 마음까지 들었으니까요.

"왜! 여기 있는 거지? 왜! 살아 있는 것처럼 보이는 거지?"

이유를 안다면 답해주고 싶었지만 할 수 없었습니다. 나 역시 몰랐으니까요. 당신은 피를 토하듯 외쳤습니다.

"넌 죽었잖아!"

당신은, 그래요, 마치 더러운 것을 던지듯 육중한 지하실 문틈으로 나를 거칠게 밀어 넣었습니다. 나는 바닥을 구르듯 미끄러져 내 관에 처박혔지요. 치맛자락과 화환에 걸려 버둥거리다가 다시 일어나기 위해 손을 짚은 곳엔 차갑게 죽은 뺨이 있었고 장의사가 정성껏 발라둔 붉은 연지에 미끄러져 먼지 덮여가는 죽은 금발을 움켜쥐어야 했습니다. 그리고 본 것, 그 끔찍한 것! 연지가 지워진 자리에 보인 지독하게 푸른 뺨, 바닷속처럼 시리도록 푸른 내 뺨. 거기에 더욱 짙은 초록색으로 새겨진 잔인한 반점.

"방법이야 뻔했지. 네가 죽기 전날 밤 먹은 포도주, 리넬라를 시켜 거기에 약을 탔어."

시체와 손을 번갈아 보다 혼란에 빠져 바라본 당신은, 이렇게 외쳤지요. 아무것도 모른다는 표정으로 쳐다보지 말라고. 이것을 알고 싶었던 게 아니냐고.

알았어야 했습니다. 난 약하지 않았으니까요. 오히려 병약했던 건 리넬라였죠. 아마도 죽음의 낮은 눈이 없기에 나를 먼저 거두어들인 것이리라 여기려 했건만, 당신은 탐이 났던 겁니다. 어리고 멍청하고 버릇없는 고아 계집애에겐 과분한 재산이. 얼마나 쉬웠을까요. 단명하는 집안의 내력. 나 스스로도 미워하는 병약한 내 외모. 죽음을 확인할 의사가 당신인데. 내가 돌아오지 않았더라면 모든 것이 완벽했겠죠.

나는 죽었습니다. 나를 죽인 것은 당신과 당신의 딸입니다.

당신의 고백이 아니었다면 나는 끝까지 당신들을 믿었을 겁니다. 당신은 내 죽음을 고백하며 미안해하지 않았습니다. 그러니 나도 미안해하지 않겠습니다. 이 편지를 쓰러 오면서 제프리를 불렀습니다. 가엾은 제프리. 나를 두려워하며 떨면서도 부름에 응하다니 선량하고 충직한 하인이지요. 제프리에게 리넬라의 상태가 호전될 수 있는 방법을 가르쳐주었습니다. 네. 그 푸른 약. 아마 제프리는 리넬라에게 가져다줄 수프에 한 숟가락 정도 약을 잘 섞어 넣었을 겁니다. 당신의 심기를 건드리지 않도록 몰래, 말이지요. 지금 그가 약병을 돌려주러 왔습니다. 그를 돌려보내고 내가 무엇을 할지 상상이 되시나요?

이제 나는 당신에게, 리넬라를 돌보고 있을 당신에게 갈 겁니다. 서재 앞을 지나다가 주운 것이라고 거짓말을 하며 약병을 내놓을 거예요. 당신이 잘 속아줄지는 의문이지만 리넬라로 인해 머릿속이 어지러울 테니 현명한 판단을 내리긴 힘들겠죠. 약병을 본 당신은 어떻게 할까요? 아마도 내게 했던 것처럼, 숙련된 손으로 숟가락만 가지고도 정확한 양을 재어 리넬라에게 먹이지 않을까요? 영약이 될 수 있을 만큼 말이죠. 어쩌면 리넬라는 이번에도 싫다고 도리질 칠지 모르겠군요. 상상만 해도 어쩐지 웃음이 나네요.

시간이 얼마 없습니다. 하지만 당신을 찾아가는 데는 충분할 겁니다. 당신들의 배신을 깨달은 순간부터, 몸이 조금씩 사라지고 있습니다. 이 얼마나 안타까운가요. 편지를 펼쳐볼 당신의 얼굴을 보지 못하는 것은.

나를 죽인 당신들, 이런 식으로 복수하는 나. 어느 쪽이 더 잔인하고 타락한 영혼인지 모르겠습니다. 한 가지 다행이라면 이로 인해 지옥불로 떨어진다 해도 조금만 기다리면 당신을, 리넬라를 그곳에서 볼 수 있다는 것이겠죠. 물론 당신에게도 마찬가지겠지만. 모쪼록 당신이 빠른 시일 내에 편지를 발견하기를 바라며 맺습니다.

애정을 담아
파비안느 크림웰

■ 1 3 월   혹 은   3 2 일 은 ……

　2000년에 썼다. 눈으로 본 것을 뇌에서 좋을 대로 착각하고 망상이 커지는 경우가 있다. 영국 왕가를 배경으로 한 짧은 영문소설을 봤는데 "나는 죽어가고 있다"라는 첫 문장을 보자마자 현재진행형의 동사를 무시하고 머릿속에서 "나는 죽었다"라고 소설을 썼다. 다 볼 때까지 유령의 독백이라고 생각하다가 다시 처음으로 갔을 때 스스로가 한심하고 어이가 없어서 얼마나 웃었는지. 그 망상을 부풀려서 쓴 것이 이 글이다. 계기가 그러했고 고딕소설 같은 분위기를 내고 싶었기 때문에 문장이 번역투다.

　엽편이 아니라 단편형식을 취한 글을 쓴 건 이게 처음이었다. 유니텔 환타지 동호회에서 자체적으로 열었던 단편 공모에서 상을 받았다. 상품은 문화상품권이었는데 결국 수령이 미뤄지고 미뤄진 결과 돈으로 받았다. 책에 실으면서는 원 글의 인상이 바뀌지 않을 선에서 수정을 가했다.

　환상문학웹진 거울 9호에 실렸다.

몽 중 몽

몽 중 몽

어둠 속에서 희미한 온기를 길잡이 삼아 임을 찾는다. 갖가지 형태를 취한 꿈들이 점멸하고 익숙한 어둠이 몸을 조인다. 숨을 멈추자 잠시 세상이 멈춘다. 임을 안 이래, 몇 번이고 몇 번이고 그분을 찾은 끝에, 특별한 노력 없이도 나는 임의 꿈 앞에 서 있을 수 있다. 꿈을 엿보는 것은 문틈으로 밖을 내다보는 것과 다를 것이 없다. 임과 나의 의식을 가르는 문을 살짝 열고 문틈으로 눈을 가져간다.

　오늘, 임의 꿈은 드물게도 평온하다. 나는 그나마 감사하고 미소 짓는다. 눈앞에는 익히 아는 풍경 속에 붉게 물들어가는 나뭇잎을 보며 한 남자가 평상에 앉아 있다. 저 단정한 얼굴, 밤과 같은 머릿결, 곧은 등. 아아, 임이시다. 누구보다 아름다운 내 임이시다! 임의 곁에 불길한 흰 옷의 여자가 앉아 있다. 나는 입술을 질겅 씹는다. 악한 계집. 무엇이 즐거워 웃는 것이냐. 임을 그 험한 곳에 보내며 어찌 웃고 있는 것이냐. 여자는 차통에서 찻잎을 꺼내 차를 끓인다. 임은 그 손을 쳐다보다가 고개를 든다. 낮은 목소리가 내 이름을 부른다.

"휘. 향기가 어떠한가. 참으로 명품이라 할 만하지 않은가."

"그러하옵니다."

여자는 여전히 웃는 낯으로 대답하며 찻잔을 내민다. 그는 차를 받아들고 한 모금 맛을 본다.

"처음이라 그런지 조금 떫구나. 돌아올 때까지 맛을 잘 익혀두어라."

"알겠사옵니다."

생시에는 맛볼 수 없을 기시감이 나를 흥분으로 몰아간다. 꿈을 생시에 떠올릴 수는 없지만, 임께서는 생시를 꿈에서 맛보게 해주신다. 그날이다. 임께서 꾸는 이 꿈은 임께서 내 임이 되신 그날이다.

"녹설을 다 마시기 전에 돌아오겠다. 그렇다고 한 번에 다 마시지는 마라. 내가 마실 것은 남겨두어야 하지 않겠나."

임께서는 웃으실 것이다. 임께서는 말씀하실 것이다. 적장의 목을 베고 그 공으로 나를 사겠노라고. 여자는 그 말에 혹해 임을 전장으로 보낼 것이다. 어리고 악한 것. 이리 수 개월이 될 줄 몰랐더냐. 피가 튀고 악귀가 들끓는 임의 꿈을 엿보며 가슴 졸이게 될 줄 몰랐더란 말이냐. 그러나 임은 웃지 않으신다. 어린 계집에게 손을 내밀지도 않으신다. 대신 허리춤의 검을 끌러 그 푸르고 섬뜩한 날을 닦고 또 닦으신다. 어찌하여 임의 낯이 이리도 어두운가. 임이 말씀하신다. 한숨처럼 말씀하신다. 임의 목소리는 어둠에 섞여 희미해지고, 희미해지고, 더욱 희미해지고…….

"휘, 보고 있는가. 오늘까지 얼마나 많은 내 사람이 가버렸는지. 제대로 수골하여주지도 못할 이 못난 자를 위해. 명일은 야음을 틈타 수할치의 군막을 찾을 것이다. 사내답지 못하고 비겁한 것을 아나 피치 못할 때에는 상황에 따르는 도리도 있는 법. 명일이 지나면 휘, 그대가 끓인 녹설을 마실 수 있겠지. 이기적이라 해도 좋다. 이런 때는 그대가 몽중몽의 사람인 것이 오히려 고맙다. 휘, 보고 있는가. 휘, 보고 있는가. 휘, 보고 있는가……."

창밖은 아직 푸르다. 싸한 새벽 공기에 코끝이 시큰해진다. 나는 간단히 매무새를 추스른다. 문밖으로 작은 그림자가 어른어른하는 것이 몸종아이가 일어난 모양이다.

"혜야. 거기 있느냐."

"예, 무녀님."

"다구를 가져다다오."

"예, 무녀님."

마음은 아직도 꿈속이다. 휘, 보고 있는가. 휘, 보고 있는가. 휘, 보고 있는가. 예. 보고 있었답니다. 임의 얼굴을 뵈옵고 이 어린 것은 울 뻔했답니다. 부디 무사하시기를. 터럭 한 올, 손끝 한 치 다치는 일 없이 무사히 돌아오시기를. 장지문이 열리고 몸종아이가 다구를 들여온다. 영악한 몸종아이는 멍한 내 얼굴에 임의 꿈을 보았다는 것을 눈치챘는지 고개를 숙이고 빙긋이 웃는다. 그 독 없는 행동에 기분이 상해 손을 내저어 몸종을 물린다. 임의 꿈이 즐거웠다면 무엇이라도 웃으며 너그럽게 보아줄 수 있었을 터이지만 피를 묻히며 싸우고 계실 그분을 생각하면 편히 앉아 웃는 것은 아니될 일이다.

고운 문양이 아로새겨진 차통을 연다. 안에는 찻잎이 반가량 소복이 쌓여 있다. 맑은 향기가 코끝을 스친다. 찻잎을 하나 집어 잔에 넣고 물을 붓는다. 이제는 제법 물의 양을 맞출 수 있게 되었고 싸한 차맛도 즐길 수 있게 되었다. 임께서 생각하시는 맛과 같을지 아직 모르겠지만 임이 돌아오실 때쯤이면 차맛은 더욱 좋아져 있을 것이다. 따뜻한 찻잔을 들고 대청마루로 나간다. 찻잎이 적당히 펴질 때까지 꿈을 되씹는다. 대청에 오른무릎을 세우고 앉아 마당을 내려다본다. 꿈속에서 보았던 평상이 그 나무 아래 그린 듯이 놓여 있다.

임을 처음 뵌 것이 언제인지는 까마득하여 잘 기억나지 않는다. 아마도 지금 키의 반도 되지 않았을 무렵이 아닌가 생각할 뿐이다. 궁을 지나치며 몇 번 얼굴을 본 이외에는 말할 기회도 없었다. 옛 수도 천인의 명가 후손인 겸장군과 꿈을 보는 일 외에 할 줄 아는 것이 없는 천한 무녀가 무슨 일로 말을 섞겠는가. 그러다 운이 좋아 왕의 무녀가 되어 궁을 출입했던 것이 기회가 되었다.

임께서 첫 출전으로부터 막 돌아오셨을 때였다. 처음으로 손에 피를 묻혀 괴로워하던 그분은 주위의 권유로 나를 찾아오셨다. 반신반의하는 마음으로 내 처소를 찾으신 그는 바로 저 평상에 앉아 이야기를 나누었고 이후로도 몇 차례 만나게 되었다. 불행히도 내가 가진 것은 전혀 도움이 되지 못했다. 내가 할 수 있는 것은 밤을 틈타 다른 이의 꿈을 엿보는 것뿐. 아무것도 할 수 없는 나는 그 어둡고 따뜻한 밤의 세계에서조차 몽중몽인 양 헛되었다. 그때 내가 소원하는 것은 하나였다. 내 꿈을 꾸는 것. 다른 이의 꿈을 보기만 하는 것은 원치 않았다. 그러나 원이 이루어지는 날, 생시의 나는 가치를 잃고 죽은 것만 못하여질 터이니 참으로 우습고 가소로운 꿈이라 할 것이다.

한편 그분은 사람을 베는 것 이외의 방식으로는 살 수 없었다. 그럼에도 손에 묻은 피에, 검의 무게에 괴로워하던 그분의 원은 훨씬 슬픈 것이었다. 단 하나, 앞으로도 죽음 가까이 있을 터이니 언젠가 북망으로 가는 때, 사랑하는 이의 손으로 돌려보내지는 것. 불에 닿아 가루가 되어 바람으로 물로 땅으로 끝없이 흐르는 것. 그리하여 나는 감히 그 사랑하는 이가 나이기를 바랐고, 나를 돌려보낼 이가 그분이기를 바랐다. 임의 꿈을 내 꿈으로 삼았다. 지금 임께서 소망을 물어오신다면 답은 이미 정해져 있다. 나는 조용히 웃는다.

갑자기 대문 앞이 소란하다. 몸종아이가 조르르 일어나 대문을 향한다. 문이 열리고 문틈으로 화려한 쪽빛과 붉은빛이 눈을 어지럽힌다. 왕의 사령이 당도한 모양이다. 몸종아이가 바쁜 걸음으로 돌아와 고개를 숙인다.

"소식이 있냐고 묻더냐."

"예, 무녀님."

"금일, 검장군은 적장의 목을 베기 위해 야습할 것이다."

"예, 무녀님."

잘되어야 하련만. 마른 입술을 식은 차로 적신다. 사령이 돌아가고 문이 닫힌다. 다 마시고 남은 것은 마당 구석에 정갈히 쏟아버린다. 지금 바라는 것은 임께서 돌아오시는 것뿐이다.

문을 여니 임의 꿈속은 평안하다. 오늘도 임은 그날을 꿈꾸신다. 가장 맑은 쪽빛이 가라앉은 하늘과 붉어져가는 잎사귀, 알싸한 차 향기가 가을바람에 실려 임을 휩싸고, 임은 평상에 앉아 찻잔을 손에 든 여자에게 웃는다.

"휘. 향기가 어떠한가. 참으로 명품이라 할 만하지 않은가."

"그러하옵니다."

여자는 여전히 웃는 낯으로 찻잔을 내민다. 그는 잔을 받아들고 한 모금 맛을 본다. 그러나 아무런 맛도 느끼지 못하는 듯 불쑥 묻는다.

"차 맛은 많이 익혔는가."

"알겠사옵니다."

"그대가 녹설을 다 마시기 전에 돌아오겠다고 했지. 녹설은 얼마나 남았는가. 그대와 내가 함께 즐길 수 있겠는가."

"진정이시나이까."

임은 말을 멈추고 동문서답하는 여인을 안타깝게 바라보신다. 그래도 임은 여인이 자신을 보도록, 자신의 말에 답하도록 그리 않으신다. 임의 꿈이니 원하시는 대로 될 터인데도 조금이라도 여인의 모습을 생시의 것과 같게 두고 보시려 아무 일도 않으신다. 혹여라도 그리하면 어린 계집이 보고 상처받을까 염려하시는 것일 게다. 나는 여기 있는데, 임께서 고개를 돌려 문을 보기만 하신다면, 그 틈으로 내다보는 나를 보신다면 내 임의 말씀에 기껍게 답하련만. 임은 눈을 들어 하늘을 본다. 하늘이 검게 변한다. 밤이다. 여기저기 피어오르는 연기와 불꽃이 매캐하다. 임의 눈이 흐려진다.

"휘, 보고 있는가. 녹설을 다 마시기 전에 돌아간다 하였지. 차는 얼마나 남았는가. 휘, 그대와 함께 잔을 나누고 싶다. 그대는 그대의 꿈을 꾸고 싶다 했었지. 그대의 원이 이루어지기를 바란다. 아니라면 내 꿈을 찾아 그대, 밤마다 헤매고 또 헤매야 할 것 아닌가. 휘, 잊어라. 그대는 왕의 무녀. 그대의 목숨도 그대 것이 아니니 어찌할 것인가. 나를 따라올 텐가. 그리 할 수도 없으니 잊어라. 그대가 잊으면 겸이 그대를 마음에 두었다는 것을 뉘 알 텐가. 그대가 잊으면 겸이 그대 마음에 있었다는 것을 뉘 알 텐가. 휘, 잊어라. 그저 잊어라."

무슨 말씀을 하시는 것이옵니까. 정녕 무슨 말씀을 하시는 것이옵니까. 임은 남은 차를 들이켜고 훌훌 일어난다. 여자는 아무것도 모르는 것처럼 빈 옆자리를 보며 무사히 돌아오시기를 기원한다. 찻잔을 내려놓은 임은 대문 밖으로 걸어 나간다. 뒤돌아보지 않고 가버리신다. 아직 푸른 기가 남아 있던 잎사귀들이 붉게 물들어 한꺼번에 떨어져 내린다. 아무것도 보이지 않을 정도로 어지러운 낙엽이다.

숨이 턱에 차 일어나니 자시를 알리는 종소리가 멀리서 들려온다. 야습이 있을 시각이다. 습관처럼 임의 꿈을 찾아서는 아니되는 날이었다. 임께선 필시 적장의 목을 베고 계실 터, 주무실 턱이 없지 않은가. 헛것을 본 게다. 발치에 누워 자던 몸종아이는 깨지 않은 듯 몸을 웅크린 채다. 나는 자리에 누워 억지로 눈을 감고 임의 꿈을 찾는다. 낯익은 어둠과 온기가 나를 맞는다. 꿈은 그자리에 있다. 아까와 같은 모양으로 똑같이.

차통이 바닥을 보인다. 차를 마시지 않게 된 지 며칠이다. 돌아온다 하신 날이 지난 것이나 다름없어 걱정하며 기다리는데 빈번히 들락이던 왕의 사령조차 보이지 않아 마음이 초조하다. 하릴없이 방에 틀어박혀 꿈과 생시를 오가는데 몸종아이가 주위를 맴돌며 눈치를 살핀다.

"혜야. 이상하지 않으냐. 이런 적이 없는데 그날부터 계속 같은 꿈만 보이는구나."

누구에게라도 말하지 않고 배길 수 없어 몸종아이에게 슬며시 입을 연다.

"겸장군님의 꿈, 말씀이시옵니까."

몸종아이가 동그란 눈을 깜박이며 조심스럽게 묻는다. 꿈에 대해 잘 이야기한 적이 없기에 제법 놀란 얼굴이다. 나는 고개를 끄덕인다. 몸종아이는 잠시 생각하는 기색을 보이더니 그날이 언제인지, 어떤 꿈인지는 감히 묻지 못하고 말한다.

"장군님께서 같은 꿈을 꾸시는 것 아니겠사옵니까."

"필시 그러하겠지?"

불안이 등골을 타고 스멀스멀 기어오른다. 문을 열고 꿈속의 임에게 말이라도 한 마디 붙일 수 있다면 좋으련만, 그도 어려워 안타깝기만 하다. 혹시 큰 부상이라도 입고 혼수지경에 계속 같은 것을 보시는 것이 아닐까. 이미 가망 없다 여기고 내게 잊으라 하시는 것일까.

"그리 골몰하시면 몸에 좋지 않사옵니다."

어지간해서는 먼저 말을 꺼내는 법이 없는 아이인데 걱정하는 기색이 완연하다.

"혜야. 네가 궁에 다녀오겠느냐?"

"궁에, 말씀이옵니까?"

약간 주저하는 투로 되묻는다.

"이대로는 아니되겠구나. 네가 궁에 가서 소식을 좀 물어라."

"예, 무녀님."

"꿈을 읽어 소식을 전하는 것이 내 일이거늘, 다른 이에게 물을 일이 생긴다니 우습구나."

"그렇지 않사옵니다."

약한 소리를 하자 몸종아이가 몸을 똑바로 세우며 강한 목소리로 부정한다. 나는 빙긋 웃는다.

"다녀오너라."

"예, 무녀님."

몸종아이는 자리에서 물러나 밖으로 걸어간다. 조용히 대문이 여닫히자마자 급한 달음박질 소리가 되어 멀어진다. 그사이 나는 부엌으로 나가 몸종아이가 잘 닦아 간수해둔 찻잔을 꺼낸다. 손수 물을 길어다 다구를 닦는다. 차가운 물에 손이 아프도록 닦고 또 닦는다.

작일, 느지막이라도 돌아왔어야 할 몸종아이가 날이 밝고 해가 중천을 지나 서녘에 오도록 돌아오지 않는다. 무슨 일이라도 난 것이 아닌지 밤새 기다리다 벽에 기대 피곤한 몸을 가누고 있는데 대문 여닫히는 소리가 들린다. 딴에는 조용하느라 애쓴 모양이지만 신경이 예민해진 내게 안 들릴 턱이 없다.

"왔느냐."

"예, 무녀님."

"들어오너라."

"예, 무녀님."

멈칫거리며 몸종아이가 방 안으로 들어온다. 잔뜩 굳은 것이 늦은 것만을 걱정하는 것이 아닌 듯하여 불안하다.

"앉거라."

몸종아이는 대답도 없이 조용히 꿇어앉는다.

"소식이 있더냐."

작은 입이 조가비처럼 꽉 다물린 채 열릴 생각을 않는다.

"무슨 소식이더냐."

듣고 싶지 않은 마음과 다르게 입이 채근을 계속한다.

"어찌해 대답을 못하느냐. 소식이 있더냐 묻지 않았느냐!"

저도 모르게 큰 소리로 노기를 드러내자 몸종아이가 덜덜 떨며 입을 연다.

"야습이 실패하여 겸장군께서는 도, 돌아가셨다고……. 무녀님께서 이미 아시는 줄 알고 소식을 전하지 아니했다고……."

새된 목소리에 울음이 섞인다. 천장과 바닥이 뒤집힌다. 숨이 멈춘다. 덜덜 떨리는 손에 정신을 차려보자 뺨이라도 맞은 것처럼 고개가 기울어 있다. 그동안 내가 찾은 것은 누구의 꿈이었을까. 내 임과 나 외에 누가 그 꿈을 알아 내게 헛된 희망을 품게 했을까. 임의 단정한 얼굴, 임의 검은 머리카락. 임의 눈동자. 임의 손. 임의 목소리. '휘'라고 부르던 따뜻한 목소리.

"10월 이레 날, 자시경이라 하더냐."

아이가 주먹으로 입을 막고 꾸역꾸역 고개를 끄덕인다.

"장군의 주검은, 돌아왔느냐."

머릿속은 하얗게 비어가는데도 입은 해야 할 일을 뱉어 일깨운다. 몸종아이가 몸을 바닥에 엎디어 붙인다.

"투구만…… 부관의 손에 돌아왔다, 하옵니다……."

"뼛조각 하나, 터럭 한 올 없다더냐."

몸종아이가 급기야 오열한다. 혜야, 네가 왜 우느냐. 네 임이 가셨다더냐. 너는 울 일이 없지 않으냐.

"투구는 어찌 된다더냐."

"장군의 본가에, 장사 지낸다 들었사옵……."

"되었다. 다구와 차를 가져오런."

몸을 추슬러 앉고 명하자 몸종아이가 두 손으로 얼굴을 부비며 나간다. 곧 차통과 다구를 들여온다. 손짓으로 몸종아이를 내보내고 조심스럽게 차통을 열어본다. 밑바닥에 딱 두 잎의 차가 남아 있다. 잎 하나는 임의 것, 잎 하나는 내 것. 적장의 목을 베고 돌아오시면 임 한 잔, 나 한 잔 따뜻하게 마시려 했는데 이제 소용없게 되어버렸다. 잎 하나를 들어 쥐고 손끝에 힘을 준다. 마른 잎사귀가 잎맥을 남기고 부서져 찻잔에 떨어진다. 손가락이 빨갛게 되도록 세게 쥐자 남아 있던 잎맥도 쉽게 조각난다. 싸한 차향이 날붙이의 냄새 같다. 마지막 한 잎을 꺼내 바라보다가 숫제 주먹으로 쥐어 으깨버린다. 손을 모아 털어 찻잔에 소복이 담는다.

찻잔을 들고 밖으로 나간다. 붉은 잎새가 가득 매달렸던 나무는 헐벗은 지 오래고 그와 내가 앉았던 평상도 찬바람에 황량하다. 문득 고개를 들어 올려다본 하늘만 선명하게 붉다. 찻잔에 손가락을 넣어 부서진 찻잎을 쥔다. 잎 하나는 임의 것, 잎 하나는 나의 것. 손을 부벼가며 허공에 내려놓자 금세 바람을 타고 사라진다. 몸종아이의 발소리가 조심스럽게 다가온다. 겨울바람에 시린 눈을 닫으며 말한다.

"혜야."

"예, 무녀님."

"대문을 닫아걸고 흰 천을 걸어라. 무슨 일이냐 묻는 사람이 있거들랑 휘가 신통력을 잃어 죽은 것만 못하여졌다고 전해라."

바람이 차다. 나는 찻잔을 몸종아이의 손에 맡기고 안으로 들어간다. 이부자리를 펴고 머리를 푼다. 북쪽을 향해 눕는다. 문밖은 아직 붉지만 곧 어둠이 내릴 것이다. 인생사 몽중몽이라. 조용히 되뇌자 입가에 저도 모를 미소가 걸린다. 그만 눈을 감아버린다.

붉은 잎이 가득 매달린 나무 아래 임이 계신다. 약한 바람에 밤과 같은 머릿결을 흔들며 곧은 등을 하고 앉아 있다. 옆에 있는 여자는 무엇이 좋은지 환히 웃으며 차를 끓인다. 임은 말씀하실 것이다. 임은 차를 드실 것이다. 임은 가버리실 것이다. 그러나 임은 말씀하지 않으신다. 차를 드시지도 가버리지도 않으신다. 나는 약하여 그처럼 하지 못하므로, 그분은 옆에 앉은 어린 계집의 환영을 지나쳐 문밖의 나를 보아주신다. 임이 웃으신다. 내 뺨을 흐르는 눈물을 보지 못하고 웃으신다.

"내가 너무 늦게 온 것인가."

"녹설이 딱 두 잎 남았사옵니다."

"그동안 맛은 얼마나 익혔는가."

"보아주시옵소서."

나는 울면서도 차를 끓일 것이다. 그리하여 찻물에 두어 방울 달지 못한 눈물이 섞인대도 임께선 맛있다 칭찬해주실 것이다. 그것이 내 소망이며, 이것은 내 꿈이므로.

■ 몽 중 몽 은 ……

2001년에 썼다. 비극적인 순정만화를 좋아하지만 실제로 그 비슷한 걸 만드는 것은 좋아하는 것과 별개라는 것을 깨닫게 해준 글이다. 강철 같은 정신력이 필요한, 매우 어렵고 힘든 일이다. 순정만화와 로맨스물을 잘 만드시는 분들에게 존경을 바친다.

그 들 은 더 이 상 노 래 하 지 않 는 다

그들은 더 이상 노래하지 않는다

그 마을에는 탑이 있다. 마을 외곽에 있는 탑은 가로로는 두 뼘, 세로로는 한 뼘 반인 직사각형의 돌을 쌓아 만든 것으로 둘러 안으려면 키 큰 장정 스물은 필요한 원통형 건물이다. 탑의 상단부는 세월을 이기지 못하고 한쪽 면이 허물어져 있다. 탑의 주변을 돌다보면 탑에서 떨어져 나온 돌조각들이 길게 자란 풀 사이사이에 얌전히 웅크리고 있는 것을 볼 수 있다. 아름답다고 할 수 없는 밋밋한 건물이지만 오랜 세월을 지내온 것들에서 느껴지는 애련함이 주변을 휩싸고 있다.

일 년에 한번, 마을 사람들은 탑에 모여 밤을 보낸다. 주축이 되는 것은 여자들이다. 오랜 전통에 맞춰 여자들은 아름다운 옷을 꺼내 몸에 두르고 남자들의 호위를 받으며 탑으로 향한다. 사람들은 탑에 모여 불을 지피고 음식과 술을 나눈다. 그사이 가장 아름답게 꾸민 여자가 맨발로 탑의 계단을 오른다. 보통은 성년을 앞둔 마을 안의 소녀가 그 역할을 맡지만 오늘은 축제에 참여하고 싶다고 찾아온 외지인이 주인공이다. 그는 향유와 파란 보석으로 몸을 단장하고 머리를 천으로 가린 채 탑으로 들어간다.

마침내 밤이 깊어지고 음식과 술이 바닥을 보이면 남자들이 불을 지키고 여자들은 춤을 춘다. 발소리, 옷이 허공에 나부끼는 소리, 숨소리가 불이 이글거리는 소리에 섞여 탑을 뒤흔든다. 아무도 말을 하지 않는다. 간간이 춤을 멈추고 여자들이 부르는 짧은 노래만이 허락되어 있다. 춤추던 자들 중 한 명이 선창한다.

어디에서 무엇을 보고 있는가

나머지가 화답한다.

여기에서 지금을

그들은 다시 춤을 추고 지치면 멈춰 노래한다.

어디에서 무엇을 보고 있는가

스스로 대답한다.

여기에서 지금을

질문이 바뀌는 일은 없다. 대답이 바뀌는 일도 없다. 그들도, 그들의 할머니도, 할머니의 할머니도, 대를 거슬러 오르고 올라 탑돌이가 처음 시작되었던 때에도 같은 노래로 화답하였다.

그들에게 내려오는 전설에 따르면 탑은 먼 옛날, 신과 정령들이 인간과 가까이 교통했던 시절 이곳을 다스렸던 왕의 명령에 의해 만들어진 것이라고 한다. 왕은 하늘에 신들의 비밀이 감추어져 있다고 믿었다. 그는 높은 탑을 건축하고 정결한 소녀를 뽑아 홀로 탑에 오르게 했다. 소녀가 탑에 오르는 동안 병사들은 아무도 탑에 들어가지 못하도록 경비를 단단히 했다. 하루가 꼬박 지나도 소녀는 내려오지 않았다. 이틀이 지나도 소녀는 내려오지 않았다. 사흘째 되는 날 왕은 사람을 시켜 탑에 오르게 했다. 그는 하루 만에 탑에서 내려와 위에 있는 것은 창공과 구름, 그를 훑는 바람뿐이라고 전했다. 아무도 소녀의 행방을 아는 사람이 없었다. 무수한 추측이 오가는 가운데 나이 든 무녀가 입을 열었다. 소녀는 신들의 비밀을 엿보았고 그에 화가 난 신이 독수리의 형상을 한 바람의 정령을 보냈다고. 정령은 소녀를 낚아채 탑 밖으로 떨어뜨렸고 소녀는 허우적대다가 신들이 인간들의 눈을 피하기 위해 하늘을 가린 천을 움켜쥐었다고. 왕이 물었다. 그렇다면 신들의 비밀은 알 수 없는 것이냐. 무녀가 대답했다. 손으로는 미혹을 붙잡고 눈은 하늘의 비밀을 향한 소녀의 꿈을 점쳐 그녀가 무엇을 보고 있는지를 알 수 있다면 신들의 비밀에 닿을 수 있을 것입니다.

나이 든 무녀가 소녀의 꿈을 보고서 어떻게 말했는지 제대로 대답해주는 사람은 없다. 묻는다 해도 돌아오는 것은 한껏 부풀린 뺨과 둥그렇게 말려 올라간 입술뿐이다. 대신 그들은 노래한다. 여기에서 지금을. 이 순간 여기에서 신의 비밀이 행해지고 있다고.

세월이 흐르면서 수많은 추측들이 이 이야기에 덧붙여진다. 노래하고 춤추는 그들도 어느 것이 진실인지 모른다. 노래가 끝나고 누군가가 속삭인다. 소녀는 탑의 가장자리를 거닐다가 탑이 무너지는 바람에 떨어진 거야. 자신의 광휘에 어둠이 드리우는 것을 저어한 왕이 몰래 소녀의 시체를 치운 것이 틀림없어. 누군가가 웃으며 속삭인다. 아니야. 탑을 지키던 병사 중의 하나가 소녀를 사랑했고 소녀가 탑에 오르기 전에 설득해서 둘이 함께 도망쳤을 거야. 다른 사람이 입을 연다. 이건 어떨까. 소녀가 하늘을 올려다본 순간 신의 눈이 소녀의 눈과 마주쳤고 신은 소녀에게 반해서 하늘의 궁전으로 데리고 간 거야. 그러나 춤과 노래와 수많은 전설의 근간이 된 탑의 건설과 소녀의 부재를 의심하는 사람은 아무도 없다.

마을 사람들은 동이 트기 전에 자리를 떠난다. 탑에 올라간 사람은 마을 사람들이 모두 자리를 뜬 뒤에 몰래 홀로 집으로 돌아가기 마련이다. 아침이 되면 머리장식을 풀고 옷을 갈아입고 아무 일도 없었다는 듯이 다른 이와 어울려 탑을 확인한다. 탑 위에 아무도 없는 것을 확인하면 축제는 끝이 난다.

사람들은 탑 근처에 모인다. 그러나 축제는 끝나지 않는다. 그들은 탑과 그 아래 누워 있는 여자의 시체를 발견한다. 서로를 질책하거나 변명하는 사람은 없다. 말없이 시체를 치우고 흔적을 지운다. 마을 사람들이 얼마나 정중하게 여자의 시체를 매장했는지는 중요하지 않다. 며칠 뒤, 여자의 친인들이 마을을 찾아와 울음과 분노를 터뜨렸다는 것이 중요하다.

위험하다는 이유로 탑의 주위에 울타리가 생긴다. 위험하다는 이유로 축제가 금지된다. 그들은 이 모든 것을 침묵 속에서 지켜본다. 탑을 둘러싼 새로운 전설이 생겨난다. 탑에서 사람을 투신시켜 하늘에 제물로 바친 사람들의 이야기일 수도, 보이지 않는 눈과 옹그라진 손을 지니고 찾아와 탑에서 목숨을 끊은 방문자의 이야기일 수도, 혹은 사랑하는 여인의 죽음에 분노해 영원한 침묵의 저주를 내린 왕의 이야기일 수도 있다.

마을 사람들은 이에 대해 아무런 말도 하지 않는다. 그들의 오랜 전통에 대해서도, 신들의 비밀에 대해서도, 탑과 소녀에 관해서도. 그저 웃는 눈과 입으로 마주 바라볼 뿐이다.

■ 그 들 은 더 이 상 노 래 하 지 않 는 다 는 ……

2005년에 썼다. 글을 거의 못 쓰던 시기이다. 어떤 방식으로 풀어야 맞을지 많이 고민했지만 결국 이렇게 짧은 형태가 되었다.

어 린 신 의 짧 은 이 야 기

싹

창 세 기

어 린 신 의 짧 은 이 야 기

싹

창 세 기

어린 신의 짧은 이야기

생일 선물을 풀어본 아이의 얼굴에 환한 웃음이 가득했다. 아직 새카만 '세계'가 작은 손에 들렸다. '세계'를 들여다보던 아이는 한참 뒤에야 무엇을 해야 하는지 모른다는 걸 깨달았다. 아이는 '세계'를 가지고 부모에게 갔다. 만들어진 지 꽤 오래된 세계를 돌보느라 바빠 보였다.

"엄마, 아빠. 이거 어떻게 하는 거야?"

"응? 여보, 애한테 어떻게 쓰는지도 모르는 걸 선물이라고 준 거야?"

"뭐 어때. 그러면서 배우는 거지. 어디 보자, 내가 어릴 때 쓰던 매뉴얼이 어딘가 있을 텐데. 아, 여기 있다. 이걸 보고 해보렴."

아이는 부모가 건네준 『초보를 위한 창조에서 멸망까지』라는 소책자를 받았다. 돌아가는 아이 뒤로 부모의 대화가 들려왔다.

"그러게 뭐랬어. 다른 걸로 하자고 했잖아. 더군다나 '세계' 같은 건 애들 정서에 안 좋다고."

"그럼 '세계'가 갖고 싶다고 단식투쟁까지 하는 애를 어떻게 해. 두고 봐. 사흘도 안 되어서 벽장 속에 처박아버릴걸? 어차피 '세계'에 재미를 느끼기엔 너무 어려."

아이는 입을 툭 내밀고 소책자를 펼쳤다. 지시에 따라 먼저 '세계' 안에 땅을 만들고 해와 달과 별과 각종 생물들을 만든 다음 인간을 만들었다. 인간들은 곧 다른 생물을 잡아먹고 대지를 파헤치며 빠른 속도로 번성했다. 아이를 위한 신전을 만들고 제물을 바쳤다. 신이 난 아이는 형에게 갔다.

"형, 이것 봐. 내 '세계'의 인간들이 날 위해 신전을 지었어."

"그래? 처음 치고는 제법인데? 심심한데 잘됐다. 나랑 내기 안 할래?"

"내기?"

"그래. 내 '세계'랑 네 '세계'의 인간 중 어느 쪽이 끝까지 살아남는가 하는 내기."

"시, 싫어……."

놀러 왔던 형의 친구가 끼어들었다.

"나랑 하자, 기한은 5세기!"

"좋았어. 뭘 걸래?"

"지는 쪽이 '세계' 세 개에다 자기는 죽은 신이라고 선포하고 이긴 쪽에 넘기는 걸로."

"약한데. 다섯 개?"

"좋아."

형은 친구와 두 개의 '세계'를 연결하며 킬킬거렸다.

아이는 다시 자신의 '세계'와 '인간'들에 빠져들었다. 인간들은 이제 쇠로 된 무기를 만들어 서로를 죽이고 있었다. 전혀 예상치 못했던 광경에 아이는 얼굴이 하얗게 질렸다.

"형, 인간들이 서로 죽이고 있어! 어떻게 해?"

형은 시큰둥했다.

"원래 다 그런 거야. 신경 쓰지 마."

아이는 발을 동동거리며 핏빛으로 물들어가는 '세계'를 지켜보았다.

"매뉴얼, 매뉴얼이……."

견디다 못해 소책자를 마구 뒤지기 시작했다. 책자의 거의 끝에 가서야 원하는 대목을 찾을 수 있었다.

원치 않는 방향으로 발전된 세계를 되돌리고 싶다면 멸망시키고 다시 시작할 수 있습니다.

아이는 더욱더 놀라 책자를 덮었다. 형은 내기 게임에 열중하느라 도움이 되지 않을 것 같았다. 아이는 조심조심 세계와 매뉴얼을 들고 옆집을 찾아갔다. 옆집 부부는 반가운 얼굴로 아이를 맞았다.

"어머, 귀여운 '세계'로구나. 축하한다."

"그런데 인간들이 서로 죽여요. 어떻게 해요?"

"매뉴얼엔 뭐라고 쓰여 있니?"

"마음에 안 들면 다시 시작하라는데 그러면 인간들이 다 죽잖아요……."

옆집 부부가 크게 웃었다.

"귀여워라. 그런 게 신경 쓰일 때구나."

아이의 입이 툭 튀어나왔다.

"우리 딸을 보렴. 벌써 서른 개나 되는 '세계'를 갖고 있단다."

아이는 '세계'로 둘러싸인 여자아이를 바라보았다. 여자아이는 '세계'를 손가락으로 건드리며 그때마다 숫자를 중얼거렸다.

"오천이십사, 오천이십오, 오천…… 아니지. 오천이십칠."

"저기, 지금 뭐하는 거야?"

여자아이는 고개를 들지 않고 답했다.

"보면 몰라? 오천이십팔……, 아니 삼십 번째 '세계'를 멸망시키고 있어."

"왜 그러는데?"

"인간들이 서로 죽이고 팔아먹는 걸로 모자라서 배은망덕하게 날 잊고, 어떤 인간들은 도전까지 하잖아. 이런, 오천삼십삼!"

"그럼 인간들이 다 죽어버리잖아."

여자아이가 웃었다.

"걱정하지 마. 이렇게 계속 멸망시켜도 어떻게든 살아남거든. 한 번씩 방법을 바꿔주지 않으면 거기에도 익숙해져서 대비까지 하고 기다리는걸? 빨리 다 없애야 새로 세계를 시작할 텐데 너무 안 죽네. 아, 까먹었다."

여자아이는 잠시 얼굴을 찡그리고 '세계'를 들여다보다 한숨을 쉬고 손가락으로 세계를 톡, 건드렸다.

"하나, 둘……."

아이는 옆집 부부의 배웅을 받으며 집으로 돌아왔다. '세계'에서 벌어진 전쟁은 점점 커지고 있었다. 인간들은 적을 붙들어 아이의 신전에 제물로 바쳤다.

"멸망시켜버릴까."

저도 모르게 중얼거린 아이는 한숨을 쉬며 '세계'를 내려놓았다. 하지만 차마 자신의 첫 번째 인간들을 죽일 수 없었다. 아이는 벽장을 열고 '세계'를 조심스럽게 집어넣었다. 부모가 티격거리는 소리가 들렸다.

"여보! 내 '세계'에 무슨 짓을 한 거야?"

"당신 없는 사이에 좀 돌봐줬는데, 왜?"

"당신 믿는 인간들이 생겨나는 바람에 종교전쟁이 시작됐다고. 산 지 얼마 안 된 새 거인데!"

"귀찮으면 그냥 밀어버려. 요즘 건 내구력이 좋아서 뭘 해도 '세계'가 깨지거나 하진 않으니까."

아이는 고개를 흔들며 벽장문을 닫았다.

"난 아직 어린가봐."

아이의 '세계'는 어둠 속에 잠겨들었다.

창세기

먼 먼 아주 먼 옛날에는 지금과는 다른 세상이 있었다고 합니다. 빠르고 느린 여러 겹의 시간이 흐르는 그곳은 지금의 세상이 있는 바로 이 자리에 있었다고 하지요. 그러면 어떻게 해서 지금의 세상이 여기 있게 되었을까요? 지금부터 그 이야기를 들려드리겠습니다.

그 세상은 지금의 세계와 별다른 점이 없는 곳이었다고 합니다. 하늘이 있고 땅이 있고 개미도 살고 강아지, 고양이도 살았죠. 그리고 사람도 있었습니다. 사람들은 여기서 그러는 것처럼 기뻐하고 슬퍼하고 성내고 즐거워하며 살았습니다. 태어나고 나이가 들고 아파하기도 하고 죽기도 했죠.

세상에 여러 겹의 시간이 흐르고 있다는 것을 인간이 깨달은 것은 아주 평범한 날이었습니다. 그날은 뜨거운 태양볕에 아이스크림이 줄줄 녹아 흐르는 날이었고 잠시 놓아두었던 국수의 면발이 팅팅 불어 먹기 거북하게 된 날이기도 했습니다. 아이스크림을 핥다가 녹아내린 크림이 옷에 뚝뚝 떨어지자 아이 엄마는 짜증을 냈고 젓가락으로 면발을 집어 들다가 허무하게 툭 끊기자 남자는 한숨을 내쉬었습니다. 그러다가 갑자기 쾅, 깨달은 거지요. 아이스크림과 국수 면발이 시간과 무슨 상관이냐고요? 그 세상의 인간들은 상관이 있다고 생각한 모양입니다. 아이스크림과 국수의 시간을 인간의 시간과 동등하게 생각하게 되었던 것이죠.

인간은 약 120살까지 살 수 있다고 알려져 있습니다. 강아지와 고양이는 15년에서 20년가량 살지요. 국수는 이십 분이 안 되어서 불어버리고 아이스크림은 더운 날 녹아내리는 데 십 분이 걸리지 않습니다. 자, 이제 인간, 강아지와 고양이, 국수와 아이스크림이 느끼는 시간을 비교해봅시다. 그들이 느끼는 생애의 길이가 같다고 가정합니다. 국수와 아이스크림이 시간을 느낄수 있는가에 대한 논쟁은 접어두죠. 이건 어디까지나 예를 들기 위한 것이니까요.

아이스크림은 십 분 동안 일생을 마치고 녹아버립니다. 아이스크림 입장에서는 국수 면발이 찰기를 잃고 불어버리는 것을 관찰하기 힘들겠지요. 아이스크림에게는 국수의 시간이 느리게, 국수에게는 아이스크림의 시간이 빠르게 느껴집니다. 이렇게 두고 보았을 때, 국수와 아이스크림의 시간보다 강아지와 고양이의 시간이 느리게 흐릅니다. 강아지와 고양이의 시간에 비하면 인간의 시간은 엄청나게 느리게 흘러가겠지요.

인간은 오래 살고 싶어합니다. 그리고 여기서 그 열쇠를 찾아내죠. 인간과 강아지, 고양이, 개미와 국수와 아이스크림의 차이점을 비교한 것이죠. 수명의 열쇠는 바로,

웃지 마세요.

몸집이었어요. 국수는 아이스크림보다 크고, 강아지는 국수보다 크고, 인간은 강아지보다 크죠. 네? 궤변이라고요?

어쨌든 먼먼 옛날의 인간은 몸집에 따라서 시간의 흐름이 다르다는 것을 깨닫고 몸집을 키우기 위해서 노력하기 시작했습니다. 어떤 사람은 움직이지 않고 잔뜩 먹기만 해서 살을 찌웠고 어떤 사람은 성장 호르몬 주사를 맞고 키를 키워보려고도 했고 어떤 사람은 무시무시한 수술을 감행하기도 했죠.

그렇게 오랜 세월이 흐르고 통계조사원은 10년 단위로 아이들의 성장 그래프를 뽑아보다가 깜짝 놀랐습니다. 아이들의 키와 몸무게가 어느 순간 비약적으로 늘어난 겁니다. 바로 신인류의 탄생이었죠.

처음에는 단순히 '키가 크다' 정도였던 신인류는 성장을 멈추지 않았습니다. 버스만 해지고 덤프트럭만 해지고 기중기만 해지고 빌딩만 해졌습니다. 그에 따라서 인간의 수명도 점점 늘어났습니다. 예? 그럼 인간들이 살기에 세상이 비좁지 않았겠느냐고요? 물론 그랬죠. 인간들은 점차 길어진 수명에 맞춰 생식능력을 잃어버렸습니다. 그러고도 세상은 꼭 들어차고 비좁아져서 강아지가 없어지고 고양이가 없어졌습니다. 그 큰 입을 만족시킬 수 있는 국수와 아이스크림은 꿈도 꿀 수 없었죠. 결국 인간만이 남

게 되었습니다. 그런데 그것으로도 끝이 아니었어요. 다른 생명들이 사라지고 난 후에도 인간의 성장이 멈추지 않은 거지요. 태어나는 아이는 없었지만 남아 있는 인간들만으로도 세상이 꽉 차 버렸습니다. 견디다 못한 세상은 있는 힘껏 분 풍선처럼 팽팽해졌다가 터져버렸대요.

그 자리에 놀랍게도 한 명의 인간이 살아남았습니다. 이미 몸집이 세상만큼 커진 그는 죽을 수도 없게 된 거였어요. 홀로 남은 인간은 눈을 감고 세상만 한 몸을 한껏 웅크렸습니다. 그리고 잠이 들었지요. 강아지도 있고 고양이도 있고 그들보다 약간 큰 몸을 지닌 인간이 함께 있는 그런 꿈을 꾸었다고 하는군요.

그의 몸에 빠르고 느린 여러 겹의 시간이 흐르기까지는 너무 너무 커져버린 그가 느끼기에도 엄청나게 긴 시간이 흘러야만 했다고 합니다.

싹

어느 날, 인류 멸망의 씨앗이 싹을 틔웠다. 바로 A 씨의 정수리에.

신은 항상 불만이었다. 사랑하며 살아보라고 정원에 자리를 마련해준 인간들은 너무 많이 서로 싸우고, 미워하고, 죽였다. 그의 정원은 늘 시끄러웠고 신은 도저히 편히 쉴 수가 없었다. 그래서 신은 자신의 정원에서 사람을 치우고 진짜 나무를 심기로 마음먹었다.

신이 심기로 마음먹은 종자는 그가 특별히 빚은 것으로, 인간의 증오심을 먹고 자라는 것이었다. 일단 싹이 트면 없앨 방법은 아무것도 없었다. 싹은 쑥쑥 자라서 아스팔트에 뿌리를 내리고 빌딩을 부수고 하늘 끝까지 닿을 만큼 큰 나무가 되어서 결국 정원에 사람이 살 자리라고는 남지 않을 것이었다. 사람이 아니라 나무가 정원의 주인이 될 것이다!

신은 튼튼한 씨앗을 몇 개 골라 사람들 틈에 뿌렸다. 씨앗은 굴러다니다 적당한 장소가 나타나자 싹을 틔웠다. 그중 한 곳이 A 씨의 정수리였다. A 씨는 농담이라고는 모르고 깐깐하며 다른 사람의 잘못을 들춰내기 좋아했다. A를 좋아하는 사람은 없었다. 씨앗은 정확하게 제자리를 찾은 것이다.

갑자기 머리에 싹이 돋은 A 씨는 그것이 인류 멸망의 싹이라는 것은 몰랐지만 매우 당황했다. 뽑아보려고도 하고 잘라보려고도 했지만 무슨 수를 써도 싹은 없어지지 않았다. 부끄러움을 참고 찾아간 병원 의사는 이미 싹이 A와 하나가 되어서 목숨이 위험할지도 모른다고 했다. 그는 머리에 싹이 났다는 이유로 직장에서 쫓겨났고 이혼을 당했으며 사람들의 손가락질을 받았다. 싹은 쑥쑥 자라났다. 그는 급기야 납치당해 국가의 비밀연구단체에 일거수 일투족을 감시당하며 과학자와 의사들의 실험대상이 되었다. A는 좌절했다.

인류 멸망의 싹이 자랄 환경은 완벽했다. 신은 만족했다. 한숨 자고 일어나면 그의 정원에는 소음도 분쟁도 모르는 아름다운 나무가 서 있을 것이다. 신은 유쾌하게 쉬러 갔다. 정원은 아직 시끄러웠지만 그에게는 특제 귀마개가 있었다.

그러나 신이 단잠에서 깨어나 정원을 내려다보자 거기에는 나무도 싹도 찾을 수 없었고 사람들만이 가득했다. 어떤 것으로도 없앨 수 없도록 특별히 만들어낸 인류 멸망의 싹이 사라진 것이다!

A 씨를 연구하던 과학자와 의사들은 시간이 지날수록 모든 악조건에도 불구하고 A 씨가 낙천적이고 명랑한 사람이 되어가는 것을 알아챘다. 그는 연구소 내의 사람들에게 좋은 평판을 얻었으며 모두 그의 곁에 있는 것만으로도 마음이 편해지는 것을 느꼈다. 연구소는 싹이 나쁜 감정을 완화해주는 효과가 있으며 싹이 있으면 스트레스를 덜 받고 심인성 질병에 시달리지 않으며 노화가 느리게 진행된다는 사실을 알아내 학계에 발표했다. 이제 사람들은 스스로 싹을 머리에 심었다. 발달된 유전자 기술로 싹을 복제하는 것쯤은 일도 아니었다. 엄청난 수의 싹은 사람들의 증오심을 먹으며 무럭무럭 자라났고 그 성장에 반비례하여 증오와 불화와 전쟁이 사라졌다. 결국 양분을 공급받지 못하게 된 싹들은 어린 나무로도 자라지 못한 채 사람들 사이에 마지막 증오가 사라진 순간 모두 누렇게 말라죽었다.

신은 실망했다.

몇십 년이 흐르자 사람들 사이에 증오와 분쟁, 전쟁이 가득해졌지만 안타깝게도 인류 멸망의 싹은 다시 자라지 않았다.

■ 어 린 신 의 짧 은 이 야 기 는 ……

1999년에 썼다. 내가 최초로 쓴 글이다. 이때 스타크래프트가 유행했다.
그렇게 안 보이겠지만 소재는 스타크래프트. 원 글의 인상이 바뀌지 않을 선
에서 수정했다.

■ 창 세 기 는 ……

1999년에 썼다. 두 번째로 쓴 글이다.

■ 싹 은 ……

환상문학웹진 거울 115호에 실렸다.

온우주
단편선

지 구 로　돌 아 오 다

지 구 로 돌 아 오 다

그 타람은 무거운 금속판을 간신히 트레일러에 올려놓고 손을 흔드는 세누 수이를 보았다. 그녀는 때 묻고 두꺼운 껍질로 둘러싸인 손가락을 거칠게 움직였다. 먼저 일하러 나오자고 하더니 아까도 금속판을 자기가 들겠다고 우기고. 아무래도 기분이 좋지 않은 모양이었다.

제ㅡ, 3000ㅡㅡ끝난다ㅡ들ㅡ죽ㅡ싶어.

그녀의 수화는 언제나처럼 정확했지만 속도가 빨랐다. 잠시 멈추는가 싶으면 허공을 휘젓는 통에 제대로 알아볼 수가 없었다.

천천히.

그 타람은 손을 펴서 느리게 허공을 저었다. 세누 수이는 팔을 접어 허리에 올리더니 이번에는 과할 정도로 느리게 손가락을 움직였다.

제기랄. 3000년. 되기. 전에. 끝난다고. 했던. 놈들. 다. 죽이고. 싶어.

말 자체도 과격한데 느려진 속도로 인해 모든 단어가 꾹꾹 누르듯 강조되었다. 긔 타람은 헬멧 속에서 쓴웃음을 지었다. 세누 수이는 지구로 돌아갈 마음도 없으면서 가끔 일이 힘들면 저런 식으로 투정을 부렸다. 긔 타람은 손을 펼쳤다.

그만. 할까?

헬멧 때문에 세누 수이가 어떤 표정을 짓고 있는지 보이지 않았다. 그녀는 곧 짧게 손을 흔들었다.

가자.

세누 수이가 절단기를 집어 들고 긔 타람에게 손짓했다. 긔 타람도 절단기를 들고 천천히 걸음을 옮겼다. 세누 수이의 뒤를 쫓아가면서 그는 작게 한숨을 쉬었다. 수화를 배워 사용한 지 6년이 지났는데도 상대가 손을 움직이는 속도가 빨라지면 알아보기 힘들었다. 상대가 나쁘긴 했다. 세누 수이는 긔 타람보다 여덟 살이나 어려서인지 훨씬 기민하고 성격이 급했고, 무엇보다 6년 앞서 이 일에 뛰어든 선배인 것이다.

세누 수이는 눈앞의 금속 건축물을 가늠하다가 적당하다고 생각되는 곳에 자리를 잡았다. 그녀는 손가락으로 금속 벽에 하나의 곡선을 그었다. 그 끝점에 절단기를 대고 긔 타람에게 다른 쪽 끝점을 가리켰다. 긔 타람은 절단기를 켜고 그녀가 가리킨 곳에 가져다 댔다. 긔 타람이 고개를 끄덕이자 세누 수이가 천천히 절단기를 움직이기 시작했다. 그는 세누 수이가 그어놓았던 선을 가늠하며 절단기를 움직였다. 절단기가 움직인 밑으로 날카로운 궤적이 남았다. 잠시 후, 두 절단기가 가까워지자 세누 수이가 자기 절단기를 금속 벽에서 떼어냈다. 그리고 금속 벽을 바라보다가 손가락으로 새로운 선분을 그었다. 이번에는 직선이었다. 둘은 다시 절단기를 움직였다. 중간이 가까워졌을 때 세누 수이가 절단기를 물렸다. 그녀는 등에 달린 주머니에서 흡반 달린 손잡이를 꺼내 벽에 붙였다. 손잡이가 붙은 것을 확인하고 긔 타람은 양쪽 끝에서 이어진 직선을 이었다. 투우우웅. 희미한 곡면을 그리고 있던 부채꼴 양끝이 밖으로 살짝 튀어나오며 진동을 흘렸다. 이제 부채꼴을 이룬 곡선 한가운데를 절단기로 눌러주면 부채꼴은 벽에서 분리될 것이다. 긔 타람은 발치에 절단기를 내려놓고 양손으로 세누 수이가 붙여놓은 손잡이를 잡았다. 그가 단단히 잡은 것을 확인한 세누 수이가 부채꼴을 완성했다. 금속 벽의 무게가 한꺼번에 팔에 실려 긔 타람은 휘청거렸다. 세누 수이가 잽싸게 어깨를 받쳐주었다. 긔 타람이 중심을 잡자 세누 수이가 가볍게 손을 흔들었다.

힘내.

긔 타람은 이를 꽉 깨물고 한 발 한 발 움직여 트레일러로 향했다.

세누 수이와 긔 타람이 파트너가 된 것은 긔 타람이 이레스 달로 온 지 나흘째 되는 날이었다. 긔 타람은 도시의 웅장한 모습에 마음을 빼앗겼었다. 수면시간으로 지정된 짧은 밤 동안 그는 아무도 없는 식당 창문을 통해 벌레 먹은 것 같은 도시의 희뿌연 외곽과 그 위의 어둠을 즐겼다. 공기청정기만 틀어놓으면 눈치 보지 않고 담배를 피울 수 있어 더욱 좋았다. 천천히 담배 맛을 즐기고 있을 때 짧은 머리카락에 탄탄한 몸매를 지닌 여자가 다가왔다. 순간 담배를 꺼야 하나 고민했지만 그녀는 긔 타람과 그 손에 들린 담배를 흘끗 보고는 아무렇지 않게 옆에 앉아 연기 섞인 공기를 들이마셨다. 드문 일이었다. 그녀의 시선이 창밖을 향했다. 그녀가 낀 MPP 리시버에서 작은 음악이 흘러나왔다. 무릎 위에 놓인 손가락이 박자에 맞춰 까딱였다.

"세누 수이?"

긔 타람은 어색함을 견디지 못하고 작은 목소리로 불렀다. 세누 수이는 고개를 까딱하고 한쪽 귀에서 리시버를 뽑았다.

"긔 타람, 이었죠."

손가락은 여전히 무릎 위에서 춤을 췄다. 긔 타람도 고개를 끄덕였다.

"일은 할 만하세요?"

"뭐 그렇죠."

사교적인 잡담이 오고 갔다. 대화거리가 떨어지자 세누 수이는 심드렁한 표정으로 시선을 다시 창밖으로 옮겼다.

"여긴 지루해요. 유적 발굴, 뭐 그런 대사업에 참여하니 어쩌니 하는 사명감을 가지고 왔다면 일찌감치 포기하는 게 좋아요."

갑자기 표정과 달리 꽤 날카로운 말투로 하는 말에 긔 타람은 약간 놀랐다. 나흘간 지켜본 그녀는 언제나 작업에 열심이었다.

"그럼 왜 지구로 돌아가지 않죠? 기한이 정해진 것도 아니라 언제라도 돌아갈 수 있다던데……."

갈색 눈이 이쪽을 향했다. 손이 처음으로 무릎에서 떨어져 나와 흔들렸다.

거긴.더.지루해요.

지루하다는 표시 뒤에 귀찮음이 완연한 느린 동작으로 높임에 해당하는, 동그라미에서 손가락 두 개를 꼿꼿이 펴 내리는 모양으로 이어졌다.

"하핫."

긔 타람이 웃자 세누 수이는 만족한 모양이었다.

"최대한 빨리 수화를 배우는 게 좋을 거예요. 여긴 벽이 얇아서 프라이버시가 필요한 대화는 수화로 때워야 해요."

말을 마친 그녀는 리시버로 다시 귀를 틀어막았다. 긔 타람은 신중하게 손을 놀려 서투른 수화로 대답했다.

알았-습니다.요?

세누 수이가 깔깔 웃었다.

그날부터 세누 수이는 긔 타람에게 수화를 가르쳐주었다. 성격이 급하고 가르치다 말고 쉽게 질려 좀처럼 진도가 나가지 않았지만 긔 타람은 불평하지 않았다. 그녀는 젊고 예쁘고 솔직했다.

세누 수이는 이레스 달에 근무하는 일곱 명의 도시철거반 중 가장 어렸다. 긔 타람이 이레스 달에서 보낸 6년간 몇 명이 떠나고 도착했지만 세누 수이만큼 어린 사람은 한 명도 없었다. 하지만 아무도 세누 수이를 무시할 수 없었다. 그녀만큼 이레스 달에 오래 있었던 사람 또한 없었기 때문이다. 또 세누 수이는 도시철거반을 총괄하는 반장이었고 이레스 달의 가장 훌륭하고도 유일한 가수이기도 했다. 이레스 달의 사람들은 일하지 않는 시간이면 지구에 있을 때보다 더 취미에 몰두했다. 지구에 있을 때보다 공간도, 사람도, 자원도 한정되어 달리 할 게 없기도 했다. 반장이자 가수인 세누 수이를 비롯해 이레스 달 거주민 전원의 상담원을 자처하는 힐 제드린, 압축식량을 먹을 만하게 조리하는 알보뷔스, 일지 담당이자 작가인 데비 헤르이, 화가에 엔지니어인 카이웨반, 스스로 명상가에 신비주의자라지만 단순히 사람을 기피하는 것 같은 일비 첼, 마지막으로 그들의 청자이자 독자이자 대화상대인 긔 타람까지.

금속판을 가득 실은 트레일러를 화물칸으로 옮긴 세누 수이와 긔 타람은 조립식 거주구로 돌아와 헬멧을 벗었다.

"오늘 무리한 거 아냐?"

미리 준비되어 있던 물수건으로 얼굴을 닦던 세누 수이가 긔 타람에게 물었다. 긔 타람은 땀으로 흠뻑 젖은 머리카락을 쓸어 올리며 되물었다.

"왜 그렇게 생각해?"

아무리 생각해도 오늘 무리한 것은 그녀 쪽이었다. 세누 수이는 물수건을 긔 타람에게 던져주고 눈가에 손가락을 갖다 댔다.

"주름살이 느는 것 같아."

"누구 때문이라고 생각하는 거야?"

장난스럽게 되받자 세누 수이는 입가를 찡그리더니 몸을 둔하게 감싸고 있던 외피를 익숙한 솜씨로 벗어 내렸다. 긔 타람은 그녀의 몸매를 감상하며 느긋하게 작업복을 갈아입었다. 세누 수이는 사물함을 열고 옷을 꿰어 입었다. 빠른 손놀림으로 옷매무새를 정리해버리고 빙글 뒤로 돌더니 아직 바지조차 제대로 꿰지 못하고 어정쩡하게 서 있는 타람을 보며 생긋 웃었다.

"배 나온 것 봐. 역시 예전 같지 않네. 운동 좀 해야겠어?"

"오늘따라 불만도 많네. 나이는 나만 먹었나."

타람이 툴툴거리자 세누 수이가 깔깔댔다. 내일 모레면 벌써 3000년이었다. 그 생각을 하자 문득 쓴웃음이 떠올랐다. 떠나야 하는 그와 달리 3000년이 되든 3015년이 되든 세누 수이는 이레스 달에 남아 있을 것이다.

자원회수 위원회에서는 3000년이면 우주로 빠져나간 대부분의 자원이 회수될 것이라고 예측했다. 그들이 믿는 그대로의 이야기만 해주었기에 긔 타람은 2999년 12월 31일 23시 59분을 계약 만료일로 잡았다. 하지만 이레스 달 도시의, 지구에서 온 합금과 합성수지로 이루어진 건물들은 여전히 건재했다. 일하는 방식이 문제이기도 했다. 원할 때 일하고 원할 때 쉰다는 간단한 규칙. 지구에서 과도하게 유출된 질량, 곧 자원을 회수해 미묘하게 일그러진 인력을 되돌린다는 최소한의 사명감마저 없었다면 이나마도 불가능했을 것이다.

긔 타람은 몇 달 전부터 지구로 돌아가 무엇을 할지 결정해야 했다. 세누 수이와는 이야기할 수 없었다. 1년 전부터 지구로 돌아가는 문제에 대해서 의식적으로, 혹은 무의식적으로 기피해온 터였다. 가능하다면 몇 개월이라도 계약을 연장해서 준비할 시간을 더 벌어보았겠지만 위원회에서 더 이상 보수를 지불할 수 없다는 통고를 보내왔다. 그는 며칠 전에야 일할 곳을 정해 지구에 연락을 넣을 수 있었다. 선택의 여지는 그다지 많지 않았다. 한 번 지구로 돌아가면 다시 이레스 달로는 올 수 없었다. 그의 나이로 는 지구에 가까운 다른 달로 나오는 허가를 받기도 쉽지 않을 것 이다. 긔 타람이 작게 중얼거렸다.

"바보들."

바보.들.

긔 타람과 말을 놓은 지 얼마 되지 않아 세누 수이는 그렇게 위 원회를 비웃었다. 둘은 이미 같은 침대에서 뒹굴 정도로 친해져 있었다.

다.가져—폐기물.구덩이에.——인력——돌아—없잖아.

손을 빠르게 움직이며 세누 수이가 키득거렸다. 긔 타람은 한 숨을 쉬고 고개를 흔들었다.

"미안한데 천천히 해줘."

세누 수이는 긔 타람의 얼굴을 보다가 손을 내려 가슴 위에 얹 고 작게 말했다.

"다 가져다가 폐기물 구덩이에 처박는다고 인력이 원래대로 돌아올 리가 없잖아."

"그래도 할 수 있는 건 해봐야지."

긔 타람이 말했다. 세누 수이는 눈을 가늘게 뜨더니 심술궂은 미소를 지었다. 그녀의 목소리가 조금 커졌다.

"그럼 왜 멀쩡하게 지구에 있는 물건들까지 사치품이네 뭐네

해서 폐기물 구덩이에 묻어버리는 건데? 이미 만들어진 물건 내다버리고 죽은 사람 물건 돈 들여서 구덩이에 묻느니 산 사람이 쓰는 게 더 이득이잖아?”

“그 물건을 사용하는 데 또 다른 자원이 들어가니까.”

자원회수 위원회 홍보 팸플릿에 나올 듯한 말을 했다고 후회하는 찰나, 세누 수이가 흐응 하며 웃고 긔 타람의 팔에 머리를 올렸다.

“내가 볼 때는 말이지. 이런 무익한 짓을 하는 건 여기저기 버려놓은 쓰레기들이 더럽다는 걸 이제야 깨닫고 부끄러워져서인 것 같아.”

긔 타람은 몇백 년 전에 지어진 아름다운 이레스 달의 하얀 도시를 떠올리며 세누 수이의 턱을 쓸었다.

“더럽다기엔 아름다운 쓰레기인데.”

긔 타람이 중얼거리자 세누 수이가 물었다.

“그래서 그 아름다운 쓰레기를 해체하고 지구를 구하겠다는 사명감으로 온 거야?”

긔 타람은 살짝 고개를 저었다. 그가 이레스 달에 온 것은 사명감 같은 것과 털끝만치도 상관이 없었다.

“담배. 흡연자가 꽤 있어서 사치품 지정까지는 꽤 걸릴 거라고 생각했는데 아니더라고. 사치품이자 기호품인 것은 맞지만 말이야. 없이 며칠 살아보고 도저히 못 견디겠어서 신청했지. 여기로 온다니까 폐기물 구덩이까지 다시 파헤쳐서 계약만료까지 피울 분량을 맞춰주더라고. 맛도 상표도 엉망진창이지만 멋지잖아? 지구에서 아주 멀리 떨어진 달에서 인류에게 남은 마지막 담배를 독점하고 있다는 거."

"낭만적이네."

세누 수이는 까르륵 웃고 몸을 굴려 천장을 바라보았다.

"넌?"

그녀가 한 번 더 몸을 굴려 침대 옆에 놓인 MPP-TX201을 집어 들었다.

"어렸거든. 미친 듯이 돈을 모아서 열일곱이 된 날 이걸 샀어. 최신형에 생긴 것도 예뻤고 음질도 끝내주고 비싸기도 얼마나 비 쌌는지. 사길 잘했지. 사고 나서 바로 사치품 반환에 대한 성명인 지 뭔지가 발표되서 공급이 중단됐으니까. 덕분에 6년이 지난 지 금도 최신형이고 말이야. 내 MPP와 MPP데이터, 건전지. 그거야."

세누 수이의 눈이 가늘어지는 것이 어둠 속으로 희미하게 보 였다.

"잘도 보내줬네."

"열일곱이면 앞가림은 가능한 나이고, 무엇보다 내가 끝까지 우겼거든. 대신 특수 케이스가 된 거지. 언제라도 이런 놀음에 싫 증나면 지구로 돌아갈 수 있는."

그녀는 몸을 일으켜 책상 위에 쌓인 상자를 가리켰다. 갈색 포 장지 귀퉁이를 찢어 무언가 꺼낸 흔적이 있었다.

"그런데 건전지를 서른세 개밖에 안 줬어. 보증기간 1년짜리 태양열 충전식 건전지 서른 세 개. 아껴 쓰면 더 오래 쓸 수도 있 겠지만 내가 쉰 이후로는 못 살 거라고 하는 거 같아서 영 기분이

나빠."

"쉬면 일하기 힘들지 않겠어?"

타람이 놀리자 세누 수이가 얼굴을 찡그렸다.

"담배를 피우면 건강 관리가 힘들 텐데? 나보단 네 걱정이나 하시지?"

갑자기 옆방에서 알보 뷔스가 외치는 소리가 들렸다.

"역시 술을 가져온 내가 더 현명해!"

세누 수이가 베개를 들어 알보 뷔스의 방이 있는 오른쪽 벽을 때렸다.

"술이나 담배나!"

"조용히 해애!"

그와 동시에 왼쪽에서 벽을 탕탕 때리는 소리와 일비 첼의 날카로운 항의가 달아들었다.

"너나 조용히 해!"

문 맞은편의 데비 헤르이였다. 긔 타람은 놀라서 목을 움츠렸다. 세누 수이는 멍청한 표정의 긔 타람을 보더니 참지 못하고 폭소를 터뜨렸다.

긔 타람과 세누 수이가 거주구 안쪽으로 들어가는데 힐 제드린이 휘파람을 불었다.

"오늘도 일했어? 내일이 2999년의 마지막 날이란 걸 잊진 않았겠지? 내일 부를 노래는 준비한 거야, 수이?"

"말만 해. MPP에서 새해와 밀레니엄 관련 노래만 뽑아놨어. 리

스트 공유할 테니까 언제든지 신청하라구."

"가수님께서 준비되셨다니 든든하네."

힐 제드린은 유쾌한 목소리로 연말 파티계획을 설명했다. 모든 것이 착착 준비되어 가고 있었다. 알보 뷔스는 벌써부터 들떠서 케이크와 빵 반죽을 마쳐놓았고 아끼던 술도 두병이나 내놓기로 했다. 데비 헤르이는 2000년대에 대한 송시를 세 편 썼고 카 이 웨반은 내일 중으로 벽에 리본과 색종이, 알록달록한 무늬 그리 는 일을 마칠 것이라고 했다. 문제는 문을 걸어잠그고 나올 생각 을 안 하는 일비 첼인데 3000년이 되면 우주가 멸망할 것이라고 주장하는 것을 보면 나름대로 새 밀레니엄이 오는 것을 준비하고 있는 것 같다고 했다.

"넌 뭘 하는데?"

"보면 몰라? 이 모든 걸 총괄, 감독하고 있잖아."

"난 접시라도 나를까?"

긔 타람이 묻자 힐 제드린이 어깨를 툭툭 쳤다.

"그냥 즐겨. 먹고 감상하고 즐기면 돼. 다른 할 일도 많잖아."

"나중에 딴소리하진 않겠지."

"설마."

힐 제드린이 윙크를 했다. 세누 수이가 긔 타람의 팔짱을 끼고 는 넘보지 말라며 가볍게 장난을 걸었다. 셋은 낄낄거리다 헤어 졌다.

다음 날 저녁, 들뜬 분위기가 이레스 달 도시철거반 거주구에 둥둥 떠다녔다. 긔 타람은 조용히 짐을 꾸렸다. 지구로 돌아가도 분명히 버려질 것이 대부분이었지만 혹시나 올지 모를 다른 사람을 위해 비워둬야 했다. 그는 옷장에 달린 서랍을 열었다. 서랍에는 갈색 포장지만 구겨진 채 놓여 있었다. 6년 동안 피운 담배의 잔해를 쳐다보던 그는 쓰레기통을 가지고 와 포장지 조각을 버렸다. 그런데 아무렇게나 구겨 잡았던 포장지 너머로 뭔가 딱딱한 게 있었다. 포장지를 골라 치우고 보니 담배 한 갑이 남아 있었다. 위원회가 긔 타람의 흡연 습관에 대한 조사와 면밀한 계산을 바탕으로 한 개비까지 정확하게 내주었었다. 모자라게 주면 주었지 더 줄 위원회가 아니었다. 긔 타람은 뜯지 않은 담뱃갑을 물끄러미 바라보았다. 위원회의 착오가 아니라 6년간 긔 타람이 변했기에 남은 것이었다. 그는 변화의 원인을 떠올렸다. 밖에서 커다란 소음이 들려왔다.

"나와! 2999년 마지막 밤이라고!"

힐 제드린의 목소리였다. 일비 첼의 이름을 부르며 마구 문을 두들기는 것을 보니 그녀는 아직도 문을 잠그고 틀어박혀 있는 모양이었다. 긔 타람은 힐 제드린이 포기하고 그를 부르러 오기 전에 먼저 방을 나섰다.

세누 수이의 방에서는 얇은 벽을 타고 노랫소리가 흘러나오고 있었다. 보통 이럴 때는 방해하지 않고 밖에 서서 노래를 즐겼지만 안타깝게도 감상하고 있을 시간이 없었다. 긔 타람은 방문을 두들겼다.

"수이."

노래가 멈췄다.

"준비가 다 됐나보지? 잠깐만. 곧 나가."

"열어줄래. 하고 싶은 말이 있는데."

문이 열렸다.

"들어와."

세누 수이가 한 발자국 물러나 길을 내주었다. 긔 타람은 안으로 들어갔다. 새삼스럽게 낯익은 방을 돌아보았다. 침대와 낮은 책상, 창문이 전부인 것은 그의 방과 다르지 않았지만, 흐트러진 침대보와 그 위에 얹힌 MPP-TX201, 반쯤 열린 책상 서랍이 어지러웠다. 긔 타람은 창문 너머로 보이는 도시를 보았다. 어느새 하얗고 텅 빈 도시가 지구의 숲보다 익숙하고 편안했다.

"지구로 가면 인숲지구 폐기물 처리소에서 일하기로 했어."

인숲지구 폐기물 처리소는 이레스 달에서 지구로 보내는 폐기물을 처리했다. 거기서 일하면 항구나 선박정비소에서 일하는 것만큼 빨리 이레스 달의 소식을 알 수 있었다.

"작업대 하나 분배 받아서 폐기물 분류만 하면 되니까. 이레스 달 물건이라면 분리 기준도 확실하게 알고 있으니 어렵지 않을 거야."

"잘 생각했어."

세누 수이가 고개를 끄덕였다. 잠시 긔 타람이 말을 잇지 못하고 머뭇거리자 세누 수이가 한숨을 쉬었다.

"계속해."

세누 수이의 재촉에 긔 타람은 입을 열었다.

"내일이면 계약이 끝나."

세누 수이가 다시 고개를 끄덕였다. 긔 타람이 그녀의 눈을 바라보았지만 세누 수이는 물끄러미 마주 쳐다볼 뿐이었다.

"어이! 준비 다 됐어. 그만 쑥덕대고 나오라고, 둘 다."

힐 제드린이 문을 쾅쾅 두들겼다.

"알았어!"

긔 타람은 대답하고 손을 올렸다.

같이.가자.

손끝이 약간 떨렸다. 세누 수이는 표정의 변화가 없었다. 그녀는 천천히 손을 들어 올렸다.

같이.갈 수.없어.

네가.원하면.끝나는.계약이잖아.

세누 수이가 고개를 끄덕였다.

"이봐! 첼보다 늦게 올 생각이야? 가수가 늦으면 안 된다고!"

"간다니까! 먼저 좀 가 있어!"

세누 수이가 뾰족하게 쏘아붙였다. 힐 제드린의 발소리가 뭐라 투덜거리는 소리와 함께 멀어졌다. 세누 수이는 침대로 다가가 MPP-TX201을 들어 올렸다. 그리고 웃어 보였다.

난.아직도.이.사치를.포기할.생각이.없어.

힐 제드린이 떠난 것이 분명한데도 그녀는 수화를 계속했다. 빠르고 정확하고 단호한 움직임이었다. 그녀의 웃음이 엷어졌다.

미안.

긔 타람은 말없이 고개를 저었다. 그녀가 이곳에서 보낸 12년을 가늠했다. 열일곱의 그녀가 보낸 6년. 스물셋부터 자신과 함께 보내온 6년. 21년치 건전지가 개봉되지 않고 쌓여 있는 그녀의 방을 생각했다. 그리고 자신 없이 스물아홉의 그녀가 또 다른 세 번의 6년과 한 번의 3년을 보내는 것을 생각했다. 긔 타람은 지구에서 보낼 자신의 남은 생을 생각했다. 틀림없이 그녀의 따뜻한 몸이 그리워질 것이다. 어쩌면, 그녀도 그럴 것이라고 생각했다. 그는 미소 지었다.

"가자."

긔 타람은 세누 수이와 함께 식당으로 향했다. 식당에는 음식이 가득 차려져 있었다. 두 사람 보다 늦게 온 것은 일비 첼뿐이었다. 모두 먹고 마시고 시계를 들여다보며 초를 세었다. 3000년 1월 1일 00시 00분 1초. 마침내 시계가 완전한 3000년을 가리키는 순간 모두 환호했다. 이레스 달의 유일한 가수는 고조된 목소리로 노래를 시작했다. 그 순간 긔 타람은 담배에 대한 권리를 모두 잃고 이레스 달의 관계자에서 외부인으로 등급이 변경됐다. 긔 타람은 마지막 남은 담배를 짐가방 밑바닥에 처박았다.

1월 2일. 지구와 한 차례 통신이 오가고 그를 지구로 돌려보내기 위한 배가 출발했다.

배가 항구에 도달하자 이레스 달의 동료들은 긔 타람에게 마지막으로 인사를 했다.

"잘 가요."

"잘 가, 타람."

세누 수이, 힐 제드린, 알보 뷔스, 데비 헤르이, 카 이웨반, 평소 말이 없는 일비 첼까지. 낯익은 얼굴들은 긔 타람에게 마지막 인사를 하고 악수를 했다. 그리고 쉴 틈도 없이 준비된 보급품을 나르러 바삐 움직이기 시작했다. 이레스 달의 폐기물을 배에서 내리고 필요한 물품을 싣자마자 돌아가야 했다. 세누 수이는 이쪽으로 시선을 한 번 더 던졌을 뿐, 곧 물건 품목을 체크하러 사라졌다. 조금 더 요란한 이별이었다면 좋았을 것이다. 아쉽다는 생각이 들어 타람은 그 뒷모습을 길게 좇았다.

긔 타람은 선박 정비소에 짐을 맡기고 인숲지구로 향했다. 빨리 다녀오면 이레스 달 작업반이 떠나기 전에 한 번 더 볼 수도 있을 듯했다. 항구에서 대기 중이던 인숲지구 폐기물 운송차량이 이레스 달에서 온 도시조각과 함께 그를 싣고 갔다. 좁고 곧은 도로를 따라 반시간 정도 달리니 전나무 숲 한가운데 폐기물 처리소의 갈색 정문이 나타났다. 긔 타람은 차에서 내려 낯익은 흰색 합금과 기계부품이 한켠에 쌓이는 것을 바라보다 책임자를 찾아 나섰다. 감독실에서 붉은 반점이 얼굴에 가득한 사내가 그를 기다리고 있었다. 사내는 뷔에서 안이라고 자신을 소개했다. 악수를 마친 그는 별다른 절차도 없이 여벌 사물함의 개수를 확인하고 번호표가 달린 작은 열쇠를 건네주었다. 지구에서 생활하는 데 필요한 최소한의 물건은 그 안에 준비되어 있을 것이다.

항구로 돌아가니 보급품은 배에 다 실린 모양이었다. 선박 정비소 사람 몇이 배를 정비하고 있었다. 주위를 돌아보았지만 아는 얼굴이 보이지 않았다. 긔 타람은 정비소 사람에게 물었다.

"혹시 이레스 달에서 온 사람들이 어디 갔는지 아십니까?"

"글쎄요. 일 끝내놓고 식사라도 하러 갔나본데……."

기운이 빠졌다. 그는 느적느적 짐을 찾아 안에 든 것을 확인했
다. 가방 밑바닥에 담뱃갑이 놓여 있었다. 문득 담배가 고파진 그
는 주머니를 더듬어 라이터를 꺼냈다. 담뱃갑을 찢으려는 찰나
낯익은 목소리가 들렸다.

"타람!"

돌아보니 세누 수이가 뛰어오고 있었다. 긔 타람은 가방을 닫
아 들고 역시 그녀를 향해 뛰었다. 숨을 헐떡이며 마주 선 세누
수이는 눈을 마주치자 웃었다.

"다 같이 인사하고 끝인 줄 알았는데?"

"그러려고 했는데 이쪽에 와보니까 보여서……."

"다른 사람들은?"

"몇 년 만에 지구의 멀건 음식을 맛보러 갔어."

세누 수이는 시계를 확인하고 여유가 날 것 같다며 긔 타람이
폐기물 처리소로 가는 길에 동행하겠다고 했다. 둘은 공용자동차
를 타고 폐기물 처리소로 향하며 끊임없이 이야기했다. 맨 처음
만났던 때. 같이 일하던 때. 싸웠던 때. 소란스러웠던 3000년 1월
1일의 전후까지. 누구의 방해도 받지 않고 소리 높여 떠들었다.
폐기물 처리소에 도착하자 둘은 자동차를 세워놓고 천천히 걸어
갔다. 정문이 가까워지자 세누 수이가 멈춰 섰다. 긔 타람도 따라
멈춰 섰다. 세누 수이가 긔 타람의 손에 들린 담뱃갑을 발견했다.

"남았었어?"

"응."

"저 안에선 못 피울 텐데. 지금 피울 거야?"

긔 타람이 천천히 손을 폈다. 담뱃갑은 보기 흉하게 찌그러져 있었다.

"버릴 거야. 그러려고 가져온 거니까. 나도 이젠 건강에 신경 좀 써야지."

세누 수이가 고개를 끄덕였다. 둘은 마주 보고 다시 한 번 웃었다.

"언젠가 네 MPP도 폐기물 구덩이에 들어갈걸. 네가 쉰이 되기 전에 지구에 정착하러 올 거라고 장담하지."

세누 수이가 말했다.

"아니면 내가 죽어서일지도."

침묵이 흘렀다. 새삼스러운 눈으로 세누 수이를 바라보던 긔 타람은 가방을 내려놓았다. 그는 마지막으로 세누 수이를 껴안고 그녀의 짧은 머리카락을 쓰다듬었다. 세누 수이는 가만히 눈을 감았다. 잠시 후, 천천히 긔 타람의 몸을 밀어낸 세누 수이는 시계를 보았다. 슬슬 이레스 달로 돌아가야 하는 시간이었다. 둘은 마지막으로 서로의 얼굴을 향해 웃었다. 세누 수이가 MPP 리시버를 귀에 꽂고 먼저 돌아섰다. 언제나처럼 힘 있게 땅을 디디며 앞으로 나아갔다. 멀어지는 뒷모습을 보던 긔 타람은 짐을 들고 폐기물 처리소로 향했다. 그는 열쇠로 자기 몫의 사물함을 열어 안에 든 것을 확인하고 폐기물 구덩이로 향하는 분리수레에 가방과 구겨진 담뱃갑을 던져 넣었다.

몇 년 뒤, MPP-TX201은 지구로 돌아왔다.

■ 지 구 로   돌 아 오 다 는 ……

　왜였는지 이유가 기억 안 나는데 이때 밀레니엄을 주제로 하는 글을 써야
했다. 괜히 2000년을 쓰긴 싫어서 3000년을 배경으로 잡았다. 마지막까지
끝을 어떻게 내야 할지 고민했다. 마지막 줄은 보는 사람들이 원하는 대로 상
상하며 읽어주길 바란다.

　환상문학웹진 거울 6호에 실렸다.

온우주
단편선

K 씨 의 개 인 사 정 으 로
이 번 호 의 연 재 는 쉽 니 다

K씨의 개인사정으로
이번 호의 연재는 쉽니다

M매거진에 기고 중인 작가 K는 아는 사람은 다 아는 기인이었
다. 편집자 A가 연쇄 살인에 대한 글을 받기 위해 K를 찾아갔을
때 그는 추리닝 바지에 헝클어진 머리로 쭈그리고 앉아 더듬이가
하나밖에 없는 바퀴벌레의 시체 13개를 들여다보며 히죽거리고
있었다. 스토킹에 대한 글을 집필 중일 때는 한 달간 A의 3미터
뒤에서 떨어진 적이 없었다. 그럼에도 불구하고 K는 성실하게 글
을 쓰는 작가였기에 A는 불평하지 않았다.

　편집회의에서 다음 호의 주제가 '외계인'으로 결정되었을 때
편집실은 K가 어떤 행동을 할지 흥미진진하게 기대했다. A는 K에
게 전화를 걸었다.

　"다음 호까지 외계인에 대한 글이 필요합니다."

　"외계인?"

"네. 마감은 언제나처럼 23일까지고요."

K는 잠시 침묵하다 알았소, 라고 짧게 말하고 전화를 끊었다. 그리고 자택에서 자취를 감췄다.

A가 K의 연락을 받은 것은 3주 뒤, 마감이 일주일 남은 상황이었다. 저녁 늦게 전화를 건 K는 무뚝뚝한 목소리로 말했다.

"이번은 마감을 지키지 못할 거 같소."

A는 당황했다.

"네?"

"아무리 열심히 찾아봐도 외계인은 없었소. 남은 일주일 동안 외계인을 찾아낸다는 것은 어불성설이오. 찾아낸다 하더라도 글을 쓰는 데 일주일은 너무 짧소. 당장 오늘 안으로 외계인을 찾아낼 수 있다면 모를까."

A는 말을 잃었다. 잠시 후, 그는 마음을 가다듬고 입을 열었다.

"지금 어디에 계십니까?"

"집이오."

"알겠습니다. 얼마나 더 거기에 계실 거죠?"

"모르겠소."

"네, 어쨌든 오늘은 푹 쉬시고 나중에 다시 얘기하죠."

전화를 끊은 A는 가끔 만나는 친구인 J에게 전화했다. J는 햇병아리 배우로 A에게서 K의 이야기를 전해 듣고 즐거워하곤 했다.

"여보세요?"

서글서글한 울림이 있는 목소리가 전화기 너머로 들려왔다.

"J? 나 A인데 지금 일 없지? 아르바이트 하나 해라."

"무슨 아르바이트?"

"K 알지? 그 집에 가서 외계인인 척 연기 좀 해줘."

"뭐?"

갑작스러운 요구에 J는 당황한 듯했다.

"화성이든 토성이든 뭘 끌어다 붙여도 좋으니까 믿게만 해. 너그 작가 좋아했잖나. 직접 만나볼 수 있는 기회라고."

J는 A가 온갖 감언이설로 꼬드긴 후에야 알았다고 답했다. 그는 전화를 끊기 전 머뭇거리며 말했다.

"나 뒷일은 책임 못 진다. 나중에 후회하지 마."

"무슨 후회? K 씨가 글만 쓰게 해줘."

A는 일주일 후 원고를 가지러 오라는 K의 연락을 받는 일만 남았다고 생각하며 미소를 지었다.

일주일이 지난 뒤에도 K의 연락은 없었다. J도 전화를 받지 않았다. A는 직접 K의 집으로 찾아갔다. 문이 열려 있었고 사람은 없었다. A는 K의 책상 위에서 종이쪽지 하나를 찾아낼 수 있었다.

A씨. 댁의 친구 분 이야기는 잘 들었소. 하지만 이야기만으로는 충분치 않아 그의 고향으로 나를 데려가달라고 청했소. 그의 말에 따르면 왕복하는 데 우리 시간으로 300년은 족히 걸린다 하오. 고로 원고는 2307년 이후에나 드릴 수 있겠소. 귀하의 평안과 귀사의 무궁한 번영을 비오.

K

■ K씨의 개인사정으로 이번 호의 연재는 쉽니다는……

환상문학웹진 거울 외계인 단편선 『제 15종 근접조우』를 위해 썼다. 마감
은 해야 하는데 아무것도 생각나지 않아서 우주로 도망가고 싶은 마음을 담
았다. 진짜다. 그런데 이런 얘기 써도 되나?

김 씨

김 씨

비가 억수같이 쏟아지는 밤이었다. 도로를 달리던 두 대의 차가 충돌했다. 한 대는 중형 승용차였고 다른 한 대는 낡은 트럭이었다. 굉음과 함께 두 대의 차는 각각 종잇장처럼 구겨졌다. 두껍고 둥근 차 유리 파편이 후드득, 시꺼멓게 젖은 도로에 흩어졌다.

"어이, 여보쇼. 괜찮소?"

뭉그러진 검정색 트럭 안에서 걸쭉한 목소리가 안부를 물었다. 빗소리 속에서도 선명하게 들리는 목소리였다.

"안 괜찮습니다. 다리가 부러졌나봐요."

툴툴대는 듯한 젊은 목소리가 반대편, 연노랑색 차 안에서 들려왔다. 끄응 하는 신음과 함께 트럭 밖으로 흉한 몰골의 남자가 기어 나왔다. 남자는 중형차로 다가가 깨진 유리창으로 젊은 남자를 끌어냈다.

"반갑소. 난 김만돌이오."

"별로 반갑지 못합니다."

"뭐, 그냥 김 씨라고 불러도 상관없소."

"전 유태식입니다."

어쩐지 사고와 어울리지 않는 대화가 오갔다. 김 씨는 태식을 자동차에 기대앉히고 주위를 둘러보았다.

"이거 다른 차는커녕 개미새끼 한 마리도 안 지나가는구먼."

"차 안에 제 핸드폰이……."

"아, 누구는 핸드폰이 없는 줄 아시오?"

김 씨가 벌컥 목소리를 높였다. 그는 힘들게 빠져나왔던 트럭으로 기어올라 가더니 곧 욕설을 뱉으며 다시 나왔다.

"제기랄, 배터리가 다 됐소. 어디, 그쪽 핸드폰은 어디 있다고?"

"조수석에 뒀습니다."

김 씨는 손을 뻗어 한참 더듬거리다가 굴러떨어진 핸드폰을 간신히 주워들었다. 몇 번 이리저리 만져보았지만 꺼먼 액정에는 아무것도 보이지 않았다.

"더럽게 됐네. 댁 거는 고장이오."

태식은 신음을 흘리며 얼굴을 찡그렸다. 고장이라는 김 씨의 목소리에서는 어쩐지 고소하다는 느낌마저 배어 나왔다. 김 씨가 태식의 옆에 나란히 앉았다. 태식은 눈을 감았다.

태식은 술 취한 손님을 상대로 노래를 부르다 집으로 돌아가는 길이었다. 도로에 차가 없는 시간이었지만 비가 많이 내려서 평소보다 더 조심스럽게 운전했다. 그런데 중앙선 너머에서 하얀 불빛이 다가오는가 싶더니 순식간에 덮쳐 왔다.

"사고가 난 건 순전히 그쪽 탓입니다."

"……."

"중앙선 넘어서 돌진하지 않았습니까? 사고가 난 건 순전히 그쪽 탓이란 말입니다!"

"미안하오."

태식은 머쓱하게 인정하는 김 씨를 보자 어쩐지 기운이 빠졌다. 그는 한숨을 내쉬고 따갑게 내리치는 빗줄기 너머를 응시했다. 몸이 마비되어가는지 통증은 저릿저릿함을 남기고 서서히 사라지고 있었다. 유태식이 눈을 감고 아예 자버릴까 생각하는데 불쑥 김 씨가 물었다.

"이대로 있으면 죽을지도 모르는데 내가 업어줄 테니 저기까지 가겠소?"

김 씨가 시내를 가리켰다. 비와 어둠 속에서 시내 불빛이 꿈결처럼 아롱거렸다. 태식이 고개를 끄덕였다. 김 씨는 태식의 젖은 몸을 안아 일으켜 어깨에 걸머지었다.

"떨어뜨릴까 하는 걱정은 마쇼. 이래 봬도 공사판에서 십수 년은 벌어먹은 어깨니까."

태식은 김 씨의 어깨에 갈비뼈가 닿아 압박되자 쿨럭쿨럭 기침을 토했다. 침과 섞인 빗물이 입술 밖으로 튀겼다.

"괜찮소?"

"거, 견딜 만합니다."

김 씨가 키들키들 웃더니 발을 옮겼다. 태식은 목소리를 짜내 김 씨에게 물었다.

"왜 그러셨던 겁니까."

"뭐요?"

"왜 중앙선을 넘어서 제 차에 부딪히셨느냐고요. 술이라도 드
셨습니까?"

술을 먹었다고 하기에는 술 냄새가 나지 않았고 걸음도 멀쩡
했다. 더군다나 젊은 남자 하나를 거뜬히 짊어 메고 걷는 것을 보
면 사고를 당하기는커녕 방금 전에 보약이라도 한 첩 달여 먹은
사람 같았다. 김 씨는 입술을 질겅 씹더니 툭 내뱉었다.

"일부러 그런 거요."

"뭐라고요?"

태식은 빗소리 때문에 잘못 들었나 싶어 재차 물었다. 김 씨는
툴툴거리다가 조금 더 큰 소리로 다시 말했다.

"아, 일부러 그런 거요. 아까 미안하다고 했잖소."

"그게 그런 의미였습니까?"

어이가 없었다. 태식은 갑자기 몰려오는 현기증에 숨을 몰아쉬
었다.

"자살이라도 하려고 했는지 궁금하겠구먼. 맞소. 사실 댁이 재
수 없었지."

김 씨의 목소리는 천연덕스러웠다. 얼굴이라도 마주 보이면 주
먹이라도 날릴 텐데 그럴 수도 없었다. 태식은 머리를 식히려 무
던히 노력하며 어금니를 깨물었다.

"사실 말이오, 난 유명해지고 싶었다오."

한참을 말없이 걷던 김 씨가 뱉어냈다. 태식은 감고 있던 눈을 슬쩍 떴다.

"왜, 위인전 같은 거 있잖소. 그런 데 나오는 사람들처럼 내 이름 석 자 딱, 세상에 알리고 가고 싶었지. 거 쉽지 않더구먼. 이리저리 아무리 굴러도 이름자 제대로 기억해주는 사람도 없고 다 김 씨, 김 씨하고 부르는데. 니미럴 것들. 지네가 내 아저씨야, 삼촌이야. 재수 없게 김 씨는 얼어 죽을."

김 씨는 카악 하고 피 섞인 침을 뱉었다.

"딸년이 그쪽 노래를 좋아했소. 한 번 만나봤으면 소원이 없겠다고 했지. 고년이 하도 유태식, 유태식하고 노래를 부르는 통에 노래도 몇 곡 알지. 요새 젊은 것들 취향은 알 수가 없긴 하지만 계속 들으니까 제법 들어줄 만합디다. 근데 댁도 별 수 없디만. 거 몇 년이나 지났다고 죽자사자 좋아하던 계집애들은 다른 가수들한테 깍깍거리고 밤무대에나 불러주면 굽실굽실 일하러 가고. 기분이 영 더러워서 술이나 마시러 갔더니 댁이 노래를 하는 거야. 테레비에서 안 보여서 뭔가 했더니 거기에 박혀 있을 줄 누가 알았겠소."

태식은 억지로 입을 열어 더듬더듬 말했다.

"혹시, 일부러…… 그쪽에서 제 차가 갈 때까지 기다린 겁니까?"

김 씨가 누런 이를 드러내며 웃었다.

"알았구먼."

"그쪽으로 갈 거라는 건 어떻게……?"

"말했잖우. 딸년이 죽고 못 살았다고. 댁이 그쪽 아뇨."

"하하……."

"댁도 한때는 유명했던 사람이니까 죽으면 테레비에 이름 한 번 더 뜰 거 아니오. 그때 내 이름도 같이 뜨겠지 싶다."

태식은 쓴웃음을 지었다. 스스로도 그런 유혹을 느껴보지 못한 것은 아니었다. TV며 콘서트며 잘나가는 후배들을 볼 때마다 어떻게든 끌어내리고픈 욕망이 치어올랐다. 문득 김 씨의 딸이라는 여자아이를 보고 싶었다. 아직도 자신을 기억한다면 말이지만.

"그러는 게 아닙니다."

"그래, 그러는 게 아니었지."

김 씨의 목소리에 후회가 묻어 나왔다. 태식은 순간 아득해졌다. 태식의 고개가 푹 떨어지자 김 씨가 가볍게 흔들어 깨웠다.

"여보쇼, 조금만 더 가면 되니까 참으쇼."

"만약에…… 죽었으면 식구들은…… 딸은 어쩌시려고요."

태식은 김 씨에게 말을 걸며 정신을 붙들어보려 애썼다.

"걱정할 거 없소. 다 이 년 전에 저 세상 갔으니까."

이 년 전이면 아직 그를 좇는 팬들도 제법 있고 텔레비전에도 간간이 얼굴을 비췄을 때였다. 김 씨의 딸은 다른 사람을 좋아할 기회도 없었던 건가하는 엉뚱한 생각이 들었다.

"여보쇼, 괜찮소?"

"……."

태식의 대답이 없자 김 씨는 혀를 차고 걸음을 빨리했다. 빗속으로 흐리게 보이는 빌빛 속으로 그의 뒷모습이 더욱 흐리게 녹아 사라졌다.

　태식이 정신을 차린 곳은 병원 침대 위였다. 간호사가 링겔에 주사바늘을 꽂다가 그가 가늘게 눈을 뜬 것을 보고 말을 걸었다.

　"깨어나셨어요?"

　태식은 억지로 고개를 돌려 주위를 살폈지만 김 씨는 보이지 않았다.

　"저기, 절 여기까지 데리고 와준 분은 어떻게 되셨어요?"

　"누구요?"

　간호사가 되물었다.

　"아닙니다."

　온몸이 욱신욱신 쑤셔왔다. 간호사는 텔레비전의 스위치를 켰다. 나름대로 지루하지 않게 있으라는 배려인 듯했다. 쇼프로그램이 지나가고 광고가 흘러나왔다. 잠시 후 뉴스가 시작되었다.

　다음 소식입니다. 오늘 새벽 3시 경 OOO방면 도로에서 사고가 있었습니다. 검은색 XX트럭이 중앙선을 넘어 돌진한 것이 원인으로 보이며 트럭 운전사였던 김모 씨는 즉사, 반대 차량에 타고 있던 유모 씨는 중상을······

　"김모 씨라."

　태식은 김 씨의 이름을 떠올리기 위해 애썼다. 들은 것도 같았는데 잘 기억이 나지 않았다. 한참을 끙끙대다가그는 결국 포기했다.

— 테레비에 이름 한 번 더 뜰 거 아니오. 그때 내 이름도 같이 뜨겠지 싶다.

이름도 같이 뜨기는 무슨. 태식은 먹먹해져서 눈을 감았다.

■ 김　씨　는 ……

　사고뉴스를 보다가 떠올렸다. 원 글은 2001년쯤 썼는데 이번에 문장을 약간 손보았다. 마지막 문장을 가장 먼저 생각해두는 경우가 많아서 보통은 건드리지 않는데 드물게 마지막 문장을 수정했다. 글 전체 인상이 달라졌지만 만족한다.

온우주
단편선

인 간 은 길 들 여 지 는 것 을 좋 아 한 다

인간은 길들여지는 것을 좋아한다

황량한 붉은 산맥 꼭대기에 위치한 드래곤의 레어에서 두 마리의 드래곤이 한가롭게 차를 나누고 있었다. 한 마리는 레드 드래곤 칼라스프레이, 다른 한 마리는 화이트 드래곤 화이트무스였다. 극악한 작명센스에도 불구하고 꿋꿋하게 차를 마시던 둘 중 집주인이며 성룡이 된 지 얼마 안 된 칼라스프레이가 딱딱 손바닥을 쳤다.

"어이, 여기 쿠키 좀 가져와!"

말이 떨어지기가 무섭게 오크 한 마리가 초콜릿이 커다랗게 박힌 커다란 쿠키를 낑낑거리며 가지고 들어왔다. 화이트무스는 오크의, 손톱이 길고 때가 꼬질꼬질하며 털이 덥수룩한 손이 쿠키를 지탱하고 있는 것을 보고 혀를 찼다.

"이보게, 칼라스프레이. 하인을 부리려면 오크 말고 엘프나 드워프같이 손 씻는 흉내라도 내는 것들을 부리지 그러나."

고룡의 충고에 칼라스프레이는 입을 툭 내밀었다.

"하지만 엘프나 드워프는 워낙 자존심만 세고 말을 안 들어서."

얼버무리는 척하며 '요' 자를 빼먹는 칼라스프레이였지만 화이트무스는 조용히 머리를 쥐어박는 것으로 간단히 징벌을 마치고 손을 툭툭 털며 말했다.

"그러면 인간은 어떤가. 수명이 좀 짧아서 자주 교체해줘야 하기는 하지만 그것들도 손은 제법 씻지."

"흐음, 인간이라."

"그것들은 길도 아주 잘 들거든."

"그래요?"

얼마 후.

화이트무스와 칼라스프레이는 인간을 하나 앞에 두고 있었다. 칼라스프레이가 친히 산을 내려가서 잡아온 인간이었다. 그런데 문제가 하나 있었다.

"이 용사의 검을 받아랏! 드래곤 하트, 드래곤 스케일, 드래곤 네일, 드래곤 블러드, 드래곤 본, 드래곤 아이, 드래곤 펑거……등등이면 돈이 엄청나게 된단 말이닷!"

이렇게 외치며 빈약한 철검을 휘두르며 귀엽게 노는 것이 아닌가. 칼라스프레이는 혀를 날름날름거리며 화이트무스에게 물었다.

"길이 잘 든다고요?"

"어험, 잠시 두고 보게."

화이트무스는 헛기침을 하더니 허리를 쭉 펴고 인간을 내려다보며 근엄하게 말했다.

"미천한 인간이여."

"왓! 미천하긴 누가!"

"이 위대한 드래곤의 레어에서,"

"위대한 드래곤 좋아하시네, 칼이나 받아!"

"일하면 한 달에 300골드에 해당하는 수당을 주겠네만."

"뭣이! 감히 돈으로 현혹을!"

잠시 화이트무스와 무례하게 눈을 맞춘 인간의 눈싸움이 시작되었다. 인간은 화이트무스의 부리부리한 눈을 보고 침을 꿀꺽 삼키더니 식은땀을 흘리며 말했다.

"500골드."

화이트무스는 근엄하게 말했다.

"350골드."

"500!"

"할 수 없지…… 380."

잠시 침묵이 흘렀다.

"분부만 하십쇼, 주인님!"

인간은 칼을 던지고 넙죽 엎드려 절했다.

"어떤가?"

화이트무스가 가늘게 눈을 뜨고 웃으며 묻자 칼라스프레이는 돈 생각에 입이 쭉 찢어진 인간을 보고 말했다.

"과연, 사람은 길이 쉽게 드는 건 둘째 치고 길들여지는 것을 좋아하는 것 같군요."

■ 인 간 은 길 들 여 지 는 것 을 좋 아 한 다 는 ……

　주변 지인들이 이 단편과 뒤로 이어진 몇 편의 농담 시리즈를 무척 좋아
했다. 그때는 데카메론 프로젝트 마감에 걸려서 어떻게든 마감을 쳐보겠다
고 갈겨 쓴 걸 왜 좋아하는지 잘 몰랐는데 지금은 알 것 같다. 모든 글이 심각
하고 진지할 필요는 없으니까.

　교정을 보면서 드래곤을 드래건이나 용으로 바꾸는 것이 어떠냐는 제안
을 받았다. 글을 쓸 당시, 드래곤의 이름은 무조건 길어야 하고, 특히 레드 드
래곤의 이름은 어쩐지 세보이는 ㅋ으로 시작해야 하는 법칙 같은 것이 있었
다. 당시 분위기를 반영해 웃어보자고 쓴 글에서 드래곤을 바꾸면 글의 정체
성이 흔들린다는 판단하에 드래곤은 드래곤으로 남게 되었다.

온우주
단편선

임금님의 이름이 길고 길고 긴 이유

임금님의 이름이 길고 길고 긴 이유

옛날 옛날 아주 오랜 옛날, 멀고 멀고도 먼 나라에 임금님이 살았습니다. 동화에 나오는 것처럼 예쁜 공주님도 없고, 나라를 이어갈 씩씩하고 잘생긴 왕자님도 없고, 혹독하고 나쁜 정치로 원성을 사는 일도 없고, 마음씨가 고와서 훌륭한 정치로 백성들의 칭송을 듣는 일도 없는, 그저 그런 임금님이었던 그는 한 가지 고민이 있었습니다.

백성들의 고민을 알아보고자 변복을 하고 마을로 놀러 나갔다가 백성들이 한 명도 임금님의 이름을 기억하지 못한다는 걸 알게 된 것입니다. 아니, 기억하지 못한다기보다 기억하지 않는다는 것이 더 정확하겠지요. 예쁜 공주님도 없고, 잘생긴 왕자님도 없어서 사돈 맺을 일도 없고, 원망할 일도, 칭송할 일도 없는데 누가 임금님을 기억하겠어요. 임금님은 세상에서 자신이 제일 훌륭하다고 생각하는 직업병은 없었지만, 그래서 백성들이 자신을 기억하지 못한다는 것을 이해하긴 했지만 하루하루 시간이 갈수록 욕심이 생겨났습니다. 어떻게든 백성들 사이에 길이길이 기억되고 싶다는 욕심이었습니다. 하지만 어떻게 해야 할까요. 하루아침에 명군이 될 수도, 그렇다고 폭군이 될 수도 없으니 말입니다. 물론 임금님보다 조금 더 오래전에 조금 더 먼 땅에 살았던 현자가 알았다면 그보다 더 좋은 일은 없을 거라며 임금님을 위로해주었겠지만 임금님은 불행하게도 그 현자보다 조금 더 근래에, 조금 더 가까운 땅에 살았기 때문에 아무도 그런 말을 해주지 않았습니다.

몇 날 며칠을 고민하던 임금님은 큰 산을 다섯 개 넘고 넓은 강을 두 개나 건너야 만날 수 있는 현자에게 방법을 묻기로 했습니다. 모두 아시다시피 아무리 그저 그렇다 해도 임금님은 꽤 바쁜 직업입니다. 최종 결재를 내려야 할 일이 항상 책상 가득 쌓여 있으니까요. 왕궁을 비울 수 없었던 임금님은 대신 백성들 틈에서 자신보다 조금 더 유명한 기사에게 현자를 모셔 올 것을 명령했습니다. 열혈과 충성으로 똘똘 뭉친 기사는 감격했습니다. 전쟁 같은 것이 없었기 때문에 백수나 다름없이 지내고 있었거든요. 기사는 한달음에 산을 넘고 넘고 넘고 넘고 넘고, 강을 건너고 건너 현자의 집에 도착했습니다. 도중에 못된 마법사와 괴물들이 기사를 해치지는 않았냐고요? 천만에요. 임금님보다 유명했다고 하지만 기사도 못된 마법사와 기사들이 알 정도로 유명하진 못했거든요. 더구나 이 글은 기사의 모험담을 쓰려는 게 아니니까요.

기사는 현자의 집에 당도해 벌컥 문을 열고 들어갔습니다.

"헉, 넌 뭐야!"

기사가 현자의 집안으로 들어갔을 때 현자는, 지금은 전설적이지만 그때는 무명이었던 음유시인 ○○의 ─ 이름은 ○○팬클럽의 법적권고에 의해 삭제되었음을 알립니다─ 19금 문스톤 영상기록을 보고 있었다는군요. 기사는 당황했지만 같이 보고 싶은 욕망을 억누르고 현자에게 자신과 함께 가줄 것을 청했습니다. 하지만 현자는 일언지하에 거절했어요.

"자기가 임금이면 다야? 여기선 내가 왕이야! 지가 오라그래!"

만약에 기사에게 눈치가 있었다면 임금님에게 돌아가 삼고초려를 권하거나 현자가 영상기록을 끝까지 볼 수 있도록 십오 분정도 기다려줬을 거예요. 하지만 기사는 열혈과 충성으로 똘똘뭉친, 우직한 캐릭터였고 임금님의 명을 수행하기 위해 현자의뒷덜미를 억지로 잡아 끌고 강을 건너고 건너고, 산을 넘고 넘고넘고 넘고 넘어 왕궁으로 돌아왔습니다. 현자는 머리끝까지 화가났어요.

산더미 같은 서류 속에 파묻혀 허우적거리던 임금님은 현자를보자 자유형으로 헤엄쳐 왔습니다. 그리고 고민을 털어놓았죠.

"어떻게 해야 내가 백성들의 기억 속에 오래오래 남을 수 있겠소?"

저런, 열혈과 충성으로 뭉친 기사는 불쌍하게도 잊혔군요. 현자는 두 개의 강을 건너고 다섯 개의 산을 넘는 동안 기사에게 질질 끌려오느라 푹 젖은 수염과 머리카락을 비틀어 짜고 옷에 묻은 나뭇잎과 진흙덩이를 떨어내면서 답했습니다.

"유명해지려면 이름을 잘 지어야 해."

몇몇 사가들은 이 대답을 토대로 이렇게 주장하곤 합니다. 현자라고 알려진 이 노인은 현자가 아니라 작명전문 철학원 도사이거나 연예인이 되고 싶어 하는 소년 소녀들을 등쳐먹던 사기꾼이었을 거라고요. 하지만 당시 사람들은 그를 현자라고 철석같이 믿었고 사기꾼이라는 증거도 남아 있지 않으니 저도 그를 현자라고 계속 부르도록 하겠습니다.

임금님은 현자에게 이름을 지어달라고 부탁했습니다. 이때 현자는 후세 사가들에게 꼬투리 잡힐 또 다른 말을 남깁니다.

"선불이야."

임금님은 기록에 남아 있지 않은 현자의 제시에 응해 '잘 지은 이름'을 '듣기에도 멋지고 훌륭하고 길이 남도록 잘 지은 이름'으로 업그레이드했다 합니다. 임금님은 매우 기뻐하며 선불금에 음유시인 OO 미개봉 시크릿 컬렉션을 얹어주었다고 하는군요.

현자는 종이와 펜을 가져오도록 시켜 길고 길고 긴 이름을 휙 갈겨주었습니다.

"바실리네스몰로이유카넬라디안 에민즈 V. 보리오데즈날라이민큰야 말라이룬 9세!"

이름만으로도 한 줄이 꽉 차네요. 현자는 혀 한 번 꼬이지도 않고 긴 이름을 줄줄 읊었습니다. 임금님이 입을 딱 벌리고 있자 현자는 한심스럽다는 듯, 눈을 반쯤 감은 채 이름의 뜻을 설명해주었습니다.

"본래 이름인 에민즈 V. 말라이룬 9세를 제외하고 보면, '바실리'는 고대어로 사람이라. 이 이름을 아는 모든 사람들이 자신들이 사람임을 기억할 때마다 자네를 떠올릴 것이요. '네스'는 고대어로 네 발 짐승이라. 이 이름을 아는 모든 사람들이 가축이나 산짐승을 볼 때마다 자네를 떠올릴 것이요. '몰로이유'는 고대어로 새라. 이 이름을 아는 모든 사람들이 창공을 날고 날개 있으며 깃털 있는 것들을 볼 때마다 자네를 떠올릴 것이요. '아카넬라'는 고대어로 곤충이라…… '디아스'는 고대어로…… '보리오'는……."

정말 박식하지요? 그런데 반쯤 감은 눈이 자꾸 아까 갈겨놓은 종이를 흘끔거리는 까닭은 뭘까요. 그 너무너무 긴 이름을 현자도 외우기 힘드나봐요. 어쨌든 하늘과 땅과 사람 등등 온 세상에 존재하는 대부분의 것을 맞는지 틀린지 알 길 없는 고대어로 주워섬긴 현자는 돈주머니와 문스톤을 들고 다섯 개의 산과 두 개의 강을 건너 집으로 돌아갔습니다. 임금님은 시간이 지나자 컬렉션이 조금 아까워졌지만 소장용과 감상용이 따로 있던 터라 가끔씩 아껴서 보고 새로 나온 문스톤을 장만하기로 했고요. 임금님은 이제까지 잊혀 있던 기사를 시켜 온 나라에 새로운 이름과 뜻을 백성들에게 알리게 했습니다. 과연 잘되었을까요?

백성들은 임금님의 이름이 길고 길고 길 뿐 아니라 너무 어려워서 도저히 외울 수가 없었습니다. 그래서 사람들은 임금님의 이름을 부르기 쉽게 줄여버렸습니다. 그러니까 애칭 같은 거죠. 임금님의 본래 이름인 '에민즈 V. 말라이룬 9세'를 뺀 '바실리네스몰로이유카넬라디안 보리오데즈날라이민큰야'의 앞글자를 각각 따서 불렀답니다.

바.보.왕.

결국 임금님은 쓸데없는 짓을 한 초유의 멍청한 임금님으로
백성들의 기억 속에 오래오래 오래 그리고 지금까지 기억되고 있
답니다.

■ 임 금 님 의 이 름 이 길 고 길 고 긴 이 유 는 ……

2000년에 썼다. 그리고 나는 지인들의 놀림거리가 되었다. 무슨 말만 하면 바보왕이라고…….

온우주
단편선

엄마는 고양이야

엄 마 는 고 양 이 야

창문 너머로 들어오는 햇볕이 따뜻했다. 이제 곧 낮잠 잘 시간이었다. 잿빛 줄무늬가 아로새겨진 배가 볼록해질 정도로 밥을 먹고 한숨 돌리는데 동생이 말했다.

"형, 나 요즘 이상한 생각이 들어."

나는 역시 잔뜩 먹고 말랑말랑한 배를 들썩이며 간신히 숨을 쉬고 있는 동생을 쳐다봤다. 동생의 생김새는 꼬리 끄트머리가 꺾인 것을 제외하고는 나와 다른 점이 없었다. 동생은 흥미진진한 일이 벌어질 때면 늘 그렇듯이 수염을 앞으로 모으고 눈을 동그랗게 뜨고는 말했다.

"혹시 엄마는 고양이가 아닌 게 아닐까?"

나는 깜짝 놀랐다. 이게 도대체 무슨 말인가.

"그게 무슨 말도 안 되는 소리야! 엄마가 고양이가 아니라니?"

몸을 벌떡 일으키며 대꾸하자 동생은 주춤하는 듯했지만 곧 당당하게 대꾸했다.

"엄만 우리 친엄마가 아니잖아."

나는 더 들을 것도 없이 앞발로 동생의 이마를 쥐어박았다. 동생은 기겁하며 순식간에 몸을 바닥에 붙였다. 배은망덕한 것. 엄마가 우리한테 얼마나 잘해줬는데 이제 와서 친엄마네 아니네 같은 소리를 하다니! 얼굴도 기억나지 않는 친엄마는 우리가 젖을 간신히 뗐을 때 어딘가로 사라져 돌아오지 않았다. 동생도 나도 잿빛 줄무늬인 것을 봐서 친엄마도 역시 잿빛 줄무늬가 아닐까 추측할 뿐이다. 친엄마가 사라지고 며칠 동안 아무것도 먹지 못하고 배고픔에 울부짖고 있는 우리를 거두어준 것이 지금의 엄마였다. 엄마는 우리를 자신의 보금자리로 데려와 깨끗이 씻기고 음식을 구해주었다. 그런 엄마에게 뭐라고?

"너, 엄마가 고양이가 아니라 개라도 된다는 거냐? 응?"

다시 한 번 앞발로 머리를 건드리며 위협하자 동생은 움찔움찔 몸을 뒤로 뺐다.

"개는, 아니지만, 혹시, 사람……인 건 아닐까."

화가 나다 못해 어이가 없어서 짜증이 밀려왔다. 어쩌자고 이런 게 내 동생인 건지. 동생은 충분히 나에게서 멀어졌다고 생각했는지 눈을 반짝이며 말을 이었다.

"하지만 형, 들어봐. 아무리 생각해도 엄마는 이상해. 우리는 네 발로 걷는데 엄만 두 발로 걷잖아. 거기에 크기도 너무 커."

고작 그런 걸 가지고 엄마를 사람이라고 매도하다니 아직 멀었다. 나는 헴, 헛기침을 하고 자신만만하게 입을 열었다.

"그거야 엄마는 다 큰 고양이이기 때문이지. 우리는 아직 어려서 두 발로 설 수 없는 거야. 우리도 꾸준히 먹고 많이 자라면 엄마만큼 커져서 두 발로 걸을 수 있게 될 거야."

동생은 고개를 끄덕이긴 했지만 석연찮은 기색이었다.

"그리구, 가끔 우리가 하는 말을 엄마가 못 알아듣는 것 같기도 해. 아무리 놀아달라고 졸라도 가끔은 그냥 가버리잖아."

그것도 대답할 수 있는 문제다.

"그럼 배고프다고 할 때 밥 주고 목마르다고 할 때 물 주는 건? 화장실 치워달라고 할 때 화장실을 치워주고 문 열어달라고 할 때 문 열어주잖아. 그리고 내가 엄마라도 너랑 놀아주는 건 사양이야. 엄마는 우리 먹을 거 구하는 걸로도 충분히 힘들 거라고."

"가끔 우리가 못 내는 이상한 소리를 내는 건?"

"야, 넌 나보다 점프도 못하고 높은 데도 못 올라가잖아. 내가 너보다 더 높이 뛰면, 난 고양이가 아니니? 엄마는 그냥, 우리보다 더 많은 소리를 낼 수 있는 것뿐이야. 우릴 부를 때는 알아들을 수 있게 제대로 말을 걸잖아."

이쯤 했으면 충분히 알아들을 거라고 생각했지만 동생은 억지를 부렸다.

"엄마는 생긴 게 너무 이상해……."

"야!"

이건 도저히 용서할 수 없다. 나는 동생에게 달려들어 목덜미를 콱 누르고 으르릉댔다.

"너, 전에 내가 뭐랬어. 엄마의 외모 가지고 뭐라고 하지 말라고 했지? 내가 네 꼬리 가지고 뭐라고 하면 넌 좋겠냐? 앙?"

대답 대신 동생의 꺾인 꼬리가 찰싹찰싹 바닥을 때리는 소리만 들려왔다. 물론 엄마는 좀 이상하게 생기긴 했다. 몸은 대부분 털이 없는 데다 머리에 붙은 털은 엄청나게 길다. 이도 뭉툭하고 화가 났을 때 내어놓을 발톱도 없는 것 같다. 그렇다고 해서 엄마가 못생겼다거나 비정상이라고 하는 건 정말 나쁜 짓이다. 더군다나 저 녀석은 엄마만 나타나면 나보다 먼저 달려가서 아양을 떤다!

잠시 정성을 들인 협박과 가벼운 발길질을 퍼붓자 동생은 엄마를 향한 험담을 그만두었다. 하지만 내가 헤집어놓은 털을 핥는 모양새가 잔뜩 삐친 것 같았다. 지금 이 문제를 확실하게 맺어두지 않으면 동생은 언젠가 또 엄마가 고양이가 아니라고 주장할지도 모른다. 나는 앞발을 모으고 목을 곧추세우며 당당하게 말했다.

"우리가 못하는 걸 엄마가 하는 거 말고, 외모를 보는 것도 말고, 엄마의 행동을 보자. 엄마는 고양이만 있는 습성이 있어."

동생은 털 고르기를 멈추더니 동그란 눈으로 나를 쳐다봤다. 나는 자세를 유지하며 엄숙하게 말했다.

"엄마는 자다가 가끔 침대에서 굴러떨어져."

동생은 천천히 고개를 끄덕였다.

"응."

"그리고 아무 일도 없었다는 듯이 바닥을 굴러다니지."

"맞아."

여기까지는 순조롭다. 나는 동생을 끌고 엄마가 있는 방으로 가서 침대에 누워 있는 엄마를 가리켰다.

"무엇보다도! 엄마가 고양이가 아니라면 뭐하러 저렇게 오래 자겠어?"

나는 엄마의 침대 위로 뛰어들었다. 엄마의 옆구리에 몸을 붙이자 엄마는 작고 까만 눈을 뜨고 수염이 없는 입을 움직여서 말했다.

"야옹."

그리고 다시 잠이 들었다. 나도 슬슬 졸음이 왔다. 쓸데없는 말싸움을 하느라 낮잠 시간이 너무 많이 지났다. 나는 몰려오는 잠을 억지로 뿌리치며 중얼거렸다.

"내 말 맞지?"

하지만 동생은 이미 엄마의 목에 머리를 기대고 잠든 뒤였다. 얍실한 녀석. 나는 몸을 말고 편안한 기분으로 눈을 감았다.

■ 엄 마 는 고 양 이 야 는 ……

　개인적으로 좋아하는 글이다. 환상문학웹진 거울 고양이 단편선 『달과 아
홉 냥』에 실렸다.

곰 이 되 어 도 좋 아

곰이 되어도 좋아

A가 일어났을 때 침대 옆자리에 커다란 곰이 자고 있었다. 눈을 비비며 다시 확인했지만 곰이 틀림없었다. 곰은 깨어날 기색이 없었다. A는 숨을 멈추고 조심스럽게 침대에서 내려왔다. 살금살금 옷을 입은 다음, 원룸 안을 살폈다.

B가 없었다. 손바닥만 한 원룸 현관에 신발이 그대로인 것을 보아서 밖으로 나가진 않았다. 어쩌면 곰이 B를 잡아먹었을지도 몰랐다. 코를 킁킁거렸지만 피 냄새는 나지 않았다. 하지만 저 곰이 B를 잡아먹고 뼈를 으드득 으드득 씹어먹고 피까지 핥아먹은 다음 환기를 시킬 정도로 철두철미한 놈일 수도 있었다. A는 싱크대에서 무기가 될 만한 것을 전부 꺼냈다. 머리에는 냄비를 쓰고 한 손에는 프라이팬, 다른 손에는 식칼을 들었다.

곰은 여전히 자고 있었다. 고민하다가 얼굴을 노리면 제아무리 큰 짐승이라도 재간이 없을 것 같아서 곰의 코끝에 식칼을 들이대고 프라이팬을 치켜든 채로 녀석을 살폈다. 역시 핏자국이 없었다. 용의주도한 녀석. A는 새삼 분노가 끓어오르는 것을 느꼈다. 그때 곰이 눈을 뜨더니 A를 보았다.

"꾸엉?"

"너, 죽었어! B 어디 갔어!"

A는 프라이팬으로 곰의 이마를 내리쳤다. 곰은 커다란 앞발로 머리를 잡고 꾸엉꾸엉 울며 침대 반대편으로 도망쳤다. A는 식칼과 프라이팬을 휘두르며 곰을 쫓아 좁은 방 안을 빙글빙글 돌았다. 곰은 커다란 덩치에 어울리지 않게 잘도 피해 다녔다. 마침내 지칠 대로 지친 A가 프라이팬과 식칼을 떨구고 방바닥에 주저앉았다.

"B를 내놓으란 말이야, 이 나쁜 곰아! 으허엉!"

A가 울자 곰은 당황한 듯 앞발을 내려다보더니 조심조심 다가가 A의 머리에 얹힌 냄비를 바닥에 내려놓고 토닥여주었다. 뜨거운 혓바닥으로 눈물도 닦아주었다. A가 코를 훌쩍이며 물었다.

"B?"

곰이 고개를 끄덕였다. A는 곰에게 달려들어 와앙, 크게 울음을 터뜨렸다.

"왜 곰이 된 거야! 나쁜 놈아! 네가 널 잡아먹은 줄 알았잖아!"

곰은 어깨를 으쓱해 보이고 A의 등에 큰 앞발을 얹었다. 그 와중에 뒷발로 바닥에 떨어진 흉기들을 A의 손이 닿지 않는 곳으로 밀어버리는 것도 잊지 않았다. 그는 용의주도한 곰이었다.

아침 뉴스는 전 국민의 약 1/5이 곰으로 변해버린 사건으로 시작했다. 그날로부터 약 한 달여가 지나는 동안, 브라운관 속에서만도 많은 일이 일어났다. 매일 저녁 9시, 안경을 쓴 근엄한 표정의 곰이 단정한 투피스를 입은 여아나운서와 함께 뉴스를 진행했다. 아침드라마의 남자 주인공이 곰이 된 어머니와 이혼하겠다는 아버지 때문에 방황하며 마늘을 넣은 소주를 마셨다. 수목 사극에서 장희빈은 주상을 기다리며 궁녀들에게 두꺼운 앞발을 맡겨 손톱을 뭉툭하게 자르고 가방만 한 버선을 새로 짓게 시켰다. 주말 리얼리티쇼에서 소녀걸스의 윤재가 그날 이후 방송에 출연하지 않는 제니에게 이빨이 주먹만 하다고 놀린 게 미안하다고 눈물을 글썽거리며 사과하는 영상편지를 보냈다. 한쪽 패널은 곰, 다른 쪽 패널은 사람으로 구성된 토론 프로그램에서 양측이 격론을 벌였다. 곰 측은 사람 사이즈로 제작된 키보드를 눌러 의견을 제시하다 여의치 않자 데스크를 물어뜯으며 온몸으로 항의하는 퍼포먼스를 벌이기도 했다.

C는 이런 상황을 흥미진진하고 유쾌하게 지켜보았다. C는 스스로를 '사악한 대마법사'라고 칭했는데 그가 바로 곰 사태를 일으킨 장본인이었다. 그는 인터넷 서핑을 통해 자신이 마법사라는 것을 알게 되었다. 25년간 여성을 가까이 하지 않고 몸과 마음을 정갈하게 다스리면 마법사가 된다는 것이다. 하지만 그는 어떻게 마법을 쓰는지 알지 못했다. 인터넷에 포진한 다수의 마법사들도 자신들의 능력을 깨닫지 못하고 솔로인 신세를 한탄할 뿐이었다. 그러던 그의 눈에 '[펌] 사랑하는 사람이 곰이 된다면'이라는 포

스팅이 들어왔다. C는 얽이고 얽인 인터넷상의 글을 이리저리 클릭해보다 극심한 우울증에 빠졌다. 곰으로 시작해서 오늘이 세상의 마지막 날이라면, 으로 끝나는 질문지는 끝없는 닭살이 가득했다.

"젠장, 진짜로 곰이 되어봐라! 돈 있고 키 크고 잘생긴 놈 아니면 취급도 안 하면서 곰 따위랑 연애할 리가 없잖아!"

C의 절규에, 잠자고 있던 마법이 깨어났다. 마법은 충실하게 그의 원을 들어주기 위해 커플 중 한쪽을 곰으로 만들었다.

C는 곰 사태를 다룬 인터넷 기사에 익명으로 "커플만 곰이 되는 것 같지 않아요?"라는 댓글을 달아놓고 추이를 지켜보았다. 그 아래로 줄줄이 솔로임을 찬양하는 댓글이 이어졌고 커플부대를 나와 솔로부대로 옮겨 오겠다는 댓글도 늘어갔다. 소녀걸스의 제니가 곰이 된 것을 제외하면 참으로 아름다운 세상이었다. 커플들이 연애질의 무상함을 깨닫고 있었다. 점차 인간 형태로 복귀하는 방송인이 늘어나는 것을 보아도 분명했다. 그는 계획도 없었던 주제에 음흉하게 입끝을 올리며 "모든 것은 계획대로."라고 중얼거렸다. 안타깝게도 "안 되겠어! 이 녀석, 어떻게 하지 않으면!"을 외치며 사악한 대마법사를 쫓아오는 용사는 없었다.

A와 B는 잘 적응했다. B는 양복을 입는 것이 무리였기에 A의 손을 빌려 굵은 목에 넥타이를 매고 출근했다. 털가죽이 검은색이라 넥타이가 제법 어울렸다. 둘은 퇴근길에 만나 포장마차에서 떡볶이와 오뎅을 먹고 집으로 돌아왔다. 휴일에는 산으로 나갔

다. B는 A를 둥기둥기 업고 잘도 돌아다녔다. 그래서인지 주변에서 곰이 되었던 사람들이 하나 둘 원래대로 돌아오는데 B는 좀체로 사람이 될 생각을 하지 않았다. A가 생마늘을 먹여보기도 하고 쑥을 갈아서 녹즙을 만들어보기도 했지만 B가 맛이 없는지 퉤퉤거리고 뱉어내는 바람에 포기했다. 어느 정도 좋아진 것도 있었다. B는 원래 과묵한 편이었는데 곰이 된 후에는 인간으로서의 부끄러움이 소용없다고 생각했는지 애교가 늘었다. A는 실수로 걷어차도 움찍도 않는 B의 두꺼운 털가죽이 마음에 들었다.

B가 곰이 된 이후 벌어진 가장 나쁜 일은 〈인간다큐 휴먼씨어터〉라는 방송에서 〈곰이 되어도 좋아〉라는 제목으로 다큐멘터리를 만들자고 한 것이었다. A는 방송에 나가고 싶지 않았지만 방송국 PD가 주변 사람들을 공략했다. 특히 직장상사가 회사 홍보가 될 거라며 등을 미는 데는 당할 재간이 없었다.

PD가 두 분의 생활에 누가 되지 않을 것이라고 감언이설을 늘어놓은 다음 날, 상당한 양의 방송장비가 A와 B의 원룸 안으로 들어왔다. B가 혹시나 사람으로 돌아가기 전에 양질의 방송분을 뽑아야 한다고 PD가 윗선을 설득해 최대한 많은 인력과 장비를 얻어낸 것이다. 화장실에 작가와 조연출이 자리를 잡았다. 카메라와 붐마이크를 든 촬영기사와 음향기사가 보조기사 넷과 위태위태하게 현관에 놓인 신발을 밟고 섰다. 반사판을 든 조명담당이 침대 위에 올라갔다. 더 이상 사람이 들어갈 구석이 보이지 않자 화면에만 잡히지 않으면 된다며 PD가 화면 체크용 모니터와

전선을 끌고 옷장 안으로 들어갔다. 그리고 벌컥 벌컥 문을 열고 침대 위에 발이 잡힌다고 조명담당에게 호통을 쳤다.

A와 B는 카메라와 마이크가 있는 신발장을 향하되 침대는 나오지 않을 각도로 비뚜름하게 앉아 작가가 정해준 대로 하하호호 어색하게 웃었다. 자연스럽게 해달라는 주문이 이어질 때마다 B는 불안한 눈으로 A를 살폈다. A는 마음만 먹으면 프라이팬을 들고 곰에게도 달려들 수 있는 여자였다. B는 A의 얼굴이 찌푸려질 것 같은 기색이 보이면 애교를 떨거나 무릎에 눕히거나 머리에 앞발을 얹어 부볐다.

"바로 그거야!"

옷장 안에서 감탄사가 터져 나왔다. B는 A가 도끼눈을 뜨고 쳐다보자 딴청을 피웠다.

집 안을 다 찍자 PD는 둘을 끌고 선유도 공원에 갔다. 평소에 가는 곳이 아니라는 항의는 "거기가 그림이 좋아요."라는 한 마디로 묵살되었다. 선유도 공원에 도착해서도 한참을 촬영이 시작될 기미가 보이지 않았다. 전기를 끌어오고 카메라용 레일을 깔고 사람들을 통제하는 두어 시간 내내 벤치에 앉아 있던 A가 결국 폭발했다. A는 다짜고짜 B의 목에 매달렸다.

"튀자!"

A가 여차하면 목에 감은 팔에 인정사정없이 힘을 줄 태세였기에 B는 얌전히 따랐다. 결국 촬영팀이 야외촬영에서 얻은 것은 촬영과정을 기록하려고 조연출이 들고 있던 휴대용 캠코더에 남은 둘의 뒷모습뿐이었다.

C는 곰과 관련된 이야기를 찾아 텔레비전 채널을 돌리다가 〈인간다큐 휴먼씨어터〉의 예고편을 보았다. 벚꽃잎이 흩날리는 가운데 핑크빛 기운을 뿌리며 질주하는 곰의 엉덩이가 보였고 그 위에 여자가 앉아 있었다. 〈곰이 되어도 좋아 ― 사랑을 위해 세상 끝까지 도망치다〉라는 제목이 떠올랐다. ㅇ이 하트모양으로 반짝거렸다. C는 어젯밤에 먹었던 컵라면이 목구멍까지 기어 나오려는 것을 느끼고 입을 틀어막았다. 정녕 한쪽을 곰으로 만들어도 소용없는 커플이 있었단 말인가! 용서할 수 없었다.

C는 A와 B를 만나러 가기 위해 만반의 준비를 갖췄다. 인터넷에서 둘의 정보를 모았다. 사악한 대마법사였지만 커다란 곰과 맨 몸으로 맞서기는 무서웠다. 그는 친구에게서 오토바이 헬멧과 구명조끼를 빌려 착용하고 빨래건조대에서 플라스틱 봉을 하나 무기 삼아 빼 들고 A와 B를 찾아갔다.

어둑해진 거리, 떡볶이 포장마차 앞에서 A와 B를 마주친 C는 당혹했다. 둘의 뒤에 촬영 기자재를 끌고 열 명 정도 되는 사람들이 따라다니고 있었다. 예고편은 어찌 만들어 내보냈지만 둘이 열심히 도망 다니는 통에 방송분이 완성되지 않은 것이다. 그나마 떡볶이를 먹겠다고 A와 B가 멈춰 서지 않았다면 최소 삼십 분 내내 달리는 곰 궁둥이 특집을 방송해야 할 상황이었다.

C는 마음을 다잡았다. 매스컴 정도에 약해지면 안 된다. 그는 사악한 대마법사니까! C는 헬멧의 유리를 내리고 플라스틱 봉을

앞으로 내밀고 포장마차에 접근했다. 시뻘건 떡볶이 국물에 입가의 털을 흥폭하게 버무린 곰 B가 돌아보았다. A도 C를 보았다.

"거기, 곰!"

C가 외쳤다. B가 앞발로 자신을 가리켰다.

"그래!"

B가 떡볶이 포장마차를 가리듯 앞으로 나오더니 뒷발로 일어섰다. C는 플라스틱 봉을 두 손으로 고쳐 쥐었다. 차라리 야구방망이나 전기톱을 빌려올 걸, 후회스러웠다. 곰은 생각보다 훨씬 컸다.

"인간으로 돌아가고 싶지 않나? 나는 방법을 알고 있다."

C의 말에 A가 얼굴을 찌푸리며 물었다.

"그 말을 어떻게 믿어요?"

"바로 내가 커플 중 한쪽을 곰으로 만든 사악한 대마법사다! 내 말을 믿어라! 당장 마음을 돌려 저 여자와 헤어지면 원래대로 인간이 될 수 있을 것이다!"

순간 C는 B가 움찔하며 조금 물러서는 것을 느꼈다. 자신에게 압도당한 것인가 싶어 헬멧 안쪽으로 입이 귀에 걸리려는 순간, A가 떡볶이를 꽂은 포크를 휘두르며 화를 냈다.

"지금 B가 곰이 된 게 나 때문이라는 거예요?"

"음, 따지다보면 그렇게 되나……. 중요한 건 커플은 안 된다는 거다! 솔로 만세!"

C의 외침에 촬영팀이 박수를 쳤다.

"커플을 따라 뛰는 것은 지겹다! 솔로를 취재하자!"

내내 카메라를 메고 있던 촬영기사가 외쳤다. 휘하 기사들이 연호했다.

"솔로를 취재하자!"

PD가 대본을 말아 쥐고 목소리를 높였다.

"무슨 소리들 하는 거야! 지금 우린 혼탁한 세상 속에서 어떤 역경에도 굴하지 않는 사랑으로 사람들에게 희망을 줘야 한다고!"

PD가 C를 가리켰다.

"바로 저런 사람들에게!"

"뭐?!"

C는 목이 시뻘게질 정도로 당황했다. A가 코웃음 쳤다.

"무슨 소릴 하는 거예요? 세상 모든 남자가 곰이 된다고 해도 잘 알지도 못하면서 남의 연애에 이러쿵저러쿵 해대는 저런 사람은 애인 안 생겨요."

C는 털썩, 무릎을 꿇었다. 세상의 모든 남자가 곰이 되어도 안 된단 말인가. 자신은 영원히 대마법사인 채로 살아야 한단 말인가. 아니다, 솔로부대 만세, 만세, 만만……. C는 울컥 밀려드는 서러움에 엉엉 울기 시작했다. 그의 마음속에서 분노가 힘을 잃자 마법이 사그라졌다. B가 중얼거렸다.

"우와, 잔인해."

A가 B를 돌아보았다. B는 목에 넥타이를 맨 채 맨발로 서 있었다. 결국, 〈인간다큐 휴먼씨어터 ― 곰이 되어도 좋아〉는 선정성으로 인해 방송을 타지 못했다. 그러나 사랑은 사악한 대마법사를 물리쳤다. 아마도.

■ 곰 이 되 어 도 좋 아 는 ……

　사랑하는 사람이 곰이 되면 어떻게 하겠느냐는 질문이 실제로 인터넷상에서 돌아다니는 것을 보고 썼다. 2009년쯤이었지만 당시 글을 보여주었던 지인의 반응이 워낙 시큰둥해서 공개하지 않았다. 그러다 2012년이 되어서 공개했는데 의외로 반응이 많아서 놀랐다. 결국 온우주 소식지에도 들어가고 책에도 들어가게 되었으니 재미있는 일이다.

휴 가

휴 가

여름이 끝나간다. 어떻게든 휴가를 잡고 싶다. 하지만 그러려면 시간이 있거나 돈이 있거나 둘 다 있어야 했다. 휴학하고 등록금을 버는 중인 일용직 알바에겐 꿈 같은 소리다. 그렇다고 주위에 신세한탄이라도 했다가는 누군 다르냐며 도끼눈을 뜨고 쳐다볼 뿐. 정말로 휴가를 잡고 싶다면 스스로 길을 찾아내야 했다. 넉 달 전에 떠난 선미누나처럼.

같은 편의점에서 일하던 선미누나는 스케일 크게 일상을 탈출한 케이스였다. 누나는 어릴 때부터 소원이 휴가를 잡는 것이었다. 쉴 때는 도서관을 돌며 휴가에 관련된 자료를 검색했다. 꼼꼼하게 조상님들이 남긴 기록을 살핀 누나는 국내에는 휴가의 씨가 마른 것이 틀림없다고 말했다. 마지막으로 휴가가 목격된 것은 구한말로, 일제시대가 되자 일본인들이 대거 몰려와 최후의 휴가를 잡은 것 같다 하였다. 나야 휴가가 환상의 동물이라 불리는 이상, 역사적 사실과는 상관없이 제멋대로 출몰할 거라고 주장했지만 누나는 진지했다. 휴가는 실존하며 외국의 오성급 호텔에는 비밀 클럽이 있어서 휴가를 잡아놓고 구경하며 우아한 디너를 즐긴다는 것이다. 그래서 고위층 사람들이 여름이 되면 물이 맑다는 해외로 여행을 많이 가는 것이라고.

선미 누나는 작은 세계지도를 꺼내놓고 휴가가 있을 법한 곳에 빨간 동그라미를 쳤다. 뜨거운 날씨, 시원한 물가를 좋아한다는 것이 알려진 습성의 전부였기에 조건에 맞는 곳은 엄청나게 많았다. 누나는 휴가가 목격되었다는 기사가 뜨면 그 장소에 한번 더 동그라미를 쳤다. 책에서 휴가 이야기가 나온 지역도 동그라미를 쳤다. 그리고 손끝으로 두 겹, 혹은 세 겹으로 쳐진 동그라미를 따라 선을 그었다. 중국 남부에서 출발하여 베트남을 지나 중동, 남유럽, 북아프리카로 이어지다 훌쩍 남아메리카를 통과해 태평양을 건너 우리나라로 돌아오는 선을.

넉 달 전, 누나는 자유적금 통장을 보며 한숨을 쉬었다. 알바비는 줄지 않았지만 물가란 놈이 착실하게 오르는 바람에 한 달에 오만 원씩 넣던 것이 삼만 원을 지나 만 원도 넣기 힘든 지경이 된 것이다. 올해까지는 일을 할 예정이었지만 더 버티다간 휴가가 아니라 생활을 위해 적금을 깰 판이었다. 결국 누나는 예상보다 적은 돈을 들고, 예상보다 빨리 한국을 떴다.

"휴가를 보면 제일 먼저 너한테 연락할게."

마음대로 진행된 것은 휴가를 잡으러 간다는 것 외에 아무것도 없었지만 누나는 행복해 보였다.

　지금쯤 어디에 가 있을까. 나는 휴가와 관련된 뉴스를 볼 때마다 누나를 떠올렸다. 점장님이 딸과 함께 휴가를 잡으러 가겠다며 48개월 할부로 누나의 휴가여행 전체 예산에 맞먹는 캠핑장비를 구입한 이야기를 할 때도, 누나 대신 일하게 된 점장님 딸 미정이가 워터휴가랜드에 가겠다고 휴대폰으로 수영복을 검색하며 대신 일을 봐달라고 할 때도, 엄마가 넌 나이도 어린 게 같이 휴가 잡으러 갈 친구도 없냐며 구박할 때도, 누나가 떠올랐다. 그때마다 투덜거렸다. 휴가는 아무나 잡는 줄 아나. 시간이 있거나 돈이 있거나 둘 다 없으면 억지로 만들어낼 행동력이라도 있는가.

　그런데 갑자기, 새까맣게 탄 미정이가 핸드폰으로 워터휴가랜드에서 친구들과 가짜 휴가상에 올라타고 찍은 사진을 보여주다가 물었다.
　"오빤 휴가 잡으러 안 가?"
　"나?"
　"어."
　"내가 무슨 휴가를 잡냐."
　"뭐, 오빠 덕에 친구들이랑 놀러갔다 왔으니까 하루 정도는 대신 봐줄게."
　미정이의, 두껍게 아이라인을 그린 눈이 상냥해 보인 건 처음이었다.

나는 행복한 고민에 빠졌다. 휴가를 잡으러 어디로 가야 할까. 쉽게는 동네 약수터부터 지하철로 갈 수 있는, 계곡이 있는 산이 있다. 귀찮음을 감수하면 철도로 동해까지 가는 것도 가능하다. 대충 휴가를 잡으러 다녀왔다고 이름만 짓고 끝낼 사람들은 운동을 겸해 한강변에 슬렁슬렁 나가기도 했지만 그건 싫었다. 결국 자전거를 타고 갈 수 있는, 인천으로 정했다. 아라뱃길을 따라 움직이면 내내 물을 보며 갈 수 있었다.

마침내 D-1일.
나는 방구석에 놓인 5단 서랍장을 열었다. 서랍 안에는 쓰다 만 일기나 노트, 사진, 숙제 같은 것들이 들어 있었다. 제일 아래 칸을 열자 동전과 우표꾸러미 밑에 그것이 있었다. 한때 껴안고 잠들었다가 꿈속에서도 놓지 못했던, 어린이용 휴가잡기 디럭스 세트. 알록달록한 스티커가 붙은 노란색 플라스틱 가방 안에 손잡이가 늘어나는 잠자리채와 가장자리가 낡아서 풀어진 손그물이 들어 있었다. 초등학교 1학년 때 아버지가 사주신 것이었다. 잠자리 손잡이를 빼서 괜시리 천장을 한번 훑어보았다. 목이 흔들거리는 모양새가 영 부실했다. 손그물의 꺼실한 나일론 줄을 풀어 바닥에 펼쳐보니 겨우 애완견이나 들고양이 한 마리 들어갈까 말까 했다. 어릴 때는 그물만 있으면 휴가란 건 당연하게 잡히는 줄 알았더랬다. 나는 피식피식 웃으며 그물을 접었다. 다시 서

랍에 넣을까 하다가 도로 꺼냈다. 휴가를 잡는 데 도움이 안 되어도 휴가 잡으러 가는 사람으로 보이는 데는 도움이 될 터였다. 에라, 기분이다.

다음 날, 새벽같이 일어나 자전거 뒷좌석에 낡은 그물과 우산을 잡아 묶었다. 하늘이 꾸물꾸물한 게 비가 올 것 같았다.

"날도 안 좋은데 뭐 이런 날도 나가니."

부스럭거리는 소리에 일어난 엄마가 투덜댔다.

"휴가 잡으러 다녀올 거거든요. 다녀오겠습니다!"

나는 자전거에 뛰어올랐다. 남들 놀 때 일하기는 많이도 해봤지만 남들 일할 때 놀아보기는 처음이었다. 날도 흐리고 아라 뱃길 운하물이나 인천 앞바다 물이 깨끗할 리도 만무했지만 상관없었다. 휴가 잡으러 간다!

지하철로 인천으로 들어가 자전거를 내렸다. 평일인데도 역은 한산했다. 역 주변이라고 믿을 수 없을 정도로 가게 하나 없이 허허벌판 같은 거리를 지나 신나게 운하 옆을 달렸다. 자전거 도로도 나빴다. 폭주족이 된 기분으로 미친듯이 페달을 밟았다. 폐는 터질 것 같았고 거센 바람이 몸을 때렸다. 인천이라 바닷바람이 세긴 세구나 싶어 더 신이 나서 달렸다. 그런데, 맞바람이 점점 세지더니 앞으로 나가기 곤란할 정도가 되었다. 어라, 하는 사이 바람 방향이 바뀌었다. 어디선가 시뻘건 십자가가 박힌 종이 조각이 얼굴로 날아와 당황한 사이 빗방울이 픽, 하고 부딪쳤다. 거짓말이 아니라 오십원짜리 동전만 한 빗방울이 바람과 중력을 추진력삼아 진짜 퍽, 소리가 나게 돌진해왔다. 하늘에서 비비탄 총알처럼 빗방울을 난사했다. 자전거에서 내려 급히 우산을 꺼내 폈지만 이번엔 바람이 불어와 빈약한 살을 꺾어버렸다. 나는 비명을 참으며 물안개 위로 자전거를 끌고 근처에 보이는 철물점 처마 밑에 찌그러졌다.

핸드폰을 꺼내 확인해보니 지구 온난화로 인해 비정상적으로 빠르게 발달한 태풍이 서해로 이동 중이라 했다.

푹 젖어 덜덜 떨며 바다가 다 뭐냐, 화평 냉면이냐, 설렁탕이냐, 감자탕이냐 맞은편에 보이는 낡은 간판을 보며 뭐가 제일 맛있을까요 이상형 월드컵 현실도피하고 있을 때였다. 감자탕 집 문이 열리고 선미 누나가 나왔다.

순간, 하도 비에 세게 두드려 맞아서 헛것을 봤나 했다. 메콩강에서 낚시질하거나 파묵칼레에서 발을 닦고 있다면 모를까, 인천 감자탕 집에서 보라색 플라스틱 슬리퍼를 끌고 나온 선미누나라니.

"선미 누나?!"

누나는 눈을 껌벅거리더니 감자탕집 문을 활짝 열었다.

"얼른 들어와!"

나는 누나의 도움으로 자전거를 묶어놓고 안으로 들어갔다. 누나는 마른 수건과 물수건을 꺼내왔다.

"춥지? 밥은 먹었어?"

"어, 아니."

대충 빗물을 닦아내고 따뜻한 물수건에 얼굴을 묻자 정신이 좀 돌아오는 것 같았다. 선미누나는 묻지도 않고 밥 공기와 감자 탕 그릇을 가져왔다. 깍두기를 수북히 담고 식은 전을 두어 쪽 곁들였다. 그 행동이 익숙하기 짝이 없어서 더 이상했다.

"잘 먹을게."

"많이 먹어. 모자라면 더 갖다줄게."

나는 뜨거운 김이 모락모락 올라오는 밥그릇에 숟가락을 푹 찔러 넣으며 눈치를 살폈다. 하지만 그것도 잠시 위장이 아우성 치자 나는 얼큰한 국물에 밥을 말아 아귀처럼 퍼 넣었다.

결국 식사를 마치고 자판기 커피를 앞에 놓고서야 선미누나는 입을 열었다.

"야."

"어?"

"나 사기당한 거 같다."

"어어?"

누나가 종이컵 가장자리를 손톱으로 꾹꾹 누르며 말했다.

"예약했던 여행사가 안전하게 가자고 추가 입금 해달라고 하 더니 싹 먹고 망했어."

"……."

"여긴 큰엄마가 하는 덴데, 일단 여기 있으면서 지켜보려고. 여 행사가 인천에 있었거든."

커피 한 입 머금어 보지도 못하고, 그렇게 삼십 초도 안 되는 시간 동안 누나의 넉 달이, 세 문장으로 끝났다. 나는 종이컵을 입에 물고 우물거렸다.

"연락 안 해서 잘 있겠거니 했는데⋯⋯."

"넌 어때? 점장님이랑, 다들 잘 있어?"

나는 점장님은 잘 계신다는 이야기와, 누나가 일하는 시간에 점장님 딸이 일한다는 것과, 부담스럽기 짝이 없지만 오늘 일을 바꿔준 걸 보면 생각보단 괜찮은 애 같다는 것과, 자전거를 타면서 봤던 아라뱃길 얘기까지 두서없이 길게, 아주 길게 늘어놓았다. 그리고 그동안 만났던 진상 손님 이야기를 꺼내 시덥잖게 웃다가 입을 다물었다.

유리창 너머로 거세게 요동치는 바람소리가 파도소리 같았다. 쏴아아 쏴아아, 파도 소리 속에 앉아 망할 휴가와 망할 태풍과 망할 여행사를 향한 욕설과 함께 지나치게 달고 지나치게 쓴 커피를 삼켰다. 마침내 그 커피마저 바닥을 보이자 누나가 말했다.

"아무래도 휴가는, 없어서 환상의 동물이라고 하나봐."

"뭐래. 그냥 돈이나 다시 벌어."

"어쭈, 밥값 내고 가고 싶은가보지?"

"잘 먹었습니다!"

나는 자리에서 일어났다.

"연락 좀 하고 살고. 진짜 잘 먹었어. 갈게, 누나. 지금 바람 좀 멈춘 거 같다."

누나는 잠시, 아무 말 없이 나를 바라보았다.

"연락할게."

마침내 누나가 말했다. 나는 뒤집힌 우산을 정리해 다시 자전거에 잘 묶었다. 그리고 낡은 그물을 누나에게 건넸다.

"내가 초등학교 다닐 때 아빠가 사준 건데, 누나 줄게."

"뭐야, 그건!"

"완전 소중하다는 뜻이지."

선미 누나는 송사리도 잡기 힘들어 보이는 그물을 들고 눈물이 맺히도록 깔깔 웃었다.

■ 휴 가 는 ……

　매스컴에서는 휴가철이 시작되었다는데 어째서 나를 포함하여 주변에서
휴가를 맞아 어딘가 떠나는 사람은 찾을 수 없는가, 휴가는 실존하는가에 대
한 고찰을 담았다. 세상 어딘가에 아직 휴가가 남아 있기를 바란다.
　환상문학웹진 거울 111호와 온우주 소식지에 실렸다.

기 사 의 사 랑

기 사 의 사 랑

기사가 있었다. 늠름하고 잘생긴 기사는 그가 사랑하는 아름다운 공주에게 반지를 바쳤다. 공주는 반지를 끼는 대신 기사에게 물었다.

"날 사랑하나요?"

"그 반지에 맹세코 당신을 위해서라면 해라도 따다 바치겠습니다."

기사의 망설임 없는 대답에 공주는 손가락으로 반지를 굴리며 잠시 생각에 잠겨 있다 말했다.

"그렇다면 가서 아바마마에게 절 달라고 하세요."

기사는 임금에게 가서 공주를 달라고 청했다. 이미 사윗감으로 이웃나라 왕자를 점찍어놓고 있었던 임금은 기사의 청을 거절했다.

이웃나라 왕자와 공주의 결혼이 결정되었다. 결혼식 날이 다가오자 기사는 마지막으로 공주를 보러 갔다. 그녀는 가봉된 웨딩드레스를 걸친 채 아직도 반지를 만지작거리고 있었다.

"날 사랑하나요?"

기사는 슬픈 목소리로 대답했다.

"그 반지에 맹세코 당신을 위해서라면 달이라도 따다 바치겠습니다."

공주는 미소를 지었다.

"그렇다면 나를 데리고 도망쳐주세요."

기사는 그 자리에서 공주를 데리고 도망쳤다.

둘은 많은 위험을 피해 왕국 밖의 산골로 향했다. 그들은 마침내 버려진 오두막을 발견하고 거기에 자리를 잡을 수 있었다. 그 와중에도 반지는 공주의 손에 꼭 쥐어져 있었다. 보석으로 치장된 드레스 대신 허름한 옷을 입은 공주가, 역시 갑옷을 벗어 보통의 남자로 보이는 기사를 보고 물었다.

"날 사랑하나요?"

"그 반지에 맹세코 당신을 위해서라면 별이라도 따다 바치겠습니다."

"그렇다면 나의 남편이여. 가서 내 대신 저녁 설거지를 해주세요."

기사가 대답했다.

"차라리 별을 따오라고 하십시오."

■ 기 사 의   사 랑 은 ……

　고백하건대, 나는 게으르기가 기사와 같다. 이 글을 공개했을 때 기사를
성토하는 여자 분들의 반응이 많아서 뜨끔뜨끔했다.
　환상문학웹진 거울 113호에 실렸다.

고양이 나라의 마녀

고양이 나라의 마녀

"잘 들어. 나는 이제부터 영원히 사랑을 저주하겠다."

나라 안에 하나뿐인 마녀 엘마리가 국자를 휘저었다. 노래 같은 마녀의 목소리에 맞춰 작은 손이 움직이자 검은 냄비 안에 가득한 청회색 액체가 빙글빙글 소용돌이를 일으켰다.

"흐응. '잘 들어'보다는 '잘 봐둬'가 더 어울리지 않을까요?"

나라 안에 하나뿐인 고양이이자 마녀의 패밀리어인 킷이 목을 쭈욱 빼며 심드렁하게 대꾸했다. 킷은 비단 같은 검은 털을 지닌 멋진 수고양이였다.

"분위기 잡는데 끼어들지 마. 듣든 보든 무슨 상관이야? 저주만 잘하면 그만이지."

"분위기 잡으려면 치맛자락에 난 구멍이나 꿰매고 얘기해요."

"너어!"

마녀는 참지 못하고 냄비를 젓다 말고 국자를 치켜들었다. 그 바람에 국자에서 뜨거운 액체가 튀어 킷의 꼬리로 날아갔다.

"카아옹!"

킷은 뜨거움을 견디지 못하고 펄쩍 뛰어올라 벽을 향해 질주했다. 마녀는 국자를 팽개치고 빗자루를 집어 들었다. 킷은 잽싸게 빗자루를 피해 책장 위로 올라갔다. 마녀가 빗자루를 거꾸로 쥐고 휘두르려는데 차가운 목소리가 들려왔다.

"그래서 저주는?"

마녀는 흠칫 놀라 창문가에 앉은 청년을 돌아보았다. 길고 윤기 있는 머리카락과 단정한 얼굴, 푸른 예복에 감싸인 팔다리는 아무렇게나 의자 아래로 늘어져 있어도 우아한 선을 그렸다. 이 나라의 하나뿐인 왕자이자 저주의 의뢰인인 로센이었다.

"이제 할 거야."

마녀는 자신이 손님 앞에서 추태를 부렸다는 것보다 그 추태를 보고도 표정에 변화가 없는 왕자가 마음에 들지 않았다. 그러나 마녀는 그를 저주하는 대신 다시 국자를 잡았다.

'안 그래도 불쌍한 인간이지.'

마녀는 한숨을 쉬고 국자를 냄비에 넣었다. 안에 들어간 재료를 체크하고 다시 한 번 책을 확인했다. 이제 남은 재료는 딱 하나뿐이었다.

"이제 하나, 저주의 결과를 결정할 하나가 남았는데 뭘 넣으면 좋을까."

킷은 흘끗 마녀의 눈치를 보더니 우아한 동작으로 책장 위에

서 바닥으로 착지했다. 검은 꼬리가 살랑살랑 흔들렸다.

"뭐가 좋을까요."

마녀는 킷을 돌아보고 얼굴을 찌푸렸다.

"이봐, 왕자. 뭔가 원하는 거라도 있어?"

왕자는 고민하지 않고 대답했다.

"아니."

"거 골치 아플 정도로 생각 없는 의뢰인일세."

마녀는 고개를 설레설레 흔들었다.

"골치 아플 정도로 생각 없는 마녀님, 저주에 걸린 자들을 뭘로 바꿀지도 생각하지 않고 무작정 냄비에 약재들을 퍼 넣으면 어떻게 해요?"

킷이 몸을 동그랗게 말고 앉아 야옹거렸다.

"어떤 모양의 저주를 만들지, 어떤 결과의 저주가 될지 생각해 두는 게 저주의 가장 기초 아니었어요? 그건 마녀가 아니라 고양이여도 알 수 있는 사실……."

마녀는 입술을 꽉 깨물고 이마를 문질렀다. 입가 한쪽이 삐죽 올라갔다.

"그래. 거기 가만히 있으렴."

"마, 마녀님?"

킷이 눈을 동그랗게 뜨며 몸을 일으키자 마녀는 잽싸게 달려가 킷을 움켜쥐었다.

"켁켁, 왜 이러세요! 하나밖에 없는 패밀리어를! 고양이 살려!"

킷은 버둥거리며 사지를 휘저었지만 차마 발톱은 내놓지 못했다. 혹여라도 마녀에게 상처가 나면 패밀리어고 뭐고 사정없이 빗자루 매질이 돌아온다는 것을 경험으로 알았던 것이다. 마녀는 그사이 한 손으로 킷의 목덜미를 잡아 올렸다. 킷은 본능적으로 몸을 동그랗게 말았다. 마녀는 미소를 지으며 데룽데룽 매달린 킷의 등짝에 손을 뻗어 사정없이 털을 한 움큼 뽑아냈다.

"캬악!"

킷은 호된 아픔에 발버둥을 쳤다.

"시끄럿! 이제까지 고양이라고는 너 하나밖에 없어서 참고 있었지만 이렇게 된 거 사람을 고양이로 바꿔서 고분고분하고 말 잘 듣는 패밀리어로 삼아야겠다."

마녀는 킷을 던지듯 내려놓고 뽑은 털을 끓는 냄비에 던져 넣었다. 퍼엉, 청회색의 액체는 고양이털이 닿자 연기를 뿜으며 순식간에 검게 변했다. 마녀는 국자로 냄비를 휘저어 액체가 완전히 검게 변한 것을 확인했다. 마녀는 만족스러운 웃음을 지었다.

"이것을 들이켜고 자신이 사랑을 하고 있다고 깨닫는 자는 고양이로 변할 거야."

마녀는 뜨거운 냄비에 화상을 입지 않도록 조심스럽게 액체 가까이 얼굴을 가져가 속삭였다. 숨결을 타고 목소리가 액체에 스며들자 마녀는 다시 국자를 움직였다. 그 움직임을 타고 마지막 변화가 약 전체로 퍼져 나갔다.

"완성."

마녀는 자랑스럽게 뒤를 돌아보았다. 그러나 왕자의 무심한 눈에는 아무런 감탄이 없었고 평소라면 요란스럽게 기뻐했을 킷은 등에 생긴 땜통 때문인지 모로 앉아 있었다.

"완성했다니까? 이제 조금만 기다리면 나라 안은 고양이로 넘쳐나서 마음대로 패밀리어를 고를 수 있을 거라고!"

마녀가 소리를 지르자 왕자가 무성의하게 고개를 끄덕였다. 그때 킷이 황갈색 눈으로 마녀를 올려다보더니 몸을 일으켰다. 수염이 움찔움찔거리며 콧잔등에 작은 주름이 잡혔다.

"그러니까 이제 나 같은 건 필요 없단 거죠? 나도 더 이상 맞으면서 못 살아요! 잘 있어요."

킷은 폴짝 뛰어 환기를 위해 열어둔 창틀로 올라갔다. 마녀는 감히 가출 선언을 한 킷에게 테이블 위에 놓여 있던 빈 약병을 집어 던졌다.

"그래! 필요 없으니까 꺼져!"

킷은 약병을 피해 창밖으로 휙 뛰쳐나갔다. 병이 창틀에 맞아 깨지는 날카로운 소리와 함께 희미한 야옹 소리가 들린 것 같았지만 마녀는 무시했다. 창가에 앉아 있던 왕자는 어깨에 떨어진 유리 파편을 살살 떨어냈다.

"바보, 라고 한 거 같은데."

왕자가 말했다.

"됐어. 저주나 계속하지."

마녀는 두꺼운 장갑을 끼고 냄비를 불에서 내렸다.

마녀는 마당으로 나가 빗자루 끝에 냄비 손잡이를 꽁꽁 묶었다. 앞치마 주머니에는 끌을 넣었다. 구두끈을 꼭꼭 다시 매고 만반의 준비를 갖춘 마녀는 빗자루에 올라타 왕자를 불렀다.

"뒤에 타."

"그거, 날 수는 있는 건가."

왕자의 얼굴에 처음으로 감정 비슷한 것이 떠올랐다. 의심이었다. 마녀는 얼굴을 구겼다. 빗자루는 냄비와 냄비 가득 담긴 약의 무게를 이기지 못하고 허리가 휘청 구부러져 있었다. 왕자까지 마녀의 뒤에 타면 빗자루 모양이 얼마나 더 불쌍해질지는 보지 않아도 뻔했다.

"다 된 밥에 재 뿌리기 싫으면 타기나 해! 저주는 입회인이 없으면 효과가 없단 말이야!"

왕자는 빗자루와 마녀, 냄비를 번갈아 보더니 결국 어정쩡한 모양새로 마녀의 뒤에 앉았다. 마녀의 손으로 빗자루가 휘어지는 감각이 전해졌다. 마녀는 한숨을 쉬고 빗자루를 띄웠다.

"이거 부러지진 않겠지?"

"마녀 생활 마흔세 해 동안 무사고 운행! 됐어?"

"알았다."

마녀는 왕자가 더 불만을 늘어놓기 전에 땅을 박차고 높이 날아올랐다. 다행히 빗자루는 두 사람과 냄비의 무게를 잘 견뎌주었다.

'앞으로는 어떻게 될지 모른다는 것하고 똑같은 소리잖아요. 그거.'

킷이라면 그렇게 쨍알댔을 것이다.

마녀가 향한 곳은 나라에서 가장 높은 산봉우리였다. 언제나 눈이 덮여 있고 찬바람이 부는 곳으로, 아무도 살지 않았다. 마녀는 옷깃을 여미며 눈보라 속에 빗자루를 내렸다. 그리고 냄비를 눈 속에 파묻어 식혔다. 냄비가 식는 동안 마녀와 왕자는 몸을 웅크리고 눈썹 위로 달라붙는 차가운 눈을 비벼 없앴다.

"마녀, 이렇게 추운 곳에 올 거였으면 덮을 거라도 하나 챙겼어야지."

왕자가 파랗게 얼어가는 뺨을 비비며 불만을 토하자 마녀는 덜덜 떨리는 무릎을 꼭 껴안고 볼멘소리를 했다.

"평소에 그런 잔소리는 킷이 한다고."

"고양이만 못하군."

왕자는 냄비 위에 떨어져 녹아가는 눈송이를 쳐다보며 말했다. 마녀는 발끈했다.

"너! 의뢰인만 아니었어도!"

"아니었어도?"

왕자가 돌아보자 마녀는 이를 악물었다.

'그래, 내가 참자. 안 그래도 불쌍한 녀석이잖아.'

사실 마녀는 왕자를 저주할 수 없었다. 한 사람에게는 하나의 저주만 걸 수 있었고 왕자에게는 이미 강력한 저주가 걸려 있었다. 그것도 마녀가 어떻게 할 수 없는 저주 말이다. 왕자에게 걸린 저주는 아직 마녀가 나라 안에서 유일한 마녀가 아니었던 20년 전, 마녀의 스승 로즈마리가 건 것이었다. 로즈마리는 왕자의 아버지, 하이번 임금을 짝사랑했다. 마녀, 엘마리는 왕자의 잘생긴 얼굴을 훔쳐보았다. 아버지에게서 물려받은 얼굴이었다.

'스승님이 맛이 간 것도 무리는 아니지.'

당시 나라 안에 있던 두 마녀 중 가장 훌륭한 마녀였던 로즈마리는 궁정마녀라는 명예로운 자리에 앉아 있었다. 종신직인 데다 은퇴 후 연금도 보장된 훌륭한 직업이었다. 임금님을 가까이 모시면서 로즈마리는 그를 사모하게 되었다. 하지만 임금님에겐 이미 아름다운 왕비님과 갓 태어난 왕자가 있었다. 로즈마리는 왕비를 질투했다. 처음에는 왕비님과 함께 있는 임금님을 보기 괴로운 정도였지만 질투는 날이 갈수록 커지다 마침내 임금님을 향한 사랑을 이겨버렸다. 로즈마리는 결국 다정한 눈길로 왕비님을 쳐다보는 임금님을 계속 보느니 임금님에게 무시무시한 저주를 걸어버리기로 마음먹었다. 그녀는 마시면 심장에 딱딱한 돌 껍질이 생겨 아무것도 느끼지 못하게 되는 약을 임금님이 마실 수프에 섞었다. 나중에 그 사실이 밝혀져도, 분노를 느끼지 못하는 임금님은 자신에게 벌을 내리지 않을 거라는 계산이었다. 하지만 그 수프는 임금님의 식사가 아니라 아기 왕자의 이유식이었다.

마녀는 한숨을 쉬었다. 그 사실을 알게 된 임금님은 불같이 노해서 궁정마녀라는 자리를 없애버렸고 쫓겨난 스승님은 울화병으로 죽었다. 마녀는 생계가 궁해져서 치통약이나 무좀약을 만들며 근근이 살아가고 있었다. 그러던 차에 왕자가 자신의 두 가지 의뢰를 들어주면 임금이 되었을 때 궁정마녀 자리를 다시 만들겠다고 한 것이다.

"다 식었다."

왕자가 냄비 위를 가리켰다. 떨어져 녹던 눈이 어느새 그 위에 소복이 쌓이고 있었다. 마녀는 눈 속으로 몸을 밀어 넣고 눈을 감았다.

"미안. 식힌 다음에는 얼려야 한다는 걸 깜빡했어."

"……."

"더 기다려야 해."

"산을 내려갔다가 다시 올라오면?"

"십중팔구 냄비 위치를 잃어버릴 거야."

마녀는 어깨와 머리 위로 눈이 쌓여 더 이상 사람같이 보이지 않는 왕자를 외면했다. 돌 껍질에 싸인 심장을 가진 왕자는 화를 내는 대신 가볍게 한 마디 했다.

"춥겠군."

마녀는 20년 전 궁정에서 쫓겨난 이후 처음으로 스승님에게 감사했다.

한참 뒤, 마녀는 빨갛게 곱은 손으로 냄비 위에 쌓인 눈을 치웠다. 냄비 안의 검은 약은 꽁꽁 잘 얼어 있었다. 마녀는 왕자에게 고개를 끄덕이고 냄비를 다시 빗자루에 묶었다. 파랗게 질린 두 사람은 빗자루를 타고 산을 빠져나왔다. 마녀는 빗자루를 몰아 나라 전체가 잘 보이는 하늘 한가운데로 갔다. 그리고 앞치마 주머니에서 끌을 꺼내 왕자에게 건넸다.

"그걸로 약을 긁어서 살살 뿌려. 바람을 타고 잘 퍼지도록 말이야. 난 빗자루가 계속 떠 있도록 해야 해."

왕자는 빙글 뒤로 돌더니 끝로 냄비 안의 얼음약을 긁기 시작했다.

'참 편리하네.'

마녀는 은근히 겁이 많았고, 높이 떠 있는 빗자루에서 뒤로 돌아 끝로 얼음을 박박 긁어내는 위태위태한 짓을 할 용기가 없었다. 하지만 감정을 느끼지 못하는 왕자는 별다른 용기 없이도 이유만 달아주면 곧잘 해냈다.

'왕자가 사랑을 느끼기만 해도 패밀리어로 써먹는 건데.'

마녀는 피식 웃고 빗자루를 꽉 쥐었다. 검은 눈송이는 바람을 타고 나라 구석구석 날아갔다. 눈송이는 다정한 부부, 사랑을 속삭이는 연인의 머리 위로 내려앉을 것이다. 마녀는 스승도 해보지 못했을 대규모 저주의 결과를 생각하며 황홀한 기분에 젖었다.

"팔이 아파."

왕자가 분위기를 조금 깨기는 했지만.

"조금만 참아. 이제 곧 저주의 결과를 볼 수 있을 테니까."

왕자가 다시 끝로 냄비 속을 긁는 일에 전념했다.

"빌어먹을 고양이. 두고 보라지."

마녀는 생긋 웃으며 중얼거렸다.

왕자가 얼음약 냄비를 전부 비우는 데 꼬박 하루 낮 하루 밤이 걸렸다. 마녀는 고픈 배와 졸린 눈을 비비며 집 앞 마당으로 내려왔다. 그때 왕자가 얼굴을 살짝 찌푸렸다.

"곤란하다."

"뭐가?"

왕자는 얼음 가루가 묻어 검게 변한 자신의 푸른 예복과 마녀의 옷을 가리켰다. 당연한 일이었다. 마녀와 왕자는 나라 안의 누구보다도 가장 가까운 곳에서 저주의 눈을 맞은 것이다.

"그게 뭐?"

마녀가 다시 묻자 왕자가 말했다.

"우리도 저주의 영향을 받는단 말이다."

마녀는 뒤늦게 실수를 깨달았다. 마녀는 가능한 한 최고로 뻔뻔한 얼굴을 하고 왕자에게 말했다.

"상관없어. 나야 고독한 마녀의 길을 걷고 있으니 누군가를 사랑하지 않으면 되고, 너는 어차피 사랑은커녕 아무것도 느끼지 못하잖아. 네게 걸린 돌 심장의 저주가 깨지지 않는 한 내 저주는 먹히지 않는다고."

왕자가 고개를 저었다.

"두 번째 의뢰로 내게 감정을 되찾아달라고 할 생각이었다."

그는 목소리에 감정을 담지는 못했지만 적어도 효과적으로 힘을 주어 강조하는 방법은 알고 있었다. 마녀는 입을 따악 벌리고 왕자의 얼굴을 보다가 목이 졸린 것 같은 소리를 내질렀다.

"그런 것을! 내가! 할 수 있을 거라고 본 거야?"

"그게 내 두 번째 의뢰다. 하긴 고양이 저주 같은 것이 상관없긴 하지. 감정을 되찾아도 사랑을 하게 되리라는 보장은 없으니까. 일단 연구라도 해보도록. 내 저주도 깨지 못하는 궁정마녀는 필요 없으니까."

왕자는 차가운 미소를 짓고 마녀의 집을 떠났다. 마녀는 빗자루와 냄비를 땅바닥에 팽개쳤다.

"빌어먹으으으으을!"

저주의 효과는 빠르게 나타났다. 정오가 되기 전에 나라 안의 사람들 중 절반이 고양이로 변했고 다시 자정이 되자 남아 있던 사람들 중 절반이 고양이가 되었다. 그렇게 일곱 밤과 여덟 낮이 지나자 나라 안에서 저주의 영향을 받지 않은 것은 셋뿐이었다. 마녀와 왕자, 그리고 처음부터 고양이였던 킷이었다. 물론 왕자는 왕비님과 사이좋게 고양이로 변한 임금님 대신 임금이 되어야 했지만 대관식을 치를 성직자와 충성을 맹세할 기사와 증인이 될 귀족 아가씨들 모두가 고양이가 되어버린 탓에 아직 왕자로 남아 있었다.

"방법은 아직인가?"

마녀는 의자에 편히 앉아 있는 왕자를 이글거리는 눈으로 쏘아보았다. 마녀는 사람들이 고양이로 변하는 동안 새로운 패밀리어를 찾아다니기는커녕 왕자의 저주를 풀 방법을 찾느라 한숨도 자지 못했다. 왕자는 시중 들어줄 사람들이 고양이가 되자 궁중을 나와 아예 마녀의 집에 눌러앉아 먹고 자며 마녀를 닦달했다.

"아직은."

마녀는 눈을 비볐다. 몇 가지 가능성이 있는 방법을 찾았지만 실제로 쓸 만한 것이 없었다. 심장을 둘러싼 돌 껍질을 녹이는 약은 독해서 먹는 순간 왕자가 죽을 것이 뻔했다. 돌도 깨부수리만치 충격적인 미모를 지닌 여성을, 나라 안의 모든 사람이 고양이가 된 상황에서 찾아낼 수도 없었다. 그나마 효과 있어 보이는 것은 왕자 스스로 저주를 깨고 싶다고 생각하거나 여러 가지 감정을 느껴보려고 애쓰며 돌 껍질 안쪽에 균열을 만드는 방법이었는데……. 거기까지 생각이 미치자 마녀는 스승이 남긴 두꺼운 책의 책장을 넘기다 말고 문득 왕자를 쳐다보았다.

"그러고 보니 이유가 뭐야? 네가 저주를 풀고 '싶을' 이유가 없을 텐데."

왕자는 마녀의 눈을 바라볼 뿐 명확한 대답을 하지 않았다.

"글쎄."

"이상해. 네가 궁정마녀를 맡고 '싶을' 이유도 없고 사람들을 저주하고 '싶을' 이유도 없을 텐데 말이야."

"이유가 필요한가."

"대답해!"

왕자가 대답을 피하자 마녀는 얼굴을 빨갛게 붉히며 화를 냈다. 왕자가 어깨를 으쓱하고 입을 열었다.

"아바마마께서는 감정이 없는 것이 임금이 될 자질이 없는 것이라고 생각하셨다. 저주가 걸려 있으면 아바마마께서 쉽게 왕관을 물려주시지 않을 것 같더군."

"그럼 저주는 왜 걸라고 한 거야?"

"네 마법 실력에 대한 시험으로 적당하다 생각했다. 이 정도 저주를 걸 수 있다면 내 저주를 풀 수도 있겠지. 설령 안 된다 해도

나라 안의 모든 사람이 저주에 걸렸는데 내가 임금이 되는 것을
저주 때문에 반대할 것 아닌가."

"그러면, 네 저주가 풀리고 나면 나라에 걸린 저주는?"

"그거야 나라와 백성에 해가 되는 저주라면 당연히 궁정마녀
가 풀어야겠지."

마녀는 왕자가 자신을 시험한 것도 모자라 알뜰히 이용해먹을
생각이었다는 것을 깨닫고 머리카락을 쥐어뜯었다.

"그걸 말이라고 하는 거야앗! 거는 건 쉬워도 푸는 건 어려운
게 저주라고!"

"풀지 못하는 건가?"

"그러면 어쩔 건데!"

왕자는 대답 대신 자리에서 일어나 문을 향했다. 왕자가 문고
리를 당기는 것을 보고 마녀가 외쳤다.

"어디 가는 거야!"

"저주를 못 푼다면 더 이상 볼일이 없으니 가야지."

"네가 의뢰해서 벌여놓은 저주는?"

왕자가 태연한 얼굴로 답했다.

"몰라."

마녀는 자신이 궁정마녀라는 직책에 혹해 어린애보다도 무책
임한 왕자에게 동참했다는 사실에 좌절했다. 당장 저 멀끔한 얼
굴을 빗자루로 한 대 후려치고 싶었지만 가까스로 멱살만 움켜쥐
었다.

"네 저주가 안 풀리는 건 네 스스로 풀고 싶다고 생각하지 않아

서야! 자! 다른 사람에게 느끼는 게 힘들면 너 스스로에 대해서라
도 뭔가 느끼려고 애써봐."

왕자는 손을 올려 마녀의 손을 옷에서 떼어냈다.

"왜?"

"네놈의 돌 껍질 안에 든 심장은 아직도 말랑말랑한 게 갓난아
기 같을 거야. 갓난애도 무시당하거나 상처 입는 건 싫어해. 누구
라도 자기 자신은 사랑한다고. 다른 사람이 불가능하면 널 사랑
하도록 해봐. 그럼 저주가 풀릴 수도 있어!"

그리고 저주가 풀리면 저 조각 같은 얼굴에서 눈물이 쏙 빠지
도록 해주겠다! 왕자는 턱에 손을 가져가 잠시 생각하더니 마녀
에게 물었다.

"날 사랑하라고?"

"그래."

왕자의 입가에 희미한 미소가 맺혔다.

"누구라도 자기 자신은 사랑한다고?"

"그래."

"그럼 너도 너 자신을 사랑하는가?"

마녀가 답했다.

"그래. 나도 나 자신을 사랑……."

그 순간 퍼엉 하는 소리와 함께 매캐한 연기가 마녀의 작은 집
을 가득 채웠다. 왕자는 재빨리 문과 창문을 열어 환기를 시켰다.
연기가 집 밖으로 빠져나가고 방 안의 물건들이 또렷이 보일 즈
음 왕자는 마녀가 있던 자리에 꼬리를 뻣뻣하게 부풀린 고양이가

한 마리 있는 것을 발견했다.

"과연. 자기애도 사랑이라는 건가. 재미있다는 건 이럴 때 쓰는 말이겠군."

'말도 안 돼!'

마녀는 소리를 지르려 했지만 목구멍에서 캬릉 소리밖에는 나오지 않았다.

"저주를 풀 마녀도 없으니 내 나라는 고양이 나라가 되겠군. 별수 없지. 다른 나라로 망명이라도 가는 수밖에."

'무책임해애애애!'

왕자는 마녀였던 고양이에게 손을 한 번 흔들고 떠났다.

마녀였던 고양이는 책상 위로 올라가려고 애썼다. 몸이 익숙하지 않은 탓에 의자 위에 올라가는 것도 몇 번이나 바닥에 나뒹굴어야 했다. 간신히 의자에서 책상 위로 올라간 그녀는 책장을 열어 고양이 저주를 풀 방법을 찾으려 했지만 발톱에 책 표지만 긁혔다.

'기억해내! 그때 박쥐 날개랑 박하잎이랑 지렁이 뼈랑…… 또 뭘 썼지? 그런 걸 썼으니까 그 반대 속성을 가진 재료를 어떻게 조합하면!'

고양이는 재료가 담긴 찬장이 저 높은 벽에 꼭 닫힌 채 매달려 있는 것을 보고 "캬아아앙!" 분에 찬 울음을 터뜨렸다.

부스럭.

전에는 들리지 않던, 집 밖의 풀잎 스치는 소리가 창문 너머 홀러들어 왔다. 고양이는 흠칫 몸을 낮추고 노란 눈을 창문에 향했다. 황갈색 눈동자가 집 안을 들여다보고 있었다.

"마녀님?"

킷이었다. 마녀였던 고양이는 등을 곧추세우고 발톱을 내밀었다. 패밀리어에게 이런 흉한 꼴을 보이다니 견딜 수 없었다. 그 심정을 아는지 모르는지 킷은 유연한 몸놀림으로 창문을 타고 들어와 고양이에게 머리를 들이밀었다.

"헤에, 고양이가 되셨네요. 그러기에 제가 저주를 걸 때는 조심해야 한다고 늘 말씀드렸잖아요."

"캬아악!"

"시끄럽다고요? 그렇게 화를 내봤자 자업자득이니까 어쩔 수 없잖아요. 어쨌든 고양이가 된 모습이……."

킷은 눈을 가늘게 뜨고 고양이의 머리부터 발끝까지 주욱 훑었다.

'내 손에 빗자루가 잡히기만 했어도!'

킷의 건방진 자세에 고양이가 분노했지만 뭉툭한 네 발로는 빗자루는커녕 숟가락도 집을 수 없었다. 킷은 꼬리를 살랑살랑 흔들었다.

"아주 예쁘네요."

'그래봤자 하나도 기쁘지 않아!'

"고양이도 나쁘지 않아요. 제가 쥐 잡는 법을 가르쳐드릴게요."

'쥐 같은 거 먹기 싫어!'

"나무 타는 법도요."

'됐어!'

"높은 곳에서 뛰어내리는 법도, 화장실로 쓰면 좋은 모래가 많은 곳도."

'제기라아아알! 너 잡히면 죽을 줄 알아!'

"일단 잡아보기나 해요. 엘마리."

킷은 까슬까슬한 분홍 혓바닥을 날름 내밀고는 창문으로 펄쩍 뛰어올라 유쾌한 웃음을 흘렸다.

■ 고 양 이   나 라 의   마 녀 는 ……

2003년에 썼다. 왕자의 저주가 풀려서 고양이가 되는 뒷이야기를 생각해
본 적이 있지만 안 쓰는 게 나을 것 같아서 관뒀다.

온우주
단편선

누 구 의 포 크 인 가

누구의 포크인가

레이디 로르산느의 내실을 둘러싼 복도는 평소의 고요함을 찾을 수 없었다. 귀족들은 심각한 표정으로 목소리를 낮췄지만 그 속에 담긴 호기심, 불안, 당혹은 기회가 생기면 웅얼거리는 소리 밖으로 튀어 올랐다. 분위기에 휩쓸리지 않는 것은 묵묵히 내실 문 좌우를 지키는 위병들뿐이었다. 커다란 몸집에 딱딱한 껍질을 두른 위병의 위압적인 모습은 보는 이를 긴장시켰다. 기요람은 회색 정복을 추스르며 불편한 기분을 희석시키려 애썼다. 평생 귀족의 주의를 끌지 않으며 쟁반을 날랐던 그에게 이곳은 어울리지 않았다.

기요람은 굵은 주름이 잡힌 이마를 찡그렸다. 레이디 로르산느의 부름을 받은 이유를 알 수 없었다. 그는 연회 서빙 담당 시종으로 휜가시더미 궁정에서 가장 오랫동안 일한 시종 중 하나였고 궁정 시종 사이에서 존경과 신뢰를 받고 있었다. 뚱뚱한 몸은 나이로 인해 약간 둔해졌으나 연회장을 상처 없이 빠져나올 수 있을 정도로 민첩했고, 작고 단단한 머리는 식탁에 앉은 모든 귀족의 이름과 문장을 외우고 있었다. 그는 손발이 말랑말랑한 소년이었을 때 이후로 궁정에서 보내온 나날을 곱씹으며 자문했다. 그런 것들이 귀족 중의 귀족, 레이디 로르산느가 그를 불러낼 만큼 굉장한 것이었던가?

왕의 대리인이자 그의 후계자, 연회의 주인인 레이디 로르산느. 그녀에 대해서 말하자면 연회의 주인이라는 자리에 대해서 설명하지 않을 수 없다.

흰가시더미 궁정을 다스리는 이는 큰벌레홀의 왕이지만 그는 큰벌레홀 밖에 모습을 드러내지 않았다. 왕은 힘과 기량이 뛰어난 귀족을 후계자로 삼고 궁성을 돌보게 했는데 그것이 연회의 주인이었다. 연회의 주인이란 이름은 그가 하는 일 가운데 가장 눈에 띄는 것이 대연회의 상석을 차지하고 귀족들의 질서를 유지하는 것이기에 붙은 이름이었다. 연회의 주인은 소연회에 참석할 의무가 면제되었다. 소연회에 참석하지 않더라도 원하는 때 큰벌레홀의 왕을 알현하며 함께 식사할 수 있기 때문이다. 물론 야심 찬 귀족은 대연회에서 연회의 주인에게 도전할 수 있었기에 그 자리를 유지하는 것이 쉽지 않았지만 레이디 로르산느는 연회의 주인이 된 이래 한 번도 다른 귀족과 직접 포크와 나이프를 마주친 적이 없었다. 그만큼 그녀의 힘이 귀족들에게 강하게 각인되어 있기도 했지만, 그녀의 곁을 든든하게 지키고 있는 덩치 큰

기사 서 드맹을 이기지 않고 그녀에게 도전하는 것이 불가능하기 때문이다.

기요람은 레이디 근처까지 갔던 몇 차례의 연회를 떠올렸다. 그녀는 시종의 목숨을 가지고 장난치지 않았지만 감히 그녀의 뒷모습도 똑바로 쳐다본 적 없었다. 그녀 역시 기요람에게 관심을 보이지 않았다. 식탁 밑에서 머리통이 꿰뚫리지 않는 이상 귀족의 관심을 받을 일이 없는 것이 연회 시종이었다.

— 서 드맹과 연관된 게 틀림없어.

기요람은 포렘의 말을 떠올렸다. 포렘은 연회 식재료 담당 시종으로 특히 소문에 밝았다. 그에 따르면 어젯밤부터 서 드맹이 보이지 않았고 그와 관련된 불명예스러운 일이 일어났음에 틀림없다는 것이다. 안타깝게도 포렘은 그 불명예스러운 일이 무엇인지 귀띔해주지 않았다. 만에 하나, 그 일로 인한 부름이 아닐 시엔 알아서 좋을 것이 없다는 이유였다.

흰가시더미 궁정에서 불명예스러운, 이라는 수식어가 붙는 사건은 늘상 벌어졌다. 자신의 힘과 기술을 과시하고 싶은 귀족들은 음식을 먹고 결투 상대의 급소를 찌르는 것만이 허락된 포크와 나이프로 궁정 벽에 튀어나온 석회 가시를 자르거나 식탁에 구멍을 냈다. 자신보다 약한 상대의 그릇을 자르거나 결투 신청 없이 나이프를 날리는 일도 허다했다. 그 자리에 있는 것을 미처 보지 못해서, 혹은 실수로 다른 귀족이나 시종이 죽어 나가는 일도 많았다. 불명예스러운 사건은 반주기의 가십거리도 되지 못하고 다른 불명예에 자리를 넘긴 뒤 뇌리에서 사라지게 마련이었다. 그런데 포렘이 목소리를 낮춰 모르는 것이 좋다고 단언할 정도의 불명예라니. 서 드맹. 레이디 로르산느의 기사이자 연인. 식탁의 난폭자로 이름 높은 그에게 무슨 일이 벌어진 것일까.

귀족들이 수군거리는 소리가 뚝 그쳤다. 고개를 들어보니 내실 문이 열려 있었다. 아치형 문 너머로 어슴푸레한 빛과 함께 레이디 로르산느의 목소리가 흘러나왔다.

"기요람? 거기 있나요?"

그는 따갑게 쏟아지는 귀족들의 시선 아래로 고개를 숙였다. 위병마저 흥미로운 눈으로 그를 주시했다.

"예, 레이디 로르산느."

"들어와도 좋아요."

기요람은 몸을 움츠리고 내실로 발을 들여놓았다. 그의 뒤로 소리 없이 문이 닫혔다.

내실 벽이 보라색으로 빛났다. 천장에는 주기와 날, 시간을 가리키는 금빛 선이 둥그렇게 새겨져 있었다. 레이디 로르산느는 방 한가운데 놓인 긴 의자에 앉아 있었다. 그녀 옆에 바싹 붙어 있는 어린 귀족은 방해를 받았다고 생각했는지 마른 얼굴이 더 뾰족해 보이게 찌푸리고 있었다. 4주기 전, 대연회에서 서 드맹에게 목숨을 잃을 뻔했던 모렛이었다. 서 드맹이 무엇이 심기에 거슬려 성인식도 치르지 않은 어린애의 목숨을 위협했는지는 추측이 분분했지만 정확한 상황을 아는 자는 없었다. 확실한 것은 레이디 로르산느가 중재에 나서 모렛의 목숨을 구했고, 모렛은 그녀의 열렬한 추종자가 되었다는 것이다.

"모렛, 이제 나가봐요."

레이디 로르산느가 부드럽게 모렛을 밀어냈다. 모렛이 칭얼거렸다.

"레이디, 더 있으면 안 될까요?"

"안 돼요. 나는 할 일이 있답니다. 모렛도 다음 식사를 준비해야지요."

단호한 거절에 모렛은 불만스러운 얼굴로 일어났다. 그는 레이디 로르산느가 한 번 더 채근한 뒤에야 느린 걸음으로 내실을 떠났다.

"오래 기다리게 했나요."

"아, 아닙니다."

레이디 로르산느가 의자에서 일어나 가까이 다가오자 기요람은 잠시 말을 잃었다. 그녀를 이렇게 가까이에서 본 것은 처음이었다. 그녀는 식탁에 재빨리 접시를 올리고 도망치듯 보며 기억해둔 것보다 훨씬 둥글었다. 깊고 검은 눈을 반쯤 내리깐 그녀의 얼굴은 짙은 은빛으로 반짝였고 레이스와 긴 치맛단에 감싸인 몸은 크고 당당했다. 이마 위로는 작은 돌기가 튀어나와 왕관이 될 준비를 하고 있었다. 돌기는 그녀가 큰벌레홀의 왕과 함께 식사를 한다는 증거로 큰벌레홀의 왕이 죽음을 맞으면 완벽한 형태를 갖추어 그녀를 여왕으로 만들어줄 것이었다. 완벽한 자태에서 흠이 되는 단 한 가지는 지나치게 길고 화려한 가운이었다. 하지만 누구도 그 가운을 비웃을 수 없었다. 레이디 로르산느의 취미는 바느질이었다. 다른 귀족과 마찬가지로 뭉툭하게 옹그라진 그녀의 손은 바느질을 하기에 적당치 않았다. 그녀는 귀족에게만 허락된 힘으로 바늘을 움직였다.

기요람이 정신을 차리고 절하자 레이디 로르산느는 불룩한 두 뺨 사이에 자리한 입술을 움직였다.

"시종들 사이에서 명성이 자자하더군요. 나는 그대의 도움이 필요해요."

귀족 중의 귀족이 꺼낸 '시종들 사이에서'라는 말에 기요람은 깜짝 놀랐다.

"시종에 불과한 제가 어떤 일을 할 수 있겠습니까."

"내가 필요로 하는 것은 어떤 귀족과도 이해관계가 없으며 큰 벌레홀의 왕에게만 충성스러운 이예요."

여느 귀족을 대하듯 조근조근한 말투였다. 그는 바닥을 구르기 직전까지 몸을 굽혔다.

"제 손과 발, 눈과 귀는 큰벌레홀의 왕과 그 대리인이자 후계자인 연회의 주인, 레이디 로르산느를 위한 것입니다."

"좋아요."

레이디 로르산느가 가늠하듯 그를 바라보았다.

"그대라면 이미 들었을지도 모르겠군요. 서 드맹에게 일어난 일에 대해."

"정확하게 어떤 일이 벌어졌는지는 알지 못합니다."

기요람이 머뭇거리자 그녀가 쓴웃음을 지었다.

"이 일에 대해 조금이라도 아는 이는 함구할 것을 명했으니까요. 하지만 소문이 퍼지는 것은 순식간이겠지요."

레이디가 눈을 감았다.

"서 드맹이 살해당했습니다."

기요람이 자신의 귀를 의심하는 사이 더 충격적인 말이 뒤를 이었다.

"다른 곳도 아닌, 깊은 주방에서."

흰가시더미 궁정에서 가장 깊은 곳은 왕이 머무는 큰벌레홀도, 그의 후계자인 레이디 로르산느의 내실도, 수많은 소연회장에 둘러싸인 대연회장도 아니었다. 바로 깊은 주방이었다. 깊은 주방은 음식을 빠르게 나르기 위한 몇몇 비밀 지름길을 포함한 미로 한가운데 있었다. 미로로 통하는 길은 불미스러운 사태에 대비해 위병들이 겹겹으로 지켰다. 깊은 주방에서 일하는 자들은 주방에 딸린 작은 공간에서 생활하며 특별한 일이 아니면 밖으로 나오지 않았다.

깊은 주방은 유혈과 음모가 끊이지 않는 곳이었다. 귀족의 힘을 끌어내는 음식이 준비되는 곳. 연회장에 나오는 제한된 양의 음식을 먹기 위해 항상 사투를 벌여야 하는 귀족들이 한 번쯤 침입해보기를 꿈꾸는 곳. 물론 공공연히 그런 소망을 말하는 이는 없었다. 연회장에서 다른 귀족의 포크와 나이프를 뚫고 음식을 먹을 기량이 없다고 고백하는 것이나 마찬가지기 때문이다. 그러나 실제로 주방에 침입해보려는 시도는 여러 번 있었다. 굶주림에 미쳐 주방 입구를 지키는 위병에게 돌진한 어리석은 귀족도 있었고 시종을 매수해 음식에 독을 타서 자신을 제외한 모든 귀족을 죽이려 한 음흉한 자도 있었다. 전전대의 왕이 대대적으로 주방을 개축해 미로로 둘러싼 이후로 그런 일은 벌어지지 않았으며, 그때부터 주방은 깊은 주방이라고 불리게 되었다.

"내 기사이자 잠재서열 1위인 드맹이 무엇 때문에 깊은 주방에 들어가겠어요. 누구보다 강한 그인데 더 이상의 힘을 필요로 할 일이 무엇이 있을까요."

"연회의 주인이 되려고 하지 않는다면 말입니다……."

기요람은 스스로 뱉은 말에 움찔했다. 레이디가 웃었다.

"다른 이들이 어떻게 말하든 나는 정말로 그를 사랑했습니다. 그도 그랬으리라 믿고요."

내실의 빛이 어둡게 가라앉았다.

"드맹은, 깊은 주방에 들어가서 음식을 더 먹는 정도로 나를 이길 수 있다고 생각할 만큼 어리석지 않았어요. 이건 음모예요. 분명히 그에겐 적이 많았지요. 하지만 이런 불명예스러운 죽음을 맞이해야 할 이유로는 충분치 않아요."

그는 동의했다. 비록 서 드맹이 마흔이 넘는 시종을 죽였으며 지나치게 잔혹한 결투를 스물댓 차례 벌였고 결투 외의 요인으로 사망한 한 무더기가 넘는 귀족의 살해자로 의심받고 있는, 난폭하고 무례하고 오만한 악당일지라도 깊은 주방에서 살해당할 정도로 말종은 아니었다.

"그대가 서 드맹에게 누명을 씌우고 살해한 자에 대해 조사해 주었으면 해요. 가능한 한 큰벌레가 가장 큰 숨을 들이쉬기 전에. 나는 살인자에게 합당한 벌을 내리기 원합니다."

큰벌레는 큰벌레홀에 잠들어 있다. 큰벌레가 언제부터 있었는지는 아무도 몰랐다. 나이 많은 보육시종이 알려준 바에 따르면 큰벌레가 숨을 들이쉬어 부풀면 큰벌레 속에 있는 빛이 궁정 끝까지 드리워져 밝아지고 내쉬어 쪼그라들면 어두워진다고 했다. 그것을 기준으로 궁정 안에 낮과 밤이 생겼고 큰벌레가 숨을 쉬며 생기는 변화에 맞추어 주기가 생겼다. 큰벌레가 가장 큰 숨을 들이쉬어 가장 밝아지는 때에 흰가시더미 궁정에서는 대연회가 열렸다. 대연회는 모든 귀족이 한 자리에 모여 솜씨를 겨루는 피비린내 나는 축제이자, 레이디 로르산느가 큰벌레홀의 왕을 대신하여 재판과 같은 공무를 수행하는 날이기도 했다.

"하지만 일개 시종에 불과한 제가 어떻게 감히 귀족의 일을 묻고 다니겠습니까."

레이디 로르산느는 방의 한쪽 구석에 마련된 식기장으로 향했다. 식기장의 투명한 문이 살짝 열리더니 은빛 식기 가운데 하나가 공중으로 떠올랐다. 찻잔받침이었다. 찻잔받침은 가볍게 날아 기요람의 눈앞에 멈췄다. 가장자리에 꽃잎처럼 배치된 물방울무늬가 아로새겨져 있었다. 레이디 로르산느의 문장이었다.

"필요하다면 나의 이름을 빌려도 좋아요. 이것이 그대가 내 비호 아래 있음을 알리는 표시가 될 겁니다. 나를 대신하여 내가 갈 수 있는 곳이라면 어디든지 가서, 내가 물을 수 있는 것이라면 무엇이든 묻도록 해요."

그는 황송한 마음으로 찻잔받침을 품에 넣었다. 레이디 로르산느가 의자로 돌아가 앉더니 피곤한 표정으로 손을 저었다.

"이만 물러나도 좋아요."

기요람은 허리를 굽히고 뒤로 물러나왔다. 밖으로 나와 고개만 슬쩍 돌려보니 귀족들은 여전히 복도에 서서 호기심 가득한 얼굴로 기요람의 엉덩이를 바라보고 있었다. 특히 구석에 서 있던 어린 모렛의 눈은 시종에게 품을 수 있는 것 이상의 적개심이 가득했다. 옆에 있던 귀족이 부르지 않았다면 눈빛만으로도 그를 씹어먹을 기세였다. 기요람은 모렛을 부른 귀족의 얼굴을 확인하고 순간 얼어붙었다. 모렛의 후견인이자 서 드맹과 사이가 좋지 않은 것으로 유명한 서 트로암이었다. 그는 기요람과 눈을 마주치더니 날카롭게 웃었다. 가슴이 철렁 내려앉은 기요람은 잽싸게 절을 하고 복도에서 도망쳐 나왔다. 다행히 그를 불러 세우는 목소리는 없었다.

깊은 주방으로 들어가는 미로 입구는 평소보다 경계가 삼엄했다. 기요람이 레이디 로르산느의 찻잔받침을 꺼내 보이고 미로로 들어서자 안쪽에서 주방 시종 하나가 기다렸다는 듯 나타났다.

"보란입니다."

그는 낙천적으로 생긴 둥글둥글한 젊은이였다.

"기요람 씨죠? 궁정에서 제일 오래 일하신 분이라고 들었어요. 그래도 깊은 주방 미로 안에 들어와 보는 건 처음이시죠?"

보란이 히죽거리며 어두컴컴한 미로 안으로 앞장섰다.

"두 번째 갈림길까지는 가본 적이 있지. 어쩌다보니 주방 시종이 부족하게 되어서 거기서부터 음식 수레를 끌고 연회장까지 가야 했어."

기요람이 이마에 주름을 잡으며 대꾸하자 보란이 킬킬댔다. 기요람은 전혀 웃을 기분이 아니었다. 미로 안으로 들어갈수록 신경이 예민해졌다. 젊었던 시절만큼 미로의 어둠이 두렵지는 않았다. 하지만 좁은 벽 때문에 부조처럼 툭 튀어나온 장식물이 옷자락을 스쳐 오싹했다. 불규칙하게 벽에 붙어 있는 장식들은 깊은 주방에 침입하려다 죽은 귀족의 뼈로 이루어져 있었다. 그 주변에는 뼈 주인의 이름이 악의적인 문구와 함께 지극히 단정하고 깔끔한 글씨로 새겨져 빛을 뿌리고 있었다.

포크와 나이프를 다룰 줄 몰라서 손으로 음식을 먹다 들킨 ○○○
숟가락으로 떠먹여줘도 삼키지 못하는 XX
제대로 못 먹어 피골이 상접한 △△△△

기타 등등, 기타 등등. 이들의 식기는 연회장에 보관되는 것이 아니라 성 밖의 쓰레기 더미에 버려졌고 그들의 이름은 영원히 사기꾼이자 비열한의 대명사로 남는다. 기요람이 살인자를 밝혀내는 데 실패하면 미로 벽에 새로운 장식이 걸리고 레이디 로르산느는 쓰레기의 맹세를 받아들인 연회의 주인이란 오명을 얻을 것이다. 미로 벽이 더 끔찍해지는 것은 알 바 아니었지만 레이디와 직접 대면해본 지금, 후자는 꽤 마음 아팠다.

보란은 몇 군데 갈림길에 멈춰 주변을 두리번거렸지만 곧 막힘없이 길을 찾아냈다. 얼마나 지났을까. 캄캄한 통로 모퉁이를 돌아서 보란이 벽을 더듬자 환한 빛의 선이 벽을 갈랐다. 그 너머로 깊은 주방이 나타났다.

깊은 주방은 매우 컸다. 얼핏 보아도 시종 서른은 너끈히 들어갈 듯한 프라이팬과 냄비가 화덕 위에 걸려 있었고 한쪽에서는 소연회를 준비 중인지 뜨거운 김을 피워 올리며 국이 펄펄 끓고 있었다. 나이 지긋한 여시종이 날카로운 목소리로 요리를 지휘하다 기요람을 보고 머리를 숙여 인사했다. 기요람도 마주 고개를 숙였다.

"안녕하십니까. 기요람이라고 합니다."

"알고 있습니다. 포렘에게 자주 이야기를 들었지요. 저는 주방 머릿시종인 네셀다라고 합니다."

네셀다는 미안한 표정을 보였다.

"사실 레이디 로르산느께 이 일을 조사할 만한 시종을 추천해 달라는 말씀을 듣고 당신의 이름을 입에 올린 게 접니다. 저희 주방 시종들은 주방 안에만 있다보니 귀족을 대하는 일에 서투릅니다. 믿을 만하고 연륜이 있는 사람이 필요한데 머릿시종이 움직이면 그 아래 일이 엉망이 되지요. 조건에 맞는 시종을 찾다보니 어쩔 수 없었습니다."

그녀가 거듭 고개를 숙였다. 기요람이 쩔쩔매며 만류했다.

"아니, 괜찮습니다. 그보단 일단 그…… 시체부터 보여주시죠."

네셀다는 어린 귀족들을 위한 공용 식기를 보관하는 금속제 선반으로 향하더니 불편한 태도로 그 너머를 가리켰다. 쌓여 있는 그릇 틈으로 둥그런 물체가 바닥에 누워 있는 것이 보였다. 기요람은 심호흡을 하고 다가섰다. 평소보다 더 번들거리고 축 늘어져 있었지만 작은 눈에 큰 입, 좁은 이마, 두껍고 짧은 팔다리는 서 드맹의 것이 분명했다. 그는 평소에 입던 금빛 찬란한 옷 대신 회색의 시종 정복을 입고 대자로 퍼져 있었다.

"제일 먼저 시체를 발견한 게 누굽니까."

"보란입니다."

이름이 불리자 보란이 선반 너머에서 고개를 내밀었다. 기요람이 물었다.

"원래부터 이런 옷을 입고 있었나?"

"네. 그래서 처음에는 무슨 시종이 이렇게 짧고 못생겼나 했죠."

"최대한 자세하게 말해보게. 자네 감상은 빼고."

보란은 히죽 웃더니 설명을 시작했다.

그가 서 드맹을 발견한 것은 아침나절로, 식재료를 받아 주방에 가져온 참이었다. 그는 전날 쓴 커다란 냄비가 엎어져 있는 것을 보고 냄비를 세워놓으려고 가까이 갔다. 그랬더니 바로 옆에 뒷목에 포크가 박힌 채 엎어진 시체가 있는 것이 아닌가. 내내 주방에서 일했기에 서 드맹을 본 적 없었던 그는 스튜 국물에 탱탱 불어 있는 시체가 귀족이라고 생각지 못했다. 시체를 알아본 것은 보고를 받고 달려온 네셀다였다. 그녀는 서 드맹의 얼굴을 확인하자마자 심하게 당황해서 포크를 뽑아내고 바닥을 닦아내는 등 수선을 피웠고 한참 후에야 레이디 로르산느에게 보고해야 한다는 사실을 깨달았다. 네셀다는 더 이상 시체에 손을 대지 말 것을 명하고 직접 레이디 로르산느에게 보고했다.

기요람은 시체를 살펴보며 혀를 찼다. 누군가 서 드맹에게 누명을 씌우려고 계획을 짰다면 지독하게 철저하고 악의에 찬 인물임에 틀림없었다. 시체를 깊은 주방 화덕 앞에 엎어놓은 것으로 부족해서 서 드맹의 입안에도 고기조각을 물려놓았다. 그는 끙끙거리며 시체를 뒤집어보았다. 포크에 당한 것이 확실했다. 뒷목의 포크 자국 외에는 다른 상처가 없었다.

"포크는 어디 있지?"

기요람의 물음에 보란은 선반에 놓여 있던 마른 행주를 꺼내왔다. 돌돌 만 행주를 펼치자 피와 스튜 국물이 말라붙은 포크가 나왔다. 포크는 벼린 지 얼마 안 되는 새것으로 질긴 고기를 쉽게 꿰뚫을 수 있게 끝을 길고 날카롭게 세운, 성인 귀족의 살상용 포크였다. 기요람은 얼굴을 찌푸렸다. 포크 손잡이에 응당 있어야 할 귀족의 문장이 없었다. 범인이 새 포크를 준비해서 사용할 시간 여유가 있었다면 적어도 계획적으로 이루어진 범행임은 틀림없었다. 그는 매끈한 손잡이 표면을 손가락으로 문질러보고 다시 행주에 곱게 쌌다.

"이건 내가 보관하지."

그는 행주를 품에 넣고 어젯밤 일어났을 일을 상상해보았다.

범인은 서 드맹이 방심한 틈을 타 뒤에서 포크로 공격한다. 공격이 성공해 서 드맹이 즉사하자 시종의 옷으로 갈아입힌 뒤에 시체를 가지고 깊은 주방으로 숨어들어 온다. 시체의 입에 고기조각을 밀어 넣고 포크가 잘 보이도록 엎어둔 다음, 마치 서 드맹이 스튜를 먹다가 죽은 것처럼 냄비를 뒤집는다. 그리고 시체가 스튜국물에 젖는 것을 보며 만족한다…….

상처의 깔끔함과 포크를 다룬 솜씨를 보았을 때 범인이 귀족인 것은 의심할 여지가 없었다. 시체를 깊은 주방 안까지 옮기는 것도 귀족이라면 어렵지 않을 터였다. 기요람은 귀족들이 연회 도중 두 아름은 되는 무거운 그릇을 멀리서 움직여 끌어당기거나 다른 귀족에게 보내는 것을 본 적 있었다. 문제는 미로였다. 주방과 음식을 관리하는 시종들 외에는 미로를 통과할 수 없어야 했다. 만약 귀족이 미로를 통과할 수 있다면 엄청난 문제였다. 깊은 주방에 출입 가능한 시종 가운데 귀족의 협박에 굴복한 자가 있는 것일까?

기요람은 시체에 꾸덕꾸덕 말라붙은 스튜 국물에서 고개를 돌렸다.

"대충 다 봤습니다. 더 본다고 해도 제가 알아낼 수 있는 것은 없을 것 같군요. 혹시, 최근 행동이 수상하거나 자리를 자주 비운 시종은 없습니까?"

"제가 아는 한으로는 없었습니다."

기요람은 네셀다의 불안해 보이는 얼굴을 보며 혹시 그녀가 거짓을 말할 가능성은 없는가 재보았다. 알 수 없었다. 포렘에게 그녀에 대해 알아보아야겠다고 생각하며 그는 보란의 뒤를 따라 주방을 나섰다.

서 드맹의 목숨을 노리는 귀족은 셀 수 없이 많았다. 서 드맹에게 치욕을 당하거나 형제를 잃은 자, 그의 자리를 노리는 자들까지, 귀족이라고 불리는 자라면 누구라도 꼽을 수 있었다. 하지만 그의 죽음만으로 만족하지 못하는 자라면 이야기가 달랐다. 깊은 주방을 이용할 정도로 깊은 원한을 지니고 있는 음험한 자라면 누가 있을까. 문득 서 트로암의 날카로운 미소가 떠올랐다. 그는 기요람이 레이디의 내실에 불려간 이유를 이미 알고 있을지도 몰랐다.

'지나친 생각이야. 하지만 그가 아니라면 누가 이런 일을 벌인단 말인가.'

서 트로암이 서 드맹의 적이 된 것은 아주 오래전의 일로, 그의 형제가 원인이었다. 서 트로암과 그의 형제는 같은 날 성인식을 치렀다. 원래 성인식 결투는 상대에게 양식화된 몇 가지 재주를 펼쳐 보이고 받아내는 것으로 충분했다. 하지만 불운하게도 형제의 결투 상대가 서 드맹이었다. 서 드맹은 자신 앞으로 날아드는 나이프를 포크로 가차없이 쳐낸 뒤, 당혹한 상대가 방어할 틈조차 주지 않고 머리에 나이프를 꽂아 즉사시켰다. 그 뒤는 엉망진창이었다. 연회장에 피 냄새가 감돌자 귀족들은 의례를 팽개치고 자신의 힘과 기술을 과시하는 데 전념했다. 그 속에서 서 트로암은 분노한 기색 없이 상대를 설득해 간단히 성인식을 마쳤다. 모든 귀족들이 서 드맹에게 결투를 청해 복수하지 않은 그를 겁쟁이라고 비웃었고 그 사건은 곧 빠르게 잊혔다.

하지만 겁쟁이 서 트로암은 잊지 않았다. 그는 힘이 부족한 대신 정교하게 포크와 나이프를 움직이는 법을 연습했고 서 드맹이 레이디 로르산느와 식탁머리에서 연회의 주인 자리를 놓고 싸우는 동안 서 드맹에게 반감을 가진 귀족들을 자신의 편으로 끌어들였다. 큰 식탁을 하나 채울 만큼 귀족이 모이자 때가 되었다고 생각한 그는 자신의 자리를 식탁 끝에서 상석으로 차근차근 옮겨 나갔다. 현재 그는 연회의 다섯 번째 자리를 차지하고 있었다. 연회의 세 번째와 네 번째 자리가 서 드맹의 오른팔과 왼팔임을 감안한다면 서 드맹을 제외하고 가장 뛰어난 귀족이라고 할 수 있었다. 그것이 서 트로암이었다. 그러면 오랜 준비 끝에 서 드맹에게 치욕적인 죽음을 선사했대도 놀랍지 않았다.

사실 기요람에게 한 꼬투리에서 태어난 '형제'가 죽었다고 분노하거나 그렇게 오랜 기간 칼을 갈며 복수한다는 것은 잘 이해되지 않는 일이었다. 시종이나 위병들의 경우는 알꼬투리 안에 적게는 십여 개에서 많게는 스무 개 정도의 알이 들어 있어 자신과 같은 때 태어난 이를 따지는 것 자체가 무의미했다. 하지만 귀족들은 하나의 알 꼬투리에 단 하나의 알이 들어 있는 경우도 많았기 때문에 "내 몸과 같은 형제" "포크와 나이프를 나눠 써도 좋은 것은 형제뿐이다." 같은 말을 할 정도로 한 꼬투리에서 태어나 함께 자랐다는 것에 큰 의미를 부여했다. 시종 사이에서는 명예를 지키며 마음에 안 드는 상대의 배를 쑤실 구실로 좋기 때문에 더욱 '형제'라는 것에 애착을 갖는 듯하다는 것이 중론이지만 말이다.

기요람은 부르르 떨었다. 일개 시종이 개입할 문제가 아니었다. 증거, 증거가 필요했다. 그때 기요람의 떨림을 다른 것으로 오해했는지 보란이 걸음을 멈추고 돌아보았다.

"무서우세요?"

재미있어 하는 말투였다. 군이 오해를 바로잡을 이유가 없었기에 기요람은 식은땀을 닦으며 대답했다.

"자네야 매일 봐서 모르겠지만 나는 이런 기분 나쁜 곳, 빨리 나가서 더 볼 일이 없었으면 좋겠네."

보란이 맞장구 쳤다.

"확실히 기분 나쁜 곳이죠. 어둡고 축축하고."

그러더니 음산하게 속삭였다.

"유령까지 나오거든요."

"유령?"

기요람이 말을 받아주자 보란은 신이 난 모양이었다.

"이렇게 죽은 귀족 천지인데 안 나오는 게 더 이상하죠. 주방 시종 사이에서는 유명한 이야기예요. 배고픈 귀족 유령이 주방에서 음식을 훔쳐 먹기도 하고 얼마 전에는 시녀도 하나 잡아 갔다는걸요."

"시녀를?"

보란은 눈을 크게 뜨고 물었다.

"무섭죠?"

그런 소문이라면 연회 시종들 사이에서도 쉽게 들을 수 있었다. 머리를 그릇에 담아 연회장을 떠돈다는 목 없는 시종 같은 것. 지금 무언가를 두려워해야 한다면 방금 보았던 시체와 연관되었다는 사실만으로 충분했다. 그는 고개를 저으며 보란의 어깨를 툭툭 쳐서 다시 앞장세웠다. 그런데 문득 뒤쪽에서 인기척이 느껴졌다. 기요람은 몸을 획 돌렸다. 뼈 장식과 글자에서 흘러나오는 희미한 빛, 그 빛으로 지워지지 않는 짙은 어둠 외에는 아무것도 보이지 않았다. 그는 목소리를 낮춰 보란에게 물었다.

"혹시 우리 말고 누가 더 있는 게 아닌가?"

그는 뒤쪽을 가리켰다. 보란이 잠시 그의 통통한 손가락 끝을 바라보더니 유쾌한 목소리로 말했다.

"에에이, 절 놀래시려면 더 잘하셔야죠. 어쨌든 최대한 빨리 빠져나가게 해드릴게요. 유령은 만나지 않는 길로요."

다시 돌아보아도 움직이는 것은 없었다. 하고 있는 일 때문에 평소보다 예민해졌나 싶어 기요람은 어깨를 으쓱하고 다시 몸을 돌렸다.

어떻게 해야 서 드맹이 살해된 장소를 찾아낼 수 있을까. 기요람은 서 드맹이 평소에 입고 다니던 화려한 의상을 찾아내면 단서가 될 것이라고 생각했다. 옷은 허탈할 정도로 찾기 쉬웠다. 서 드맹의 방, 침대 위에 얌전히 누워 있었던 것이다. 옷을 발견하고 알려온 청소 담당 시종을 뒤에 두고 침대 앞에 선 그는 곤혹스러웠다. 그의 추측대로라면 주인이 살해당한 뒤 억지로 갈아입혀졌을 옷에 있을 법한 찢어지거나 더러워진 흔적이 없었다. 그는 옷을 들여다보다가 피곤해진 눈을 문지르며 솔직하게 인정했다. 레이디 로르산느의 솜씨가 닿은 것이 분명해 보이는 금빛 옷은 장식이 화려해서 어디가 가슴이고 어디가 등인지 분간되지 않았다.

설령 범인의 부주의로 레이스가 한 조각 뜯겨 나갔다 해도 모를 정도였다. 옷을 만든 장본인인 레이디 로르산느에게 보이고 달라진 부분이 있는 지 물어보는 편이 빠를 것이다.

기요람이 허리를 펴자 청소시종이 걱정스러운 얼굴로 물었다.

"서 드맹에게 무슨 일이 생겼다던데, 설마 죽은 건가요?"

기요람은 덜컥 놀라 시종을 보았다. 레이디 로르산느가 함구령을 내렸는데 하루도 되지 않아 소문이 퍼지다니 있을 수 없는 일이었다. 그가 정색하고 되물었다.

"갑자기 무슨 말도 안 되는 소리를 하는 건가? 어디서 그런 이야기를 들었지?"

"저어, 그게…… 죽을 때가 되면 평소 안 하던 일을 한다잖아요. 서 드맹의 행동이 최근에 좀 이상했거든요."

"행동이?"

"귀족에게 이런 말이 어울릴지는 모르겠지만 의기소침했달까, 우울해보였달까……."

4주기 전이었다. 서 드맹은 연회에서 돌아왔을 때 시종이 방에 남아 있는 것을 싫어했다. 그래서 그가 돌아오기 전에 모든 일을 마치는 것이 청소 담당 시종들의 규칙이었는데 그날은 서 드맹이 들어오는 것을 눈치채지 못하고 바닥을 닦고 있었다. 그도 그럴 것이 평소 같으면 호쾌하게 웃으며 돌아왔을 서 드맹이 입을 굳게 다물고 들어온 것이다. 시종들이 목숨 걸고 기름을 칠한 문은 소리 없이 열렸고 시종은 강한 음식 냄새를 맡고서야 뒤를 돌아볼 수 있었다. 거기에는 무서운 얼굴을 한 서 드맹이 서 있었다.

엉겁결에 눈까지 마주쳐버린 시종은 자신의 운 없음을 한탄하며 바닥에 엎드려 벌벌 떨었다. 서 드맹의 포크와 나이프에 자비가 없단 것을, 충분히 잘 알고 있었던 터였다.

"하지만 '꺼지라'는 말로 저를 쫓아냈을 뿐, 화내지 않았어요. 그리고 방 밖으로 한 발자국도 나오지 않으셨지요. 간간이 외출할 때와 연회 시간을 제외하고 말이에요."

4주기 전에다 음식 냄새를 풍기면서 돌아왔다면 대연회 시기였다. 기요람은 청소 시종에게 고맙다고 인사하고 옷을 챙겨 방을 나섰다.

레이디 로르산느가 알현을 허락한 것은 귀족들이 자기 처소로 돌아간 밤늦은 시각이었다. 레이디는 침대 위에서 바닥까지 흘러내린 검정색 천에 휩싸여 있었다. 그 사이로 도드라져 나온 은빛 얼굴은 표정이 없었다.

"서 드맹을 추모하기 위한 옷을 만들고 있었어요."

레이디 로르산느가 바느질감에서 눈을 돌려 기요람을 보았다. 바늘이 멈추더니 그녀의 입가에 부드러운 미소가 되살아났다.

"뭔가 알아낸 것이 있나요?"

그는 깊은 주방, 서 드맹의 시체, 그의 옷에서 알아낸 것을 고했다. 기요람이 최대한 조심스럽게 말을 골랐다고 하지만 레이디는 누군가 연인의 입에 고깃조각을 넣어두었다는 말을 듣는 순간조차 미동하지 않았다. 그녀가 중얼거렸다.

"시체를 움직여 깊은 주방으로 들어갈 수 있을 정도의 힘에 시종의 협력을 받은 자라⋯⋯."

"협박했을지도 모릅니다."

"아마도, 자발적이지 않은 협력이라고 해두지요. 일단 그 정도 힘을 지닌 귀족이라면 범위가 많이 좁아지겠어요. 그만한 크기의 물건을 들고 힘을 유지하며 걷는 것은 쉬운 일이 아니거든요."

고운 입매를 살짝 찡그렸다.

"나, 서 드맹, 서 트로암 정도일까요."

"그렇다면 범인은⋯⋯."

"속단하지 마요. 뚜렷한 증거가 없으면 범인으로 지목할 수 없어요."

레이디 로르산느는 조금 엄한 표정을 지었다.

"명심하겠습니다."

기요람이 고개를 숙이자 그녀가 얼굴을 풀고 손을 내밀었다.

"이제 그의 옷을 보여주겠어요?"

그는 가져온 옷 꾸러미를 펼쳐 레이디의 발치에 늘어놓았다.

"이 옷을 만들 때는 이런 일로 보게 될 줄 몰랐는데."

레이디가 탄식했다.

"옷을 발견한 시종 말로는 서 드맹께선 지난 대연회 시기부터 심기가 불편하셨다고 합니다. 이번 일과 연관이 있는지는 모르겠지만 혹시 특별히 기억에 남는 일은 없으십니까?"

"모렛의 일이 있었지만, 서 드맹이 누군가의 목숨을 위협한 것이 드문 사건은 아니니까요. 물론 성인식도 치르지 않은 어린 귀족이 연회를 참관 중인데 위협하는 건 보기 좋은 일이 아니기에 막았어요.”

그녀는 침대에서 내려와 꿇듯이 앉아 손가락으로 레이스를 훑었다.

“서 트로암이 모렛의 후견인이라고 해도 서 드맹이 ‘침울’할 만한 사건으로는 충분치 않죠. 내가 모르는 일이 있는 게 분명해요…….”

레이디 로르산느가 손을 멈추더니 의아한 눈으로 기요람을 바라보았다.

“이상하군요. 혹시 주방이나 드맹에게서 작은 장식 핀을 보지 못했나요? 은빛 테를 두른 꽃 모양 장식 핀이에요.”

머릿속을 뒤져보아도 그런 눈에 띄는 물건을 본 기억은 없었다. 그가 보지 못했다고 답하자 레이디가 손가락으로 옷의 가슴 언저리를 가리켰다.

“바로 여기에 달려 있어야 하는데……. 내가 처음 바느질을 할 때 만들어 드맹에게 선물한 것이에요. 그는 무슨 일이 있어도 몸에서 떼어놓지 않겠다고 약속했어요.”

기요람은 찬찬히 옷을 살폈다. 장식핀이 달려 있었다던 부분은 누군가 핀을 곱게 뽑아낸 듯 천이 멀쩡했다.

“핀을 찾아내지 못한다면 슬플 거예요. 많은 추억이 깃든 물건이니 반드시 찾아내주길 바라요.”

“예, 레이디 로르산느.”

기요람은 깊숙이 고개를 숙였다.

다음 날부터 귀족들은 눈치채지 못할 조용하고도 대대적인 수색이 시작되었다. 시종 전체가 물건 하나를 찾기 위해 눈과 귀를 곤두세운 것은 흰가시더미 궁정이 생긴 이래 처음이라고 해도 좋을 것이다. 기요람은 궁성 각 부분의 머릿시종들을 찾아가 장식핀의 모양을 설명하고 발견하는 즉시 연락해달라고 부탁했다. 머릿시종은 휘하 시종들에게 똑같은 명령을 내리고 궁성의 곳곳으로 보냈다. 복도에서, 회랑에서, 연회장에서, 주방에서, 귀족의 방에서, 시종들이 드나들 수 있는 모든 곳에서 수색이 이루어졌다.

그사이 기요람은 식재 창고에 있는 포렘을 만났다. 그는 버섯 바구니 틈에 쭈그리고 앉아 있다가 기요람을 보자 환하게 웃었다. 하지만 그것도 잠시, 기요람이 불려 간 것이 '그 사건'과 연관 있다는 것을 알게 되자 걱정으로 얼굴이 어두워졌다. 기요람은 어쩔 수 없다며 포렘의 어깨를 툭툭 쳤다.

"이번 일에 자네가 날 도와줬으면 해서 일부러 찾아온 거야. 소문이라면 자네가 제일 빠삭하잖아. 도와줄 수 있지?"

"아이고, 물론이지. 말만 하라고."

포렘이 자신만만하게 가슴을 두들겼다.

"뭐가 궁금한데?"

"주방 머릿시종인 네셀다 씨, 잘 아는 사이야?"

포렘은 왜 그런 것을 묻는가 싶은 표정으로 고개를 갸웃거렸지만 기요람이 재촉하자 어깨를 으쓱하고 답했다.

"잘 알지. 요리 재료 때문에 자주 마주치거든. 침착하고 좋은 사람이야. 매일 매일 귀족들이 먹어치우는 엄청난 양의 음식 만드는 걸 감독하려면 어지간한 담력이 아니곤 힘들지. 혹시나 맛없는 음식을 먹고 귀족들이 화를 내면 나머지 시종들이 위험하다는 것쯤은 잘 알고 있으니까 아무리 바빠도 대충 준비할 수 없다나. 믿음직스럽지."

"그래? 이번 일로 많이 놀랐나보군."

기요람은 여유라고는 찾아볼 수 없던 네셀다의 태도를 떠올렸다. 하긴, 그래도 자신이 일하는 곳에서 서 드맹 정도 되는 귀족이 죽은 채 발견된다면 침착할 수 없을 것이다.

"레이디 로르산느와도 친밀한가보던데 어떻게 알게 되었대?"

"주방에 들어가기 전에 어린 귀족들의 수발을 들었는데 그때 만났대. 레이디께서도 네셀다에게만 포크와 나이프 닦는 일을 맡길 정도로 총애했다고 하고. 주방 시종이 된 다음에는 레이디께서 연회의 주인이 되셨고, 네셀다 씨가 머릿시종이 된 다음에는 주방 문제를 상의하려고 자주 부르시는 모양이던데."

레이디 로르산느가 시종들 사이의 이야기를 알고 있는 것도 이해가 갔다. 기요람은 마지막으로 포렘에게 부탁했다.

"혹시나 서 드맹이나 주방과 관련해서 새로운 소문을 들으면 얘기해줘."

"알았어."

포렘은 믿음직스럽게 고개를 끄덕이며 가슴을 탕탕 두들겼다.

휜가시더미 궁정은 위에서 내려다보면 커다란 소라 껍데기같이 생겼다. 그 한가운데에 깊은 주방이, 북쪽 소라 껍데기의 입구에 해당하는 불룩한 부분에 큰벌레홀이 있었고 서쪽에 연회장과 레이디 로르산느의 내실이, 동쪽에 귀족들의 거처가 있었다. 기요람은 궁의 동쪽으로 가서 서 트로암을 모시는 시종을 중심으로 이야기를 나눴다. 혹시 서 드맹이 살해된 밤에 서 트로암과 그의 추종자 중에 수상한 행동을 한 자가 있을지도 몰랐다. 하지만 동쪽 시종들은 수상한 움직임 같은 것은 없었다고 입을 모았다. 특히 서 트로암은 그날 자신의 방에서 시중을 받으며 잠이 들었고 일어난 직후에도, 평소와 다름이 없었다는 것이다. 그는 무거운 걸음을 돌렸다. 서 트로암 정도 되는 인물이 쉽게 꼬리를 잡힐 리 없다고 예상은 했지만 어디서부터 시작해야 할지 막막했다.

기요람은 시종들이 이용하는 샛길로 들어섰다. 생각을 정리하려고 천천히 걷는데 등 뒤로 작은 발소리가 하나 더 들려왔다. 어쩐지 신경이 쓰여 돌아보니 예상치 못한 인물이 보였다. 어린 귀족, 모렛이었다. 궁의 동쪽에서 그를 발견하고 일부러 뒤를 밟은 모양이었다. 당황한 기색을 감추고 고개 숙여 절하자 모렛이 거만한 얼굴로 물었다.

"이런 곳에서 뭘 하는 거지?"

기요람은 최대한 공손하게 들리기를 바라며 목을 가다듬었다.

"시종의 일 중 하나입니다."

모렛의 목소리가 퉁명스러워졌다.

"레이디 로르산느의 이름을 팔고 다니는 것도 시종의 일 중 하나인가보지?"

"저는 그분의 충실한 종일 뿐입니다."

"마음에 안 들어!"

모렛이 버럭 소리를 질렀다.

"레이디 로르산느가 너 같은 시종 놈을 믿고 일을 맡기는 것도, 그런 쓰레기의 죽음에 신경을 쓰는 것도!"

기요람은 그저 고개를 숙이고 폭풍이 지나가기를 기다렸다. 하지만 폭풍은 그냥 지나갈 생각이 없는 듯 짧은 손을 내밀었다.

"내놔."

"예?"

"레이디 로르산느의 증표."

어린 귀족은 시종 따위가 레이디의 식기에 손을 대는 것을 용서할 수 없었던 듯 단호했다. 물론 그렇다고 해서 찻잔받침을 내어줄 수는 없다. 기요람은 평생에 귀족에게 해볼 수 있으리라 생각하지 못했던 말을 입 밖으로 토해냈다.

"그럴 수는 없습니다."

모렛이 움찔했다.

"뭐?"

"제게 증표를 주신 것은 레이디 로르산느의 뜻입니다. 가져가기를 원하신다면 제가 아니라 레이디께 청하시는 것이 옳을 것입니다."

침착한 대답에 모렛의 얼굴이 일그러졌다.

"이래도 말이야?"

모렛이 옆구리에 매단 식기 주머니를 열었다. 곧바로 참을성

없는 어린 귀족의 나이프가 날아들었다. 기요람은 번쩍이는 빛에 황급히 목을 움츠렸지만 뺨에 얇고 긴 상처가 생겼다. 모렛이 더욱 화가 났는지 마구잡이로 나이프를 휘두르기 시작했다. 그는 나이프를 피해 몸을 낮추고 이번에는 평생 해볼 거라고 꿈도 꿔보지 못했던 행동을 취했다. 귀족에게 달려들어 허리를 단단히 붙든 것이다. 모렛은 당황했지만 곧 자신의 서툰 나이프 솜씨로는 건방진 시종뿐만 아니라 자기 자신까지 꿰어버릴 가능성이 있다는 것을 알아차리고 나이프의 방향을 틀었다. 그 틈을 타서 기요람은 몸으로 모렛을 깔아뭉갰다. 육탄전이 되면 튼튼하고 긴 팔다리를 지닌 시종 쪽이 귀족에 비해 유리했다. 모렛의 빈약한 몸이 그의 무게를 이기지 못하고 뒤로 쿵, 넘어졌다. 그 옆으로 챙그랑 맑은 소리를 내며 나이프가 바닥에 떨어졌다.

기요람은 잠시 엎드려 기다렸다. 모렛이 움직이지 않았다. 슬쩍 몸을 일으켜 내려다보니 모렛은 바닥에 넘어지면서 머리라도 부딪쳤는지 정신을 잃은 상태였다. 기요람은 그제야 안심하고 일어섰다. 모렛이 어려서 경험이 없어 다행이었다. 그렇지 않았다면 제아무리 기요람이 당황하지 않고 빠르게 대처했던들 무사할 수 없었을 것이다. 기요람은 나이프를 주워 들었다. 성인식을 대비해 문양을 새기는 중인 듯, 손잡이에 요철이 있었지만 아직 무슨 모양인지 알아볼 수 없었다. 그는 식기 주머니에 나이프를 넣어주고 자리를 뜨기로 마음먹었다. 주둥이가 반쯤 벌어진 주머니에 손을 가져가는데 모렛이 입술을 파르르 떨며 신음했다.

"으음……."

그는 자신의 식기 주머니와 나이프에 손을 댄 시종을 발견하고 눈이 휘둥그레졌다.

"너, 감히 너 따위가!"

모렛의 목소리에서 당황과 경악이 묻어나왔다. 시종에게 기절당한 귀족의 기분은 어떨까 생각해본 기요람은 입가에 떠오르려는 웃음을 애써 지우고 나이프를 내밀었다.

"직접 넣으시지요."

모렛이 나이프를 잡아채 후다닥 일어났다. 뒤로 물러서 씩씩거리며 한참을 노려보았지만 다시 공격할 마음은 들지 않은 듯 낮은 목소리로 으르렁댔다.

"이 일을 아무한테나 떠벌리고 다닌다면 정말로 가만두지 않겠다! 특히 레이디, 레이디 로르산느께는 보고할 생각 하지 마!"

"모렛님이 레이디 로르산느를 깊이 흠모하고 계신다고만 전하겠습니다."

모렛은 이를 갈더니 나이프와 식기 주머니를 쥔 채 절뚝거리며 돌아섰다. 기요람은 레이디의 증표 때문인지 자신이 주방의 젊은 시종 보란 못지않게 간이 커진 것 같다고 생각하며 쓰게 웃었다.

흰가시더미 궁정에 있는 자들은 꿈을 꾸었다. 얼마나 자주 꾸는지는 각각 달랐지만 모두 잠을 잘 때 꿈을 꾼다는 것은 확실했다. 기요람은 어린 시절 다른 어린 시종들과 함께 꿈 이야기를 나누며 키득거렸다. 웃을 수밖에 없었다. 말이 되는 부분이 없었기 때문이다. 꿈은 늘 혼란스럽고 의미를 알 수 없었다. 때로는 이유 없이 행복하고 붕 뜬 기분이 이어지는가 하면, 때로는 두려움과 불안이 밀어닥쳤다. 이미 죽은 시종들이 나오기도 하고 처음 보는 장소에서 모르는 자가 친하게 인사를 건네기도 했다. 그가 꿈이 무엇인가 물었을 때 보육 시종은 꿈이야말로 그가 큰벌레와 이어져 있는 증거라고 했다. 큰벌레는 늘 꿈을 꾼다. 왕은 큰벌레의 꿈과 공명하며 귀족에게 주어진 힘으로 큰벌레의 잠이 편안하도록 돌본다. 그러면 큰벌레는 알꼬투리를 내놓았다. 색이 희고 꼬투리 안에 든 알 개수가 적으면 귀족, 수가 많고 푸르면 시종, 검붉으면 위병의 알이었다. 보육 시종은 큰벌레홀에서 알꼬투리를 받아 옮기며 지켜보면 알이 큰벌레의 꿈에 잠겨있는 것을 느낄 수 있다고 했다. 그러다가 알에서 깨어나면 그때부터 자신의 꿈을 꾸기 시작한다고. 그 말이 진짜인지 확인할 길은 없었다. 기요람은 자신이 알이었을 때가 기억나지 않았고 연회 서빙 담당 시종이 알꼬투리를 옮길 일도 없었다.

그날 밤, 그는 깊은 주방의 미로에서 유령에게 쫓기는 꿈을 꾸었다. 유령은 서 드맹의 모습을 하고 있었다. 유령이 차가운 손을 뻗으며 '배가고프다내몸에손을대다니가만두지않겠다귀족의일에끼어든대가를치르게해주겠다'고 울부짖었다. 기요람은 어둠 속을 내달렸다. 귀족의 분노에 직면하는 것이 처음이 아니라는 생각이 들었다. 이상했다. 자신을 쫓아오는 것은 서 드맹이 아니었는데? 문득 앞에 보란이 나타나 손짓했다. 그는 "무서운 거죠? 무섭지 않은 곳으로 가요."라고 말하며 어둠 너머를 가리켰다. 그쪽으로 가면 깊은 주방이 나온다는 것을 직감으로 알 수 있었다. 깊은 주방으로 가면 유령도 쫓아오지 못했다. 그때 서 드맹의 포크가 날아와 기요람의 앞을 막았다. 뒤쪽에서 나이프가 날아왔다. 피할 곳이 없다고 비명을 지르는 찰나 장소가 바뀌었다. 한 번도 본 적이 없는 거대한 홀이었다. 깊은 주방마저 들어가 본 이상, 궁에서 그가 보지 못한 곳은 한 군데밖에 없었다. 왕이 머무는 곳, 큰벌레홀. 저 멀리 빛나는 점이 보였다. 기요람은 점을 향해 걷기 시작했다. 점은 좀처럼 커지지 않았다. 그가 초조함을 느끼기 시작할 무렵, 점 쪽에서 그에게 다가왔다. 점은 무서운 속도로 커지더니 짙은 갈색 빛이 도는 애벌레가 되었다. 몸통 전체를 보기 위해서 고개를 뒤로 꺾어 올려다보아야 할 정도로 거대한 벌레였다. 벌레의 등에는 안장 형태의 옥좌가 마련되어 있었고 그 위에 레이디 로르산느가 앉아 있었다. 그녀는 은빛 장식이 가득 달린 드레스를 입고 머리에 바늘로 이루어진 왕관을 쓰고 있었다. 그가 보았던 빛은 바로 그 왕관에서 나오고 있었다. 레이디 로르산느가 그를 굽어보며 준엄하게 입을 열었다.

"일어나게."

그런데 목소리가 달랐다. 살짝 몸이 흔들리는 것마저 느껴졌다. 화들짝 놀라 일어나자 눈앞에 삐딱한 미소를 입에 걸고 있는 귀족이 있었다. 꿈이 아니었다. 하지만 다른 귀족에 비해 마르고 날렵한 몸매, 날카로운 눈초리, 힘 있는 귀족 특유의 여유가 흘렀다. 서 트로암이었다.

아직 꿈인가 싶어 주변을 살피자 어젯밤 잠이 들었던 시종 숙소, 자신의 방이 틀림없었다. 벽에서 흘러나오는 빛이 푸르스름하고 흐린 것이 아직 이른 시간이었다. 설마 자신의 방에 귀족이 들어오게 되다니, 라는 생각이 떠오른 순간, 잠이 확 달아난 기요람은 일어나서 자세를 바로잡았다. 잠옷만 입고 귀족 앞에 서 있는 일은 깊은 주방의 미로에 들어가는 것보다 끔찍했다.

"기요람이라. 오랫동안 궁성에서 목숨을 부지한 능력 있는 시종이라지. 그래, 꽤나 낯이 익다 했어. 시종을 기억하게 된다는 게 쉬운 일이 아닌데 말이야."

서 트로암은 재미있다는 듯 말하며 방을 훑어보았다. 석회가 튀어나온 부분을 침대로 삼았고 움직일 수 있는 가구라고는 의자 하나가 전부인 검소한 방이었다. 특이한 것이라면 침대맡에 놓인 레이디 로르산느의 찻잔받침과 행주로 둘둘 말린 포크 정도였다. 달리 보관할 만한 곳이 없었지만 서 트로암의 시선이 거기에 닿자 기요람은 얼굴이 조금 붉어졌다. 아마도 모렛이었다면 레이디의 증표를 방치했다며 그에게 엄청난 비난을 퍼부었을 것이다. 곧 탐색을 마친 차가운 시선이 그의 얼굴에 난 상처를 스치고 지나갔다.

"일단 내 피후견인이 레이디 로르산느의 대리인에게 저지른 무례에 대해서는 사과해두도록 하지. 한동안 근신시켜놨으니 모렛이 자네를 귀찮게 하는 일은 앞으로 없을 걸세. 하지만 자네도 잘못했어. 궁내의 불명예에 대한 내 의견이 듣고 싶다면 직접 나를 찾아오면 될 것 아닌가. 내가 설마 레이디의 증표까지 들고 온 자를 내칠 리가 없잖은가, 시종."

기요람은 감히 입을 열 수 없었다. 그는 레이디 로르산느나 모렛과는 달랐다. 입을 잘못 놀리면 돌이킬 수 없을 것이라는 직감에 몸을 사렸다. 서 트로암은 침대로 다가가 찻잔받침을 살펴보더니 이윽고 행주를 풀고 포크를 집어 들었다.

"이게 서 드맹을 죽인 무기인 모양이지?"

"그렇……습니다."

그는 기요람이 움찔하자 웃으며 포크를 내려놓았다.

"긴장하지 말게. 나는 서 드맹처럼 이유 없이 시종을 죽이는 작자는 아니니까. 자네도 알겠지만 되레 그런 행동을 혐오하는 축이지. 서 드맹이라, 멍청한 작자였어……. 내가 무슨 말을 하고 싶은지 알겠나?"

기요람은 더욱 몸을 움츠렸다. 귀족의 손이 닿는 자리에 포크가 있는데 긴장하지 말라고 하는 것은 사지를 묶어놓고 도망칠 필요 없다고 말하는 것이나 마찬가지였다.

"나는 그저 정보를 주고 싶은 것뿐일세. 서 드맹이 죽은 장소를 찾겠다고 헤집고 다닌다지? 그래서, 그곳이 어디인지 찾았나?"

"아직 찾지 못했습니다."

"당연하지. 지금 자네는 코앞에 음식을 두고 포크는 다른 곳으로 향하는 꼴이야."

서 트로암이 의미심장하게 웃었다.

"모르겠나? 서 드맹이 죽은 곳은 바로 깊은 주방이란 걸세. 깊이 파헤칠 것도 없이 눈에 보이는 그대로란 말이야."

그가 피후견인의 행동에 대해 사과하러 오지 않았다는 것은 명백했다.

"하지만……."

기요람이 당황하는 사이 그는 의자에 앉았다. 느긋한 태도였
다.

"하지만? 그다음에 하고 싶은 말이 뭔지 맞혀볼까? 서 드맹은
주방에 들어가지 않았다. 누군가 그가 주방에 침입했다는 누명을
씌운 것이다……. 왜 그렇게 생각하지? 증거가 있나?"

대답할 수 없었다. 서 트로암의 미소가 짙어졌다.

"단지 고귀하신 연회의 주인께서 그렇게 말씀하셨기 때문에?"

레이디 로르산느의 명령 아닌 명령으로 사건을 조사하게 된
이상, 그녀가 말한 바에 따라 조사를 진행하는 것은 당연한 일이
었다. 하지만 서 트로암은 그의 대답을 기다리지 않고 오만한 태
도로 말을 이었다.

"나는 서 드맹의 오랜 적이었네. 그를 쓰러뜨리려면 그의 뒤에
있는 레이디 로르산느를 신경 쓰지 않을 수 없지. 레이디 로르산
느는 똑똑한 여자일세. 나는 그런 여자가 왜 그런 멍청이를 자기
편으로 끌어들인 건가 늘 의아했어. 그러다 보니 깨달은 걸세. 서
드맹은 레이디 로르산느에게 이용당하고 있었어."

기요람은 저도 모르게 눈을 들어 그를 쳐다보았다.

"무슨 말씀이십니까?"

서 트로암의 얼굴은 진지했다.

"서 드맹은 천성적으로 난폭하고 피를 좋아하는 악당이야. 그
가 주체 못하는 혈기와 힘으로 사고를 터뜨리면 귀족들을 수습하

고 다독이는 것은 레이디 로르산느지. 그러다보니 말일세. 서 드맹을 앞세우면 레이디 로르산느는 직접 포크와 나이프를 들어 귀족들을 겨눌 필요가 없어. 그 멍청이가 존재하는 덕분에 어떤 부정이나 악덕, 불명예도 그녀와 연관되지 않았으니까. 사고가 터져도 귀족들은 모두 이렇게 생각하지. '불쌍한 레이디, 저 힘만 좋은 멍청이의 연인이 되는 바람에 그 뒤처리에 눈코 뜰 새 없이 바쁘시지. 그래도 서 드맹을 다룰 수 있는 유일한 분이니, 레이디가 연회의 주인이라 다행이야.' 결론을 내자면 서 드맹이 멍청하고 난폭할수록 레이디 로르산느에게 이득이란 이야기일세. 그렇지 않은가?"

서 트로암이 의자에서 일어나 동의를 구하듯 팔을 벌렸다. 기요람은 저도 모르게 주춤 뒤로 물러났다.

"그래서, 사건에 대해서 하고 싶으신 말씀은……?"

"아, 그래. 사건. 내가 지난 대연회 때 직접 맞부딪쳐본 결과."

서 트로암이 씨익 웃었다.

"서 드맹의 나이프가 상당히 무뎌졌더군. 음식도 식어버리면 맛이 없지. 나라면 말일세. 레이디 로르산느가 서 드맹이 필요 없어지자 주방에서 밀회라도 하자고 꼬여낸 다음 없애버렸다고 해도 믿겠네."

엄청난 소리를 대수롭지 않게 뱉어낸 서 트로암을 보며 기요람은 경악했다. 레이디 로르산느가 서 드맹을 죽인 범인이라고? 그는 간신히 입을 열었다.

"지금 하신 말씀을 제가 레이디 로르산느께 그대로 전할지도 모릅니다.”

위협 아닌 위협에도 그는 긴장하는 기색이 없었다.

“고작 시종의 말에 잠재서열 4위인 귀족을 쳐내는 것은 공정하고 자비로운 연회의 주인이 할 일은 아니야. 그러니 그대로 전하게, 시종. 특히, 서 드맹이 죽은 곳은 주방이고 거기에 침입한 불명예는 무엇으로도 덮을 수 없는 큰 과실이며 덧붙여서 진상을 밝히고 싶다면 시시하게 대리인을 내세우지 말고 스스로 움직이라고 말이야.”

서 트로암이 한 발짝 다가왔다. 그때 문이 난폭한 소리를 내며 열렸다.

“기요람!”

헐떡거리며 문을 연 것은 포렘이었다. 포렘은 자신을 쏘아보는 서 트로암을 발견하고는 황급히 머리를 숙였다.

“죄, 죄송합니다, 가, 감히 이런 곳에 귀족이 계실 줄 몰랐기에 무례를 범했습니다……!”

서 트로암은 가느다란 눈으로 포렘과 기요람을 돌아보고 입을 열었다.

“됐네. 하려던 이야기는 대충 끝난 것 같으니 가보도록 하지.”

시종들이 고개를 조아린 사이 그는 당당하게 자리를 떴다. 잠시 후, 고개를 든 기요람은 서 트로암이 사라진 자리에서 고개를 들지 못하고 있는 포렘을 쿡 찔렀다. 눈까지 감고 있던 포렘은 그제야 눈을 뜨고 안도의 한숨을 내쉬었다.

“어휴, 죽는 줄 알았네. 방에서까지 귀족을 마주쳐야 하다니 간이 열 개라도 모자라겠어. 자네는 괜찮나?"

"괜찮을 리가 있겠나. 그런데 무슨 일이야?"

"자네에게 알려줘야할 것 같아서. 좀 전에 네셀다에게 들은 이야긴데."

포렘이 신중하게 목소리를 낮췄다.

"깊은 주방에서 음식이 조금씩 사라진다는구먼."

기요람은 유령 이야기를 하며 실없이 웃어대던 보란의 얼굴을 떠올렸다.

"그 얘기였어? 깊은 주방에서 유령이 나와서 음식을 훔쳐간다는 소문은 나도 들었네."

포렘이 정색했다.

"물론 그런 소문이야 주방이 깊은 주방이 된 이전에도 이후에도 잔뜩 있었지만 이번에는 진짜라고. 조금씩이기는 하지만 음식이 없어져서 네셀다가 레이디 로르산느께 조사하고 해결해주십사 보고까지 했다는 거야."

소문이 아니라 진짜라면 큰일이었다. 기요람은 황급히 되물었다.

"레이디 로르산느께? 그게 언제 이야기야?"

"얼추 4주기 전이야. 내 생각인데, 레이디가 주방 일을 조사하라고 믿고 맡길 사람으로 서 드맹을 꼽은 게 아닐까. 그렇다면 시종 옷을 입고 주방에 들어가는 것도 있을 수 있는 일이잖아?"

서 드맹의 죽음과 음식이 사라진 일이 연관이 있다고 확신할 수 없지만 음식도둑, 주방, 4주기 전 등등 몇 가지가 절묘하게 맞아 들어갔다. 기요람은 고민에 빠졌다. 그런 중요한 이야기를 레이디 로르산느가 알려주지 않은 이유가 무엇일까. 서 드맹의 죽음과 연관이 없다고 생각했기 때문일까, 아니면 주방에서 음식이 사라진다는 것을 감출 필요가 있었던 것일까? 그녀가 큰벌레홀의 왕을 대신해서 휜가시데미 궁정을 다스리는 동안 그런 일이 벌어진 것은 명백한 오점이었다. 하지만 깊은 주방에서 죽은 귀족이 발견된 마당에 그 사실을 숨길 이유가 있을까. 서 트로암이 늘어놓은 이야기는 어떻게 받아들여야할까.

기요람은 정복을 갖춰 입으며 품에 찻잔받침과 행주꾸러미를 넣었다. 포렘이 물었다.

"계속 지니고 다니기 찝찝하지 않나? 그 포크"

"잃어버리면 곤란하니까. 이쪽이 제일 안전하지."

"나라면 손도 대기 싫을 거야."

그는 어깨를 으쓱하고 둥그런 배 위로 단추를 채웠다.

"아침나절에 서 트로암께서 제 방을 찾아오셨습니다."

기요람은 복도를 서성이며 중얼거렸다. 몇 번을 연습해도 만족스럽지 않았다. 레이디 로르산느가 아무리 공정하고 자비롭다 한들 서 트로암의 말을 그대로 면전에서 아뢰는 것은 자살행위였다. 레이디 로르산느는 서 드맹을 누르고 연회의 주인 자리에 앉은 귀족이었다. 시종이고 귀족이고를 떠나서 정신이 멀쩡히 박힌 자라면 "그녀를 믿을 수 없다"고 말하는 일 따위 시도하지 않을 것이다. "주방에서 음식이 사라지고 있는 일에 대해서 제게 왜 숨기셨습니까." 같은 질문도 마찬가지다. 기요람은 머리를 싸쥐었다. 애초에 레이디 로르산느는 무엇 때문에 그에게 일을 맡겼을까. 인정하고 싶지는 않지만 서 트로암의 말 중 한 가지는 옳았다. 그녀가 정말로 사건을 해결하고 싶다면 시종을 대리로 내세우는 것이 아니라 그녀 스스로 조사에 나서야 했다. 그는 품에 손을 넣어 매끄러운 찻잔받침 가장자리를 훑었다. 방법이 없었다.

기요람이 알현을 청하자 위병이 문을 두들겼다. 누구인지 묻지도 않고 스르르 문이 열렸다. 한 발 들여놓자마자 어스름이 눈을 가렸다. 한낮인데도 이렇게까지 어둡다니. 레이디 로르산느의 심기가 편치 않은 듯 했다.

"레이디 로르산느?"

부스스 침대 위에서 무언가 움직이는 소리가 났다.

"기요람."

벽이 조금 밝아지며 둥그런 형체가 뚜렷이 보였다. 레이디 로르산느였다.

"죄송합니다. 주무시고 계셨습니까."

레이디는 침대 발치에 흐트러진 옷감을 주워 올렸다. 얼핏 보기에도 옷의 형태를 착실히 갖추고 있었다.

"직접 만나기를 청하는 사람은 모렛 정도였는데 어제부터 그 아이도 오지 않더군요. 덕분에 푹 쉬었어요."

말은 그렇게 했지만 그녀는 무척 피곤해 보였다. 눈 아래는 그늘이 졌고 은빛 뺨은 윤기가 없었다. 더 자세히 쳐다보는 것은 무례가 될 것 같아 그는 시선을 피했다.

"모렛님이라면 서 트로암의 명으로 근신 중이십니다."

"근신이라뇨?"

"실은 레이디 로르산느를 사모하는 누군가가 비천한 시종이 레이디와 독대하는 것에 불만을 품으시고 실력을 보이려 한 까닭에……."

레이디는 기요람의 얼굴에 난 상처를 보더니 쓴웃음을 지었다.

"나 때문에 고생이 많군요. 미안해요."

그녀는 침대 옆 테이블에서 바늘을 들어 올렸다.

"정말이지, 모렛이 날 좋아하는 절반만이라도 서 트로암이 호의적이라면 좋을 텐데 말이에요."

작은 손에서 바늘이 날아올랐다. 보이지 않는 힘으로 허공에 들린 실 끝이 바늘귀를 통과하며 춤을 추었다.

"조금 더 쉬시는게 좋을 것 같습니다."

레이디는 바느질감에 시선을 고정한 채 대답했다.

"시간이 얼마 없어요. 이번 소연회가 끝나면 바로 대연회 주기가 시작되니까요."

— 나라면 말일세, 레이디 로르산느가 서 드맹이 필요 없어지자 주방에서 밀회라도 하자고 꼬여낸 다음 없애버렸다고 해도 믿겠네.

그 순간, 머릿속에서 서 트로암의 말이 쟁쟁하게 울렸다. 기요람은 잠시 고민했다. 하지만 선택의 여지가 없었다. 서 트로암에게 이용당하는 기분이었지만 레이디 로르산느에게 무언가를 숨기는 것은 현명한 선택이 아니었다.

"사실은, 서 트로암이 아침 일찍 저를 찾아왔습니다."

"서 트로암이?"

그는 침을 꿀꺽 삼켰다.

"서 트로암은 서 드맹이 죽은 장소가 깊은 주방이고 누명을 쓴 것 역시 아니라고 확신하고 계셨습니다. 그리고 진상을 밝히려면 레이디 로르산느께서 직접 나서야 한다 하셨습니다."

손을 멈추고 바라보던 레이디 로르산느가 가볍게 웃었다.

"그가 그렇게 말했단 말이죠. 그 외에 다른 이야기는 없었나요?"

기요람은 얼떨떨한 기분으로 레이디의 미소에 마주했다. 그는 용기를 내어 물었다.

"레이디 로르산느, 레이디께서는 증표를 주시며 제게 레이디께서 가실 수 있는 곳에서 레이디께서 물을 수 있는 것을 물으라 하셨습니다. 그러니 감히 여쭙겠습니다. 어째서 직접 이 일을 조사하지 않으시는 겁니까?"

그녀는 눈을 깜박거리더니 침대에서 일어났다.

"필요하기 때문이에요."

작지만 확신에 찬 목소리였다.

"내가 직접 그의 시체를 보고, 그가 죽은 곳을 보고, 그를 죽인 자를 찾을 수도 있겠죠. 하지만 그 후에 공정한 판결을 내릴 수 있을까요? 진상이 밝혀지기 전에 서 드맹의 명예를 실추시킨 그 자를 죽여 복수하지 않을까요?"

거기까지 말하고 레이디는 입을 다물었다. 더 이상의 설명은 필요 없었다. 기요람은 잠시라도 서 트로암의 말에 휘둘려 레이디 로르산느에게 의혹을 품었던 것에 죄책감을 느꼈다.

"한 가지만 더 여쭙겠습니다. 깊은 주방에서 음식이 없어지는 일을 말씀해주시지 않은 것은 이 일과 연관이 없다고 생각하셨기 때문입니까?"

잠시 침묵이 흐른 뒤, 레이디가 말했다.

"음식이 없어지다니, 그걸 어떻게 알았죠?"

"예?"

그녀는 당혹한 얼굴이었다.

"나는, 그런 일은 보고 받은 적 없습니다. 모르는 일이에요."

이번에는 그가 놀랄 차례였다. 분명히 포렘은 네셀다가 음식 도난에 대해서 레이디 로르산느에게 보고했다고 말했다. 둘 중 하나가 거짓말을 한 걸까? 아니면? 기요람은 황급히 말했다.

"저도 제 귀로 직접 들은 일은 아닙니다. 사실을 확인해보고 다시 말씀드리겠습니다."

레이디 로르산느가 천장을 올려다보고는 한숨지었다. 시간을 나타내는 금빛 점이 큰벌레의 가장 큰 들숨, 대연회를 가리키는 긴 선에 가까워지고 있었다.

"시간이 얼마 남지 않았군요. 대연회 전까지 조사를 마칠 수 있겠어요?"

"최선을 다하겠습니다."

그는 결과를 장담할 수 없었다. 하지만 레이디 로르산느는 그것만으로도 괜찮다는 듯 미소를 지으며 기요람을 배웅했다.

깊은 주방으로 가는 길은 소연회를 준비하는 시종들로 분주했다. 때마침 주방 시종 하나가 미로 밖으로 얼굴을 내밀고 상황을 살피기에 안내를 부탁해 깊은 주방에 들어갈 수 있었다. 깊은 주방은 그릇과 음식을 준비하느라 정신없었다. 식칼이 도마 위에서 튀는 소리, 만들어진 음식 목록을 확인하는 고함, 이리 뛰고 저리 뛰며 양념을 찾는 손길, 자기 몸통만 한 고깃덩이를 들고 곡예 부리듯 움직이는 걸음. 어울리지 않게 조용한 곳도 있었다. 서드맹의 시체가 있던 자리였다. 시체는 치웠고 바닥은 공들여 닦았는지 깨끗했다. 하지만 다른 화덕들은 뜨겁게 불을 지펴 솥과 냄비를 데우는데 국통이 넘어졌던 화덕만 텅 비어 있었다.

기요람은 네셀다를 찾았다. 그녀는 빠른 걸음으로 시종들 사이를 누비며 맛을 보고, 양념을 더하고, 접시에 담는 모양을 감독하느라 기요람이 몇 번이나 큰 소리로 부른 뒤에야 돌아보았다.

"기요람 씨."

그녀는 놀란 표정을 숨기지 않았다.

"여쭤볼 일이 있는데 시기가 안 좋았나보군요. 일이 끝날 때까지 기다릴까요?"

"아니요, 잠시만 기다리세요."

그녀가 주위를 살피더니 시종을 하나 불러 대신 일을 감독하라고 지시했다.

"일단은 조용한 자리로 옮기지요."

둘은 뛰듯이 움직이는 시종들을 피해 움직였다. 네셀다가 주방

구석에 있는 문을 밀자 좌우로 문이 여럿 있는 긴 복도가 나타났다. 주방 시종들의 숙소였다. 그녀는 아무도 없는 것을 확인하고 물었다.

"무슨 일이시죠?"

"오늘 아침에 포렘에게 들은 이야기입니다만, 주방에서 음식이 사라지고 있다고요?"

그의 물음에 네셀다가 어깨를 움츠리더니 어색하게 고개를 끄덕였다.

"네, 부끄러운 이야기지만 사실입니다."

"그 일에 대해 레이디 로르산느께 보고를 드리셨다고요?"

그녀는 투박한 손으로 옷자락을 쥐었다.

"물론이에요. 어째서 그런 것을 물으시죠?"

옷자락을 쥔 손이 떨리고 있었다. 포렘은 네셀다에 대해 침착하고 믿을 만한 시종이라고 했지만 그의 표현은 지금 기요람의 눈앞에 서 있는 여시종에게 어울리지 않았다. 거짓말을 하는 게 분명하다. 그는 다시 한 번 물었다.

"진짜로 레이디 로르산느께 그 일에 대해서 보고를 드렸습니까? 레이디께서는 그런 보고를 받은 적이 없다고 하셨는데요."

네셀다의 얼굴이 해쓱해졌다.

"그럴 리가 없어요!"

"조금 전에 직접 레이디 로르산느를 뵙고 왔습니다."

쐐기를 박듯 말했다. 네셀다는 힘없이 중얼거렸다.

"그렇다면, 그렇다면……."

목소리가 갈라졌다. 손으로 입을 틀어막더니 갑자기 눈물을 쏟기 시작했다. 당황한 기요람이 급히 손수건을 건넸다. 그녀가 말을 꺼낸 것은 한참 시간이 지난 뒤였다. 그녀는 손수건을 움켜쥐고 비통하게 말했다.

"서 드맹이 돌아가신 건, 제 탓일지도 몰라요."

갑작스러운 고백에 기요람은 눈을 크게 떴다.

"네?"

네셀다는 울먹이며 털어놓았다. 그녀가 음식이 사라지는 것을 알고 레이디에게 보고하러 갔을 때였다. 그녀는 레이디의 내실 앞에서 서 드맹과 마주쳤다. 그는 레이디 로르산느와 그녀의 친분을 알기에 이번에는 무슨 일로 알현을 하는지 물었다. 처음에는 레이디 로르산느께 직접 보고하겠다며 대답하지 않았지만 서 드맹이 레이디는 큰벌레홀의 왕을 뵈러 자리를 비웠다며 자신에게 말하면 전해주겠다고 하는 바람에 그에게 말했다는 것이다. 서 드맹은 심각한 표정으로 보고를 듣고 중요한 문제이니만큼 빠르게 레이디께서 해결하시도록 하겠다고 말해 안심하고 돌아왔다고 했다.

"그런데 레이디께서 보고를 받지 못하셨고, 서 드맹이 혼자 힘으로 도둑을 잡으려다 돌아가셨다면, 저는, 레이디 로르산느를 뵐 면목이 없어요……."

"미로의 유령 소문에 관련해서 주방에서 음식이 없어진 것이 사실이라면, 시녀가 없어졌다는 이야기도 사실입니까?"

"사실이에요. 길을 잃어 돌아오지 못했을 수도 있지만 미로가 만들어진 지 얼마 되지 않았을 무렵이면 모를까, 지금은 주방 전속 시종들에게 충분히 교육을 시키니 길을 잃어서 실종될 일은 없습니다. 그래서 전 시녀가 궁에서 도망치거나 주방 밖으로 나갔을 때 실수로 귀족의 손에 목숨을 잃었나 했는데 하필, 그 이후로 음식이 사라지기 시작했어요. 사라진 시녀에게서 정보가 새어 나간 것이 틀림없어요. 미로 안에는 비상시를 대비해서 만들어놓은 샛길이 있거든요. 그 길을 사용하면 깊은 주방에 들어오는 건 식은 죽 먹기예요.”

슬슬 사건의 윤곽이 보이는 것 같았다. 서 드맹은 4주기 전, 깊은 주방에 도둑이 든 것을 알았다. 그는 고민 끝에 홀로 도둑을 잡기로 결심하고 깊은 주방에 들어갔지만 도리어 역습을 당해 사망했다. 도둑은 서 드맹에게 누명을 씌우고 도주했다. 그렇다면 그 음식 도둑은 대체 누구일까. 네셀다가 레이디 로르산느에게 직접 보고를 하지 않은 것은 부주의한 행동이었지만 그렇다고 서 드맹의 죽음에 책임이 있다고 할 수는 없었다. 그는 레이디 로르산느의 생각 역시 마찬가지일 거라고 그녀를 다독였다.

네셀다는 애써 의연한 태도로 깊은 주방에 돌아갔다. 그녀가 없는 사이 주방은 더 어수선해져 있었다. 감독을 맡았던 시종은 네셀다를 발견하고 안도하며 제자리로 돌아갔다. 곧 호통치고 격려하는 그녀의 지시에 따라 주방이 빠르고 매끄러운 리듬을 되찾았다.

“뭔가 도와드릴까요?”

기요람이 넌지시 묻자 네셀다는 그의 눈을 똑바로 마주 보며 웃더니 방금 음식을 얹은 수레를 맡겼다.

"마지막 음식이에요. 첫 번째 소연회장의 어린 귀족 분들께 갖다드리면 돼요."

기요람은 수레를 끌고 앞서 주방을 나서는 시종들을 따라 미로를 빠져나갔다.

제1소연회장은 제일 서열이 높은 귀족들이 식사를 하는 곳으로 귀족 처소에 가장 가까운 동쪽에 위치했다. 기요람은 그릇 중 하나를 들고 연회장 문 앞에 섰다. 시종들이 한쪽 옆구리가 파여 피에 젖은 시종을 끌고 나오는 바람에 들어가기까지 잠시 기다려야 했다. 그는 버릇처럼 심호흡을 하고 그릇을 꽉 쥐었다. 그릇을 가슴높이로 들고 연회장 안으로 한 발짝 들여놓자 냄새가 확 바뀌었다. 피와 체액의 비린내와 음식의 톡 쏘는 향기가 섞여 어질어질했다. 연회장 한가운데 놓인 길고 커다란 식탁에서 귀족들이 식사 중이었다. 상석은 비어 있었다. 형식적으로 놓은 레이디 로르산느의 의자와 주인이 없어진 서 드맹의 의자 탓이었다. 어린 귀족들은 문에서 멀리 떨어지지 않은 곳에 둥그렇고 낮은 식탁을 놓고 모여 있었다. 바닥은 흩어진 음식 부스러기와 핏자국, 포크나 나이프로 긁어낸 자국으로 정신없었다. 허공도 정신없긴 마찬가지였다. 쩝쩝거리는 소리와 서로 욕하는 소리, 식기가 서로 긁어대는 날카로운 소리, 휙휙 날아다니는 그릇들 사이로 몇 개의 그릇이 어느 쪽으로 끌려가야 할지 몰라 부들부들 춤을 추었다.

갑자기 와장창 소리와 함께 허공을 날던 귀가 달린 요리 접시

하나가 떨어졌다. 국물이 식탁을 흥건히 적셨다. 야유가 터졌다. 접시를 움직이던 귀족은 시뻘건 얼굴로 의자 위로 튀어 올랐다. 식탁의 세 번째 자리를 차지하고 있는 잠재 서열 2위의 귀족, 서 코움이었다. 그가 든 포크와 나이프가 궁정 벽에서 흘러나오는 빛을 반사해 번쩍였다. 식탁 맞은편에서 그를 방해한 귀족이 천천히 의자 위로 올라갔다. 서 트로암이었다.

"결투라도 하겠나? 레이디 로르산느가 없는 지금이야말로 추한 꼴을 보여도 될 절호의 기회지."

서 트로암의 말과 함께 레이디 로르산느와 서 드맹이 앉았어야 할 빈 의자가 바닥을 두들기며 요동쳤다. 도발에 가장 먼저 반응한 것은 연회장 벽에 붙어 움직이던 시종들이었다. 시종들은 들고 있던 접시로 머리를 가리고 바닥에 딱 달라붙듯 움츠렸다. 기요람도 문 옆에 쪼그렸다. 서 코움이 이를 갈며 외쳤다.

"서 드맹이 계셨어도 너 같은 놈이 레이디를 모욕하게 두지 않았을 거다!"

서 트로암이 웃어젖혔다.

"나는 레이디 로르산느를 모욕한 적이 없는걸? 내가 비웃은 건 너야."

"죽여버려!"

"결투해라!"

양 귀족을 지지하는 다른 귀족들이 식탁을 두들기며 외쳤다. 어린 귀족들도 후견인이 누구냐에 따라 질세라 서로 목청을 높였다. 그 사이에 원래대로라면 서 트로암을 응원하고 있어야 할 모렛이 보이지 않았다. 근신령이 철저히 지켜지고 있는 모양이었다. 서 코움은 식탁 위로 올라갔다. 서 트로암도 한쪽 발을 식탁에 걸쳤다.

"결투다!"

그와 동시에 금속광이 허공에 긴 선을 그렸다. 까앙, 커다란 소리를 내며 서 트로암의 포크가 상대의 나이프를 쳐내고 멈추는가 싶더니 튕기듯 연회장을 가로지르며 날아왔다. 기요람은 깜짝 놀라 어린 귀족들의 식탁을 향해 펄쩍 뛰었다. 음식이 접시 밖으로 튀어 소매를 적셨다. 순간적이지만 옳은 판단이었다. 명예에 조금이라도 관심이 있는 귀족이라면 어린 귀족들을 향해 칼을 던질 리 없다. 납작 엎드려 돌아보니 서 트로암의 포크는 조금 전 그가 서 있던 문 옆에 비스듬히 꽂혀 부르르 흔들리고 있었다. 서 트로암이 포크를 가져오기 위해 오른팔을 들었다. 서 코움의 포크가 틈을 놓치지 않고 무섭게 날아들었다. 그 순간, 서 트로암이 몸을 조금 뒤로 젖히는가 싶더니 서 드맹의 의자가 휙 떠올라 포크를 막아냈다. 서 트로암은 웃고 있었다. 그의 손을 떠나지 않았던 나이프가 움직였다. 서 코움은 당황한 얼굴로 급히 포크와 나이프를 끌어들여 막으려 했으나 이미 늦었다. 식탁 아래로 내려가는 것이 나이프를 피하는 가장 쉬운 방법이었을 테지만 귀족은 그 자리에서 움직이지 않았다. 무자비한 은빛이 귀족의 머리에 닿았다. 서 코움의 몸이 음식 그릇 위로 엎어졌다. 그는 귀족답게 식탁 위에서 죽음을 맞이했다.

"겁쟁이 서 트로암 만세!"

피비린내가 한층 강렬해진 연회장에 환성이 울려 퍼졌다. 서 코움의 시체가 들썩이고 나이프가 끈적한 피를 흘리며 주인에게 되돌아갔다. 기요람은 바닥에 몸을 붙인 채 포크가 몇 번 움찔거리더니 문에서 뽑혀 날아가는 모양을 지켜보았다. 빙글, 회전하는 포크 끝이 내내 그를 가리키고 있었다.

"시시하게 끝났군."

서 트로암은 자신이 만든 시체 밑에서 음식 접시를 가져와 피에 젖지 않은 부분을 유유히 자기 접시에 덜었다.

기요람은 뻣뻣하게 굳은 몸을 일으켜 어린 귀족들 앞에 접시를 내려놓았다. 서 트로암을 지지하는 어린 귀족들이 멋있다고 꺅꺅대며 뭉툭한 포크와 나이프로 그의 몸을 쿡쿡 찔러댔다. 공용식기에 찔린다고 죽을 일은 없었지만 멍이 들면 꽤 아팠기에 기요람은 잽싸게 밖으로 도망쳤다. 문틈을 통해 죽은 귀족의 시체 위로 음식과 그릇, 포크와 나이프가 왁자한 웃음소리를 타고 날아다니는 것이 보였다.

기요람은 문득 모렛이 안됐다는 생각이 들었다. 서 트로암이 제1소연회장의 주인처럼 구는 지금, 근신령이 아니었다면 어린 귀족들 가운데에서 연회의 주인처럼 뻐길 기회인데 말이다. 그라면 분명 기요람을 발견하자마자 포크와 나이프를 빼들고 어린 귀족들을 선동해 공격했을 것이다. 기요람은 움찔했다.

"포크와 나이프……?"

왜 이제까지 이상하게 생각하지 못했을까. 기요람은 품 안에 든 포크를 만지작거렸다. 성 안을 뒤져서 은빛 장식 핀을 찾아내라고 명령한 레이디 로르산느는 보이지 않는 것이 한 가지 더 있다는 말을 하지 않았다. 서 드맹이 깊은 주방에서 죽은 것이 뻔한 사실이라고 지적한 서 트로암 역시 그의 방에 들어와 포크를 만지면서도 묻지 않았다.

'나이프는 어디 있지?'

포크와 나이프는 한 쌍이다. 서 드맹을 죽이기로 작정하고 포크를 마련했다면 나이프 역시 준비하지 않았을 리가 없다. 궁 안 어딘가에 기요람의 품속에 든 포크와 쌍인 나이프가 있을 것이다. 순간 뇌리를 스치는 것이 있었다.

그는 연회장을 나오는 시종 하나를 불러 세웠다. 시종은 의아한 표정을 지었지만 그가 레이디의 증표를 보이자 별다른 것을 묻지 않고 그의 뜻에 따랐다. 기요람은 시종에게 한 가지 지시를 내리고 기다렸다.

한참 뒤, 시종은 사색이 되어 나타났다.

"어떻게 되었나?"

"거의 죽을 뻔했습니다. 까딱 잘못했으면……."

"그렇게까지 반응할 일은 아니었지?"

기요람의 물음에 시종이 고개를 끄덕였다. 그는 시종을 다독여 제자리로 돌려보냈다. 지금부터 하려는 일이 잘하는 것인지는 장담할 수 없었다. 어쩌면 다른 귀족은 물론 레이디 로르산느의 뜻을 거스르는 일이 될지도 몰랐다.

"일이 끝나고 목이 제대로 붙어 있으면 은퇴해야지."

기요람은 등을 꼿꼿이 폈다.

레이디 로르산느는 전에 비해 여윈 몸에 검은 가운을 입고 거울 앞에 서 있었다. 시침 시종이 최고의 솜씨를 다해 만들었다고 해도 믿을 수 있을 듯한 아름다운 옷이었다. 그녀 스스로도 아는지 거울에 비친 얼굴에는 희미한 안도감과 만족감이 어렸다. 기요람은 연회의 주인 앞에 몸을 낮췄다.

"레이디 로르산느, 서 드맹을 살해한 자가 누구인지 알아냈습니다. 하지만 진실을 밝히는 일은 제 힘만으로는 부족합니다. 레이디만이 사건의 진상을 확인해주실 수 있습니다."

잠시 후, 레이디 로르산느의 전갈을 받은 서 트로암이 뒤에 모렛을 거느리고 나타났다. 서 트로암은 소연회에서 잘 먹었는지 얼굴에 윤기가 반질반질 흘렀다. 그는 당당하게 레이디를 향해 절했다.

"서 트로암이 연회의 주인을 뵙습니다. 어쩐 일로 저와 제 피후견인을 보자고 하셨습니까?"

레이디 로르산느가 말했다.

"그대도 알다시피 나는 이 시종에게 서 드맹의 죽음에 관해 알아볼 것을 부탁했습니다. 그리고 이자가 드디어 나와 그대, 모렛이 보는 앞에서 사건의 진상을 밝히고 싶다는군요."

서 트로암과 모렛의 눈이 기요람을 향했다. 기요람은 헛기침을 하며 목을 가다듬었다.

"저는 큰벌레홀에 계신 왕의 대리인이자 연회의 주인이신 레이디 로르산느의 명을 받들어 며칠 전 일어난 서 드맹의 죽음을 조사하던 차에 이상한 점을 느끼게 되었습니다. 하지만 시종의 힘으로는 확인하기 힘든 일이므로 레이디 로르산느께 감히 그 일을 부탁드리려고 합니다."

"무엇이죠?"

"모렛님의 식기 주머니를 살펴봐주시길 청하겠습니다."

레이디 로르산느의 시선이 모렛을 향하자 그의 얼굴이 하얗게 질렸다. 그가 도망치려고 몸을 돌리는 순간 레이디의 손가락이 가볍게 흔들렸다. 모렛은 식은땀을 흘리며 몸을 뒤틀었지만 옴짝달싹 할 수 없었다. 모렛이 허리에 매단 식기 주머니가 허공으로 떠올랐다. 유연하게 끈이 풀리고 주머니가 빙글 돌아 입구를 바닥으로 향하자 안에 들어 있던 것이 툭 떨어졌다. 그것은 아슬아슬하게 바닥에 도달하기 직전, 허공에 둥실 떠올랐다.

"맙소사."

레이디 로르산느가 탄식했다. 안에서 나온 것은 외짝 나이프와 은빛 장식 핀이었다. 모렛은 금방이라도 울음을 터뜨릴 것 같은 얼굴로 레이디를 바라보았다. 서 트로암도 놀란 표정이었다. 기요람은 품에서 포크를 꺼냈다.

"포크와 나이프는 한 쌍입니다. 귀족 분들은 기본적으로 한 쌍의 포크와 나이프를 사용해서 식사를 하고 상대를 공격하는 법을 익히시지요. 하지만 모렛 님은 제 뺨에 상처를 남겼을 때 나이프만 사용했습니다. 제가 나이프를 식기 주머니에 넣어드리려 하자 무척이나 당황하셨고요. 그래서 다른 시종을 통해 모렛 님의 식기 주머니 안을 확인해보려고 했습니다. 포크와 나이프 손질이 시종의 일인 만큼, 시종이 식기 주머니를 건드리는 것은 큰일이 아닐 텐데도 모렛 님은 과하게 반응하셨습니다. 그 시종은 보통 귀족도 아닌 어린 귀족에게 목숨을 잃을 뻔했다고 혀를 내둘렀습니다."

서 트로암이 끼어들었다.

"레이디, 그건 개인적인 호오의 문제일 수 있습니다. 시종이 손대는 것이 싫으면 화를 낼 수도 있지요. 또 포크는 잃어버릴 수 있고 저 장식 핀도 어딘가에서 주웠을지도 모르지 않습니까."

기요람이 말했다.

"서 트로암께서는 모렛 님의 포크가 사라진 사실을 정말 모르셨습니까?"

서 트로암이 미간을 찌푸렸다.

"무슨 뜻이지, 시종?"

"고작 시종의 뺨에 생채기를 냈다고 모렛 님을 근신시키신 것은 지나친 처사가 아니었나 싶어 드리는 말씀입니다."

"연회의 주인이 직접 증표를 내린 시종이잖은가."

"모렛 님이 부주의하게 하나뿐인 나이프를 휘둘러 더 이상 같은 일이 생기지 않도록 보호하려 한 것은 아니십니까?"

레이디 로르산느가 손을 들어 말을 막았다.

"그만. 서 트로암의 말에도 일리가 있습니다. 기요람. 모렛이 왜, 어떻게 서 드맹을 죽인 거죠?"

기요람은 마른 침을 삼켰다. 순전히 추측인 만큼 위험한 부분이었다.

"모렛 님은 레이디 로르산느께서 제게 증표를 주셨다는 데 분노해 보통이라면 하지 않을 무모한 행동을 했습니다. 그처럼, 모렛 님은 레이디 로르산느께 어울리는 강자가 되기 위해 무모한 일을 하신 게 아닌가 생각됩니다. 예를 들자면, 깊은 주방에서 음식을 훔치는 일 말입니다."

모렛이 발버둥쳤지만 레이디 로르산느가 손끝을 움직이자 조용해졌다. 그녀는 표정 없는 얼굴로 계속 하라는 듯 바라보았다.

"깊은 주방에서 시녀가 하나 사라졌습니다. 그 시녀는 미로의 길과 깊은 주방으로 쉽게 들어갈 수 있는 통로도 잘 안다고 합니다. 그런데 서 트로암도, 모렛 님도 시종이 움직이는 길에 밝았습니다. 서 트로암은 직접 제 방을 찾았고 모렛 님은 시종들이 사용하는 통로로 저를 따라왔습니다. 깊은 주방의 미로에서 인기척을 느낀 적이 있는데 그것 역시 모렛 님이 아니었을까, 하는 생각이 듭니다."

그는 한숨을 쉬었다.

"서 드맹은 음식이 사라진 일에 대해서 주방 머릿시종에게 보고를 받고 직접 조사를 하겠다고 생각한 듯합니다. 레이디 로르산느께서 걱정하시지 않도록 말입니다. 그래서 시종의 옷으로 갈아입고 주방으로 들어간 거죠. 모렛 님은 그런 서 드맹이 깊은 주방으로 들어가 등을 보이자 포크를 던졌습니다. 나이프도 같이 던지셨을지도 모르지만 공격에 성공한 건 포크였고 그래서 포크가 서 드맹의 몸에 박힌 채 남았습니다. 서 드맹이 죽자 모렛 님은 장식 핀을 떼어내고 마치 그가 음식을 훔치다 죽은 것처럼 꾸몄습니다. 레이디 로르산느께 어울리지 않는 악당의 최후로는 그 정도가 좋다고 생각했겠지요."

서 트로암이 한쪽 입끝을 올리며 웃었다.

"자네 말은 앞뒤가 안 맞아. 그렇다면 애초에 서 드맹은 어떻게 깊은 주방까지 들어갔지? 그건 누가 알려준 건가? 자네가 의심하듯이, 내가? 아니면 모렛이?"

기요람은 말문이 막혔다. 레이디 로르산느는 당장이라도 숨이 막힐 것처럼 굳어 있는 모렛에게 시선을 돌렸다.

"좋아요. 본인에게 듣도록 하죠."

모렛이 헐떡거리며 바닥에 엎어졌다.

"모렛, 대답해요. 당신이 깊은 주방에서 음식을 훔치고 서 드맹을 죽였나요?"

"레이디 로르산느! 아니에요! 제가 서 드맹을 죽인 건 사실이지만, 음식은 훔치지 않았어요! 도둑은 그놈이었어요. 그 사기꾼이 레이디를 속인 거예요!"

모렛의 고백에 서 트로암이 작게 혀를 찼다.

"진짜예요! 다 말씀드릴게요!"

"말해봐요."

레이디의 허락이 떨어지자 모렛은 자리에서 일어나 턱을 당기고 섰다. 그는 후견인의 표정이 험악한 데 주눅이 들었지만 곧 레이디 로르산느가 표정을 부드럽게 바꾸자 쭈뼛거리며 말문을 열었다.

"서 드맹이 이상하다고 생각한 건 지난 대연회 날이었어요. 어린 귀족들이 있는 자리에서 서 드맹의 욕을 하고 있었어요. 서 드맹은 보잘것없는 못난이고 어디서 음식을 훔쳐 먹지 않는 이상 레이디의 기사 자리를 지키기 힘들 거라고요."

레이디가 이마를 찌푸리자 모렛이 황급히 덧붙였다.

"레이디도 아시잖아요. 그 정도 욕은 귀족이라면 누구나 한다고요."

그는 흘끗 후견인을 쳐다봤다. 서 트로암은 속내를 알 수 없는 표정으로 고개를 돌렸다. 모렛은 어깨를 움츠리고 말을 이었다.

"저도 그냥 해본 소리였는데 그걸 들은 서 드맹이 절 죽이려고까지 할 줄은 몰랐어요. 뭔가 있는 게 틀림없다고 생각했어요. 그래서 계속 지켜보는데 한밤중에 몰래 시종 옷을 입고 돌아다니더라고요. 그날 밤, 저는 작정하고 끝까지 따라갔어요. 그랬더니 그놈이 자연스럽게 깊은 주방으로 가는 미로를 열더니 주방까지 가서 음식을 훔쳐 먹는 거예요!"

그의 목소리가 흥분으로 높아졌다.

"이제까지 그 나쁜 놈이 모두를 속인 거예요! 그 힘은 훔친 거였다고요. 훔친 힘으로 레이디 로르산느의 기사가 되고 연인이 되다니 말도 안 돼요! 레이디 로르산느나 서 트로암께 말씀드려도 그놈이 내가 거짓말을 한다고 몰아붙이면 끝일 것 같아서……. 그래서 포크와 나이프를 꺼냈어요. 둘 다 피하지는 못하더라구요. 하지만 진짜로 죽을 줄은 몰랐어요. 저는 당황해서 나이프만 주워 왔어요. 포크는 너무 깊숙이 박히는 바람에 뽑아 오기 기분 나빠서……."

그는 훌쩍거리기 시작했다. 기가 막힌 일이다. 자기가 만든 시체에서 포크도 뽑지 못하는 어린애에게 서 드맹이 살해당하다니.

"모렛, 내가 그 말을 어떻게 믿죠?"

레이디 로르산느가 차분하게 물었다.

"레이디! 전 레이디께 거짓말을 하지 않아요! 그게 거짓이라면 절 죽이셔도 좋아요!"

"기요람. 그대가 보기에는 어떤가요?"

기요람은 슬쩍 고개를 돌려 모렛의 얼굴을 살폈다. 모렛의 눈물범벅이 된 눈동자는 레이디의 얼굴에 못 박혀 있었다. 기요람은 천천히 고개를 숙이며 대답했다.

"모렛 님이 진실을 말한 듯합니다."

"그리하여 서 드맹은 사기꾼, 비열한, 악당, 끝없는 불명예를 저지른 도둑이라는 것이군요."

그녀는 모렛을 내려다보았다.

"나도 그가 감히 나에게 거짓을 말하리라고 생각하지 않아요."

서늘한 바람이 주위를 감쌌다. 기요람은 뼛속까지 오싹해졌다. 자신도 모르는 사이에 몸이 떠올라 발이 바닥에 닿지 않았다. 레이디 로르산느가 귀족의 힘을 펼쳐 그의 주변까지 지배하고 있었다. 모렛은 파랗게 질려 떨기 시작했다. 서 트로암은 이제까지 보지 못했던 참담한 모습으로 움츠리고 있었다.

"기요람. 그대는 이 이야기를 모두 들은 자로서 내가 어떤 결론을 내리리라 생각하나요?"

기요람은 침을 꿀꺽 삼켰다. 레이디가 펼치는 힘의 한가운데 들어온 이상 피할 방법은 없었다. 레이디 로르산느가 지금 마음만 먹는다면 포크와 나이프가 없이도 그의 몸을 먹기 좋은 크기로 조각낼 수 있을 것이다. 그는 떨리는 목소리로 입을 열었다.

"저는 큰벌레홀의 왕과 그의 대리인이자 후계자이며 공정함과 현명함으로 이름 높으신 레이디 로르산느께 충성하고 그 뜻에 따를 뿐입니다."

침묵이 흘렀다. 훌쩍거리는 모렛의 울음소리만이 간간이 들려왔다.

"위병!"

레이디 로르산느의 외침과 함께 문이 벌컥 열리며 위병들이 달려왔다. 동시에 레이디가 힘을 거두었다. 바닥에 웅크린 두 귀족과 한 시종의 머리 위로 레이디 로르산느의 목소리가 울려 퍼졌다.

"나, 레이디 로르산느가 말합니다. 서 드맹은 깊은 주방에 침입하여 음식을 탐하는 중죄를 저지른 바 그의 작위를 박탈합니다. 그의 식기는 쓰레기 더미에 버려지고 그의 시체는 깊은 주방 입구에서 영원히 조롱받을 것입니다. 죄인 드맹을 처단한 모렛은 성인식까지 내 이름 아래 보호받을 것이며 성인식에서 그의 실력을 시험해보기 원하는 귀족들과 결투하고 살아남으면 예정대로 명예로운 귀족으로 인정받을 것입니다."

"레이디 로르산느! 감사합니다!"

그것이 자신에 대한 용서라고 생각한 모렛이 기쁨의 탄성을 질렀다. 그는 위병들에게 질질 끌려나가면서도 레이디 로르산느에 대한 찬양을 멈추지 않았다. 하지만 그녀는 "살아남으면"이라고 말했다. 그녀가 따로 손을 쓰지 않더라도 레이디 로르산느의 환심을 사려는 자들은 너도 나도 모렛에게 결투를 신청할 것이고 운 좋게 살아남는다 해도 그 끝에 귀족 중의 귀족, 연회의 주인이 칼날을 겨누지 않으리라고 누가 장담하겠는가.

"과연 명정하신 판단입니다."

어느새 평소 모습으로 돌아간 서 트로암이 말했다.

"서 트로암. 지금까지 보고 들은 바에 대해 더 할 말은 없나요?"

"레이디 로르산느. 모렛은 제 수많은 피후견인 중 하나일 뿐입니다. 안타깝게도 저의 힘이 미욱한지라 모든 피후견인의 행동을 감시하고 보고드릴 수는 없어서 말입니다. 만약 모렛이 악당 드맹의 죄를 적발하고 대가를 치르게 했다는 사실을 미리 알았더라면 레이디께 보고하지 않았을 리가 없지 않습니까."

그는 당황하는 기색 없이 늘어놓았다. 레이디 로르산느도 기요람도 그 말이 거짓임을 지적하지 않았다. 레이디가 슬쩍 미소를 지었다.

"물론 그러시겠지요. 이 문제는 이쯤에서 넘어가도록 합시다. 이제 저에게는 서 트로암, 당신에게 부탁할 일이 남았군요."

"부탁이라고 하셨습니까?"

"저는 연회의 주인으로서 많은 도움이 필요합니다. 지금처럼 갑작스럽게 옆자리가 비어 있다면 더 말할 나위 없겠죠. 이번 대연회에서 당신의 솜씨를 볼 수 있기를 기대하고 있겠습니다."

서 트로암은 그녀의 표정을 살폈다. 레이디 로르산느가 부드러운 낯으로 손을 내밀었다. 그는 소리 내어 웃더니 그 손에 입 맞쳤다.

"분부대로 합지요. 대신 충언을 드려도 될까요?"

"말하세요."

"이제 그 악당을 위한 상복은 벗으십시오. 대연회에 어울리는 화사하고 아름다운 모습을 보여주시길 바라옵니다."

레이디가 고개를 끄덕이자 서 트로암은 레이디에게 절하고 내실을 나섰다. 그가 떠나자 레이디 로르산느는 의자에 앉았다. 기요람은 품에서 찻잔받침을 꺼냈다. 잠시 기다렸지만 그녀는 말이 없었다.

"레이디 로르산느, 마지막으로 한 가지만 여쭙고 싶습니다."

기요람은 조심스럽게 입을 열었다. 위험한 질문일지도 모르지만 묻지 않고는 이번 일이 완전히 끝났다고 할 수 없을 것 같았다.

"제가 레이디께 주방의 음식이 사라지는 걸 말씀드렸을 때 그게 사실이냐고 물으시는 대신 어떻게 알았느냐고 물으셨지요."

그녀가 기요람을 쳐다봤다. 그는 눈을 내리깔고 찻잔받침을 레이디의 발치에 내려놓았다.

"혹시 서 드맹이 주방에 출입하며 음식에 손댄 일을 이미 알고 계셨습니까?"

내내 절제되어 있었던 레이디의 눈이 흔들렸다. 한참 뒤, 그녀가 입을 열었다.

"한 번 더 그의 이름에 경칭을 붙인다면 내 말을 어긴 죄를 묻겠어요."

"죄송합니다."

"그가 잠재서열 1위의 귀족이 아니더라도 내 기사임에는 변함 없었을 거예요."

연인이자 친우에게 마음을 털어놓는 대신 회색 옷을 입고 주방으로 숨어들어 가는 어리석은 결정을 내린 서 드맹. 기요람은 죽은 귀족에게 동정심을 느꼈지만 곧 마음을 다잡았다. 서 드맹에게는 시종의 동정심 따위를 받는 것이 음식 도둑, 천하의 사기꾼이라는 이름을 얻는 것보다 더 큰 불명예이리라.

레이디 로르산느는 의자에서 일어나 찻잔받침을 집어 들고 식기장을 향했다.

"나는 이제 식사를 하면서 큰벌레홀의 왕께 보고할 것을 준비해야겠어요. 나가봐도 좋아요."

마지막으로 머뭇거리듯 덧붙였다.

"그리고, 고마워요. 덕분에 잠시나마 상복을 입고 조용히 그를 애도할 수 있었어요."

기요람은 절을 하고 물러나왔다. 문득, 레이디 로르산느의 은빛 뺨이 붉게 반짝인 듯했지만 그는 레이디에게 손수건을 내밀지도 위로하는 말을 건네지도 않았다. 그것은 시종이 아니라 기사에게 어울리는 행동이었으며 식사를 준비하는 귀족을 지체하게 하는 일은 목숨을 잃을 수도 있는 무례였으므로.

■ 누 구 의   포 크 인 가 는 ……

2009년 완성했다. 1년 이상 붙들고 있었던 것 같다. 중세 기사물 풍으로 먹는 것에 목숨을 거는 이야기를 쓰면 재미나겠다 싶어서 시작했는데 판타지에 추리요소까지 넣었더니 한도 끝도 없이 늘어났다. 길게 쓰는 걸 싫어해서 완성할 즈음엔 재미가 없는데 길기만 하면 어쩌나 싶어 좌절도 했다. 초고를 합평회에 들고 나갔을 때 오히려 풀어놓고 더 길게 써도 괜찮을 것 같다는 이야기를 들은 결과 지금의 형태가 되었다. 그때 어드벤처 게임물을 보는 것 같다는 이야기를 듣고 깜짝 놀랐는데, 정답! 어떻게 써야 할지 답이 안 나와서 고민하다가 결국 게임하는 기분으로 썼다.

환상문학웹진 거울 타로 단편선 『타로카드 22제』 중 여왕 카드를 위해 쓴 글이다.

온우주
단편선

거 울 바 라 기

거 울 바 라 기

"십 년 동안 거울을 봐야 한다!"

황 씨 할매가 소리를 지르고 쓰러졌다. 경호가 황 씨 할매를 업어다 눕히고 용녀 아줌마가 물을 떠온다 손발을 주무른다 난리인 동안 미라는 텃밭에 나가 있던 구복 할배를 불렀다. 구복 할배는 늘어진 눈꺼풀을 끔뻑끔뻑거리다 허허 하고는 잰걸음으로 미라를 따랐다. 집으로 들어와보니 경호는 방구석에 누운 황 씨 할매 옆을 지키고 앉았고 용녀 아줌마는 찢어진 중국집 전단지 가장자리에 볼펜에 침을 발라 무언가 쓰고 있었다.

"1시 19분이에요."

용녀 아줌마가 말했다.

"뭐가?"

"할매 쓰러진 시간이오."

"허허, 거참."

구복 할배는 어기적 어기적 용녀 아줌마 맞은편에 앉았다.

"할매가 뭐라 했다고?"

"거울을 봐야 한대요. 십 년 동안."

"할매가 노망이 났나. 사람이 어찌 십 년 동안 거울만 보누."

"그러게 말이에요."

용녀 아줌마와 구복 할배는 전단지를 가운데 놓고 머리를 맞
댔다. 미라는 경호 옆에 가서 앉았다. 얼마 전 제대한 경호는 제법
의젓했다. 원래도 체격이 좋았는데 팔 다리에 근육이 두껍게 붙
었다. 그래서인지 얇은 이불을 덮고 누운 황 씨 할매가 더욱 작아
보였다. 미라는 별일 아니기만을 바라며 말라터진 나무껍질 같은
황 씨 할매의 주름살을 세웠다.

"여튼 거울을 누가 보긴 해야 하는데……."

"에그, 나는 빼줘요. 내가 얼마나 바쁜데."

"나도 밭을 가꿔야……."

"그놈의 풀은 씨만 뿌려두면 알아서 쑥쑥 크는 걸 뭐하러 맨날
나가서 만지작거려요."

"풀 아니라 먹는 건데……."

구복 할배는 고개를 쭉 내밀어 전단지에 코를 박고 중얼거렸
다. 그 뒤통수를 내려다보는 용녀 아줌마의 미간에 골이 깊어졌
다.

"혼자 보기 싫으면 시간 나눠서 보시든가. 낮에는 내가 보구 밤
에는 밤잠 없는 할배가 봐요. 중간중간 경호나 미라가 도와주면

되겠죠."

"그건 또 부정 타지 않을까······."

용녀 아줌마의 바짝 마른 턱이 굳었다. 미라는 한 판 하겠군 싶어 어깨를 움츠렸다. 그때 황 씨 할매가 정신을 차렸는지 옹이 같은 눈구멍 틈으로 검은 동자가 떠올랐다. 경호가 물었다.

"할매, 정신 드세요?"

황 씨 할매가 한 차례 몸을 떨며 끄응, 신음했다.

"할매?"

경호가 얼굴을 가까이 가져가자 황 씨 할매가 웅얼거렸다.

"좋기도 하고 나쁘기도 하구나."

경호의 꺼먼 얼굴이 심각해졌다. 황 씨 할매의 시선이 미라에게 옮겨 갔다.

"좋지도 나쁘지도 않구나."

"할매? 무슨 뜻이에요?"

미라가 물었지만 할매는 그르렁, 크게 숨을 내쉬더니 눈을 감았다. 구복 할배가 가볍게 무릎을 쳤다.

"허, 필시 경호나 미라가 보아야 한다는 뜻이렸다."

미라는 불퉁하게 입을 내밀고 단벌 교복 치맛자락을 당겼다.

"나 중학교도 다니고, 고등학교도 다녀야 하는데······."

"그럼 어쩌누. 경호도 이제 갓 사회 나와서 하고 싶은 것도 많을 텐데······."

구복 할배가 미라와 경호를 번갈아 훑어보았다.

"제가 볼게요."

결국 경호가 나섰다. 경호는 대신 거울을 보는 데 방해가 없도록 도와달라고 했다. 구복 할배가 오냐 오냐, 연신 고개를 끄덕였다. 용녀 아줌마는 츳, 혀를 찼을 뿐 더 이상 말이 없었다.

그날로 안방에 커다란 거울이 놓였다. 구복 할배가 어디선가 좌식 의자를 하나 주워 왔다. 경호는 거기에 방석을 놓고 틀어앉았다. 고개를 돌리지 않아도 거울로 볼 수 있도록 경호의 등 뒤에 텔레비전이 놓였다. 경호는 먹여주는 밥을 먹으며 텔레비전을 보고 잠은 다른 사람이 있을 때만 조금씩 끊어 잤다. 미라는 학교에 다녀와서 경호의 어깨와 다리를 주물러주고 텔레비전 채널도 돌려주었다.

10년이 끝나가는 지금, 미라는 그때 경호에게 고마워했던 제 자신이 눈앞에 있다면 정신 차리라고 한 대 때려주고 싶었다. 학교 다닐 때는 괜찮았다. 구복 할배와 용녀 아줌마, 지금은 죽고 없는 황 씨 할매까지 나서서 경호의 수발을 들었기에 미라가 할 일은 거의 없었다. 하지만 고등학교를 졸업하고 황 씨 할매가 죽자 사정이 달라졌다. 구복 할배와 용녀 아줌마는 대판 싸웠고, 용녀 아줌마가 집을 나갔다. 잔소리하는 사람이 없어지자 구복 할배는 더더욱 밭을 가꾸어야 한다며 나가 있기 일쑤였다. 불평할라치면 슬그머니 밭에서 고추며 호박이며 상추를 따 오거나, 어딘가에서 돈을 빌려 쌀이랑 라면, 고기를 사 왔다. 특히 고기가 중요했다. 경호가 전부 때려치우고 싶다고 징징거리는 날에는 고기를 구워 먹이는 것밖에 약이 없었다. 한 번 먹기 시작하면 또 얼마나 잘 먹는지, 삼겹살 두 근이고 세 근이고 너끈히 들어갔다. 그렇게 잔뜩 먹이고 나면 며칠은 성질부리지 않고 잠잠했다. 먹을 것과 돈 만드는 재주가 없는 미라는 나날이 허옇게 살쪄가는 경호 옆에 붙어 있어야 했다.

10년 동안 거울 속에서 예전 모습을 잃고 둥글넓적해지는 자기 얼굴을 보는 건 어떤 기분일까, 싶은 날이면 경호가 불쌍하지 않은 건 아니었다. 그러나 휴대용 버너로 고기를 구워 넙죽넙죽 벌리는 경호의 입 속에 젓가락으로 밀어 넣을 때마다 한 번씩, 젓가락으로 목구멍을 확 쑤셔버리고 싶은 욕구가 치밀었다. 그런 마음을 아는지 모르는지 경호는 엉덩이 밑으로 방석을 밀어 넣을 때 방귀를 뀌거나, 코 후빈 손가락으로 미라의 다리를 찰싹 때리며 킬킬댔다. 그나마 구복 할배가 거름으로 쓰겠다며 경호가 쓰는 요강을 그때 그때 비워주지 않으면 무슨 일을 저질러도 진즉에 저질렀을 것이다.

"일어나. 12시야."

미라는 경호를 흔들어 깨웠다. 경호는 10년 동안 거울을 보더니, 잘 때도 눈을 뜨고 잤다. 구복 할배는 장하기도 하고 측은하다고도 했지만 미라가 보기엔 그저 흉측했다. 경호는 끄윽, 하품도 아니고 트림을 하며 잠에서 깼다.

"할배는?"

"들어올 거야."

오늘로 끝이다. 미라는 목이 늘어난 티셔츠에 츄리닝 반바지를 입고 거울 속에 선 여자를 보며 다짐했다. 오늘만 지나면 텔레비전에 나오는 연예인들처럼 예쁘게 화장도 하고 새 옷을 사 입어야지. 미라는 경호에게 물었다.

"이제 거울 안 봐도 되면 뭐할 거야?"

경호는 멍청한 얼굴로 입맛을 다셨다.

"어? 일단 무슨 일이 벌어지나 보고."

수건에 물을 묻혀 눈꼽만 뗀 경호는 다시 거울을 눈 빠지게 들여다보기 시작했다. 텔레비전을 켤까, 물었지만 답이 없었다.

대문이 삐걱거리는 소리가 나고 구복 할배가 들어왔다. 손에 든 검은 비닐봉지에서 소주 한 병과 마른 오징어 한 마리를 꺼냈다. 어제만 해도 돈이 떨어졌다고 하더니 또 어디서 재주 좋게 빌린 모양이었다. 구복 할배는 10년째 들여다봐서 가장자리가 너덜너덜한 중국집 전단지 앞에 잔을 세 개 갖다놓고 오징어를 찢기 시작했다.

"아, 할배. 냄새나요."

미라가 투덜거리며 창문을 열었다.

"뭐가 일어나도 날 텐데 좋은 일이면 축하주로, 나쁜 일이면 위로주로 한잔해야 거 아니냐."

구복 할배가 다시 더듬더듬 오징어를 가늘게 찢었다. 경호는 심각한 표정으로 거울에 집중했다. 미라는 벽에 기대 거울 속의 경호와 구복 할배를 바라보았다. 10년이 끝난다는 것이 실감나지 않았다.

마침내, 찢다 찢다 더 이상 찢을 구석이 없어진 오징어 가닥을 반으로 끊으며 구복 할배가 물었다.

"지금 몇 시냐?"

미라는 벽시계를 보고 답했다.

"1시 17분이오."

"허, 그래? 그럼 술을 따라지."

구복 할배는 잔에 소주를 채웠다. 술 냄새가 알싸했다. 미라는 시계 초침을 노려보았다. 일 분 일 초가 숨 막혔다. 구복 할배가 다시 물었다.

"이제 몇 시냐?"

미라는 초침이 숫자 12에 머물 때까지 기다렸다가 입을 열었다.

"1시 19분이오."

초침이 째깍째깍 1로 향해 갔다. 경호도 구복 할배도 말이 없었다. 잠시 후, 여전히 거울에 시선을 박은 채로 경호가 물었다.

"진짜야? 1시 19분?"

"응. 이제 20분."

구복 할배가 허, 헛숨을 내쉬며 소주잔을 들었다.

"그래, 1시 19분이 지났단 말이지……."

10년이 지나면 무슨 일이 벌어질지, 소소하게는 로또 당첨, 크게는 세계 멸망까지 텔레비전에서 나왔던 온갖 사건들을 한 번씩 예상해보았지만 아무 일도 일어나지 않는 건, 전혀 예상치 못했다. 미라가 얼굴을 찌푸리며 물었다.

"이제 어째요, 할배?"

"음……."

구복 할배는 소주를 입안에 털어 넣었다. 처진 눈이 더 가늘어졌다.

"용녀, 그 애가 시간을 잘못 썼나보다. 19분이 아니라 25분, 아니면 30분, 뭐 이랬던 거 아니냐."

경호가 말했다.

"제가 옆에 있었어요. 1시 19분, 정확합니다."

구복 할배가 느리적하게 말을 이어갔다.

"그럼, 혹시 날짜가 잘못된 거 아니냐. 10년 전이라 가물가물해서 6월 둘째 날인 걸 첫째 날로 착각했거나……."

"아, 할배!"

미라가 짜증을 내자 구복 할배가 목을 움츠렸다.

"왜 화를 내누. 오 분만 더 기다려보자."

오 분이야 기다릴 만했다. 셋은 아무 말 없이 각각 거울을, 시계를, 소주 잔을 들여다보았다. 시계를 보던 미라가 선언했다.

"오 분 지났어요."

"벌써?"

구복 할배가 놀란 듯 물었다. 경호의 목이 벌게졌다.

"일어날래요."

구복 할배가 눈을 끔뻑이다 경호를 향해 고개를 저었다.

"아니, 그러지 말고 좀만 더 기다려보자."

"눕고 싶어요."

거울 속의 경호가 두꺼운 손가락을 꾸욱 말아쥐었다.

"십 년 참았는데 좀만 더 참아보지그러냐."

"맘껏 방바닥 좀 구르고 싶다구요!"

경호의 목소리가 커지자 구복 할배가 허허, 난감하다는 듯 웃으며 소주잔을 들었다.

"그러니까 십 분, 아니, 몇 시간, 아니, 하루만 더 참아보지그러냐. 십 년 참았는데 그깟 하루가 대수겠느냐."

경호가 폭발했다. 10년 동안 앉아 있던 사람이라고는 믿을 수 없는 속도로 의자를 박차고 구복 할배에게 달려들었다.

"그깟 하루? 그깟 하루우?"

구복 할배가 놀라 어구구구, 소리를 내며 경호의 손에 끌려 엉거주춤 일어섰다.

"지금, 그깟 하루라고?!"

경호는 성이 안 차는지 한 손으로 멱을 틀어쥐고 반대편 손으로 구복 할배의 손에 매달려 있던 소주 잔을 빼앗아 바닥에 내던졌다. 어찌나 힘껏 던졌는지, 유리잔이 공 튀듯 튀어서 거울로 날아갔다. 미라가 비명을 질렀다. 새된 비명에 섞여 거울이 산산조각 나 방바닥에 흩어졌다. 모든 것이 멈춘 듯했다. 구복 할배의 손이 허공을 휘저었다. 경호가 구복 할배를 팽개치고 거울을 돌아보았다. 그 시선이 빈 거울틀에 닿는 찰나, 바닥에 흩어진 거울 조각에서 한꺼번에 빛 같은 것이 떠올랐다. 미라는 저것 보라고 말하고 싶었지만 생각이 입에 닿기도 전에 그것이 미라를 덮쳤다.

눈앞이 캄캄했다. 마지막으로 보았던 것이 무엇인지 미라는 필사적으로 생각했다. 빛이었다. 빛이 아니었다. 얼핏 새 같기도 했다. 그래. 새였다. 그 부리가 눈으로 날아들었다. 갑자기 눈이 먼 것은 아닌지 더럭 겁이 났다. 일단 시험 삼아 손가락을 까딱여보았다. 움직였다. 발가락도 꼼지락거려보았다. 움직였다. 미라는 숨을 고르고 천천히 눈을 떴다. 쭈글쭈글한 얼굴과 투실투실한 얼굴이 내려다보고 있었다. 눈에는 이상이 없었다. 미라는 안도의 한숨을 쉬었다.

"어떻게 된 거……?"

누운 채 묻자 경호가 말했다.

"거울에서 호랑이가 나왔어."

구복 할배가 우물거렸다.

"거북이였대두."

"아니라니까요! 호랑이가 아니면 사자라구요! 그도 아니면, 표범이거나, 살쾡이거나, 고양이, 뭐 그런 거!"

"으음, 다시 생각해보니 자라였던 거 같기도 하고 짐승이 아니라 사람이었던 거 같기도 하고……."

미라가 자기가 본 것은 새라고 주장해보았자 도움 될 일이 없어 보였다. 미라는 고개만 돌려 거울을 찾았다. 그사이 치웠는지 거울틀도 거울 조각도 보이지 않았다. 그래도 혹시 몰라 미라는 방바닥을 짚는 대신, 일으켜달라 양손을 뻗었다. 구복 할배와 경호가 한쪽씩 잡고 일으켜주었다.

"그래서 어떻게 된 거야?"

"생각 안 나?"

"거울조각에서 빛이 나왔는데……. 그다음은……."

미라가 머뭇거리자 경호가 말했다.

"그게 네 눈 속으로 들어갔어."

"뭐?"

미라가 되물었다. 덮쳤다고 생각했는데 눈 속으로 들어갔다니 마지막으로 본 것이 부리였던 것도 그제야 이해가 갔다.

"그래서 말인데, 어떠냐?"

구복 할배가 물었다. 멍해진 미라가 답했다.

"괜찮아요."

"그게 아니라, 뭐 달라진 거 없냐는 말이다."

"없는데……."

그 말이 떨어지기 무섭게 경호가 미라의 손목을 움켜쥐었다.

"없다니! 네가 모르는 거겠지!"

미라는 깜짝 놀랐다. 구복 할배에게 달려들 때는 어딘가 현실 감이 없어서 무섭다는 생각이 들지 않았지만 지금은 어쩐지 무서 웠다.

"자, 그러지 말고 한 번 살펴나 보자."

구복 할배는 끼어들어 미라를 벽에 기대앉히고 맥을 쥐었다. 눈꺼풀도 들어 올려 기웃기웃 들여다보고 입도 벌려보라 하고 이 곳저곳 움직여보라 하기도 했다. 경호가 입을 눌러 닫고 무서운 눈으로 지켜보는 동안 정확하게 무엇을 보았느냐, 정신 잃은 사 이 꿈 같은 것은 꾸지 않았느냐, 평소와 느낌이 다른 것은 없느냐, 물어보던 구복 할배가 고개를 갸웃거렸다.

"음, 내가 보아도 별다른 것은 없는데……."

"그럴 리가 없잖아요. 우리 다 같이 그게 저 눈으로 들어가는 걸 봤는데."

경호가 불퉁해서 말했다.

"황 씨 할매가 역시 헛소리를 했든가……. 어쩌면 셋이 술 먹고 꿈이라도 꾸었거나 헛걸 본 건 아닌가 모르겠다. 허허허."

"술 마신 건 할배뿐이잖아!"

경호의 분위기가 험악해졌다. 그제야 심상치 않은 분위기를 느꼈는지 구복 할배가 고개를 절레절레 저었다.

"아니, 나는 그냥……. 그냥 해본 소리다……."

경호는 누그러질 기미가 없었다.

"그게 뭔지는 몰라도 내 거야. 네가 아니라 내 거라구. 호랑이든, 자라든, 뭐든 간에 내 거야!"

경호는 이번엔 미라를 쏘아보며 세 살배기가 해야 어울릴 듯한 말을 당당하게 외쳤다. 그러나 이어진 말은 살벌하기 그지없었다.

"그러니까 네 눈을 뽑아서 가져야겠다!"

미라는 어이가 없었다.

"미쳤어?!"

경호의 눈에서 인광이 번쩍였다. 입이 씩 웃는가 싶더니 미라를 향해 손을 뻗었다.

"미라야, 도망쳐라! 저놈 진심이다!"

구복 할배가 소리치며 경호의 허리를 껴안았다. 정신이 번쩍

난 미라는 허둥지둥 경호의 팔을 피해 마루로 구르듯 뛰쳐나갔다. 돌아보자 열린 방문 너머로 경호가 구복 할배의 뒷덜미를 잡아 훌쩍 들어 올리는 것이 보였다.

"할배!"

미라가 날카롭게 소리쳤다. 경호가 돌아보았다. 그는 입맛을 다시며 구복 할배를 방구석으로 집어 던졌다. 구복 할배가 아이고 데고 비명을 지르며 처박혔다. 경호의 몸이 이쪽을 향해 돌아섰다. 미라는 직감했다. 지금 도망칠 기회를 놓치면 다음은 없었다. 미라의 맨발이 마루를 박찼다. 신발을 꿰어 신을 틈 따위는 없었다. 미라의 발이 마당에 닿기 전에 허공을 딛고 떠올랐다. 경호가 문지방을 박차고 벽을 발판 삼아 허공을 직선으로 가르며 들이닥쳤다. 투실투실한 손이 번개같이 발목을 후렸다. 아슬아슬하게 경호의 손끝이 스쳤다. 하얀 발목에 붉은 선이 그어졌다. 미라는 고개를 꺾으며 비명을 질렀다. 추락은 면했지만 가느다란 팔다리가 중심을 잃고 휘청였다. 경호가 몸을 낮췄다. 도약할 참이었다. 잡거나, 놓치거나. 잡히거나, 도망치거나. 다른 선택지는 존재하지 않았다. 그때 무언가가 쐐애액 날카로운 소리를 내며 경호의 뒤통수를 노리고 쏘아져 왔다. 커다란 몸뚱이가 본능적으로 멈칫거리는 찰나, 미라는 몸을 뻗어 더 높이 날아올랐다. 경호를 방해한 그것은 정확히 미라의 손으로 날아들어 왔다.

"도망쳐라! 미라야!"

구복 할배가 마루 끝에 서서 방금 품에서 떨쳐낸 손을 휘어이 저었다. 미라를 보며 발을 구르던 경호가 구복 할배를 향해 이를 드러냈다.

"할배……!"

허옇게 구복 할배가 목을 움츠리고 마루 끝에서 물러났다. 경호가 손끝을 핥으며 마루에 발을 올렸다. 미라는 더 이상 볼 수가 없어 지붕이 둘을 가려 아무것도 보이지 않을 때까지 훌쩍 날아올랐다. 손에 쥐인 것을 놓치지 않는 데에만 신경 쓰며 머리 꼭대기에 솟은 해를 향해 날았다.

경호의 손톱이 독했는지 발목에서 피가 쉽사리 멈추지 않았다. 집 안에 틀어박혀 지낸 10년 동안 동네는 너무 많이 달라졌다. 키 작은 집들과 커다란 나무가 있던 동네는 사람이 없어 휑한 공원과 높디높은 아파트 단지가 차지하고 있었다. 미라는 아파트 단지 가장 그늘진 구석에 있는 놀이터에 숨어들었다. 바닥에 버려진 담배꽁초와 술병을 보면 이곳도 딱히 아이들이 와서 노는 것 같지 않았다. 미라는 플라스틱으로 만들어진 유아용 미끄럼틀 아래 기어들어 가 훌쩍거렸다. 머리끈은 언제 날아갔는지 산발이었고 신발도 없었다. 돈도 없었다. 있는 건 구복 할배가 던져준 그것뿐이었다. 검고, 딱딱하고, 미라가 만져볼 일이 있을 거라고 꿈에도 생각하지 못했던, 텔레비전에서나 보았던 그것. 스마트폰. 미라는 난생 처음 만져보는 스마트폰을 들고 낑낑거렸지만 잠금 해제를 위한 패턴 그리기, 라는 난관을 돌파할 수가 없었다. 점으로 된 것을 이어서 무슨 모양을 만들면 될 것 같은데, 그나마도 네번을 틀리자 기회가 한 번 남았다는 메시지가 떴다. 미라는 무릎을 접어 껴안고 발치에 내려놓은 스마트폰을 보며 닭똥 같은 눈물을 후둑후둑 떨궜다. 황 씨 할매가 원망스러웠다. 좋지도 나쁘지도 않기는커녕 마냥 나쁘지 않은가!

한편으로는 이상하다는 생각도 들었다. 구복 할배가 무슨 돈이 있어 스마트폰을 갖고 있던 것일까. 미라는 학교에 다닐 때도 애들이 슬라이드나 플립이라고 부르던 핸드폰 한 번 가져본 적이 없었다. 경호도 마찬가지였다. 문득 구복 할배도 쓰는 스마트폰을 쓸 줄 모른다는 생각이 들자 미라는 더더욱 서러워졌다.

드르르륵.

갑자기 스마트폰의 화면이 들어오며 요동쳤다. 미라는 허겁지겁 스마트폰을 들었다. 떨리는 손으로 텔레비전에서 보았던 것처럼 초록색 통화 그림을 옆으로 밀었다.

"여, 여보세요?"

— 미라냐?

늘 태평하던 목소리가 가늘게 떨리고 있었지만 분명, 구복 할배였다.

"할배! 괜찮아요?"

— 내 걱정은 하지 말구, 내 말 잘 들어라.

"응, 얘기해요."

미라는 손목으로 눈물을 훔치며 허리를 똑바로 폈다. 전화 너머로 덜크럭, 소리가 났다.

"이게 무슨 소리예요?"

— 동전 떨어지는 소리다, 신경 쓰지 말구…….

"공중전화구나."

— 아무튼 그게 중요한게 아니구…….

구복 할배의 목소리가 작아졌다.

— 너 지하철 탈 줄 알지?

"돈 없어요."

— 어떻게든 지하철을 타야 한다. 지하철 2호선을 타면 용녀 아줌마가 있을 거야. 용녀 아줌마를 만나서…….

구복 할배가 말이 없었다. 동전이 모자라서 찾고 있나? 갑자기 둔중한 소리가 쿵 울리더니 뭔가 긁히는 듯한 소리가 났다.

"할배, 할배! 만나서요? 할배? 만나서 어쩌라는 거예요……"

미라는 스마트폰을 쥐고 울먹였다.

— 뭘 만나?

경호의 목소리가 돌아왔다. 미라가 와악, 소리쳤다.

"야, 할배 바꿔! 너랑 말 안 할 거야!"

— 어쩌냐. 할배는 바빠서 너랑 통화 못할 거 같은데. 그러지 말고 좋은 말로 할 때 집에 들어와.

"너, 내 눈 뽑겠다며."

— 응. 지금 오면 눈만 뽑고 끝낼게.

대단한 은혜라도 베푼다는 듯한 말투였다.

"이 미친놈아! 내가 이 창창한 나이에 애꾸 되겠다고 거길 기어 들어 가겠냐?"

— 오해하고 있구나.

경호가 웃었다.

— 내가 언제 한쪽 눈만 뽑는댔냐? 어느 눈으로 들어갔는지 모르니까 양쪽을 다 뽑아야지.

눈물이 멎었다.

— 네 눈 말고 구복 할배 걱정도 해야지.

소름이 오스스 돋았다. 그때, 다시 덜크럭 소리가 나더니 전화가 끊어졌다. 미라는 통화시간이 깜박거리는 스마트폰을 보다가 이를 악물었다. 어째서 진즉에 끊지 않고 미친 소리를 계속 듣고만 있었나 싶었다. 발목의 피가 얼추 멈춘 것 같았다. 구복 할배가 지하철을 타고 용녀 아줌마를 찾으라고 했다. 미라는, 이번에는 지하철 역을 찾아 날아올랐다.

미라는 지하철 역 입구에 가까운 건물 뒤쪽으로 내려앉았다. 다리와 엉덩이에 달라붙은 모래만 대충 떨어냈다. 맨발로 일수라거나 좋은 만남이라는 글자가 쓰인 알록달록한 종이를 밟으며 조심스럽게 역 건물로 향했다. 해가 쨍하니 내려앉은 보도블록이 뜨거웠다. 오가는 사람이 많아 발에 닿는 뜨거움이 더욱 부끄러웠다. 다리의 상처도 신경 쓰였다. 얼굴도 엉망일 것이 뻔했다. 보이지 않는 막이 있는 것처럼 사람들이 미라를 피해 갔다. 눈이라도 마주치면 더욱 잰걸음으로 스쳐지나갔다. 처음에는 부끄러웠지만 이렇게 되자 도리어 거칠 것이 없었다. 미라는 화장실 거울 앞에서 퉁퉁 부은 눈을 찬물로 적셨다. 헝클어진 머리카락을 손으로 대충 빗어 넘겼다. 거울 속에서 반짝이는 무언가를 본 것 같았지만 눈으로 좇는 순간 사라졌다.

지하철 승차권 자판기 앞에 선 미라는 빈 주머니에 손을 뒤적였다. 그런다고 없는 돈이 생길 리 없었다. 약 십 초간 고민하고, 그만하면 인간의 도리를 다했다고 생각한 그녀는 개찰구에 지하철 직원이 없는 것을 확인하고 홀쩍, 개표기를 뛰어 넘어갔다. 흘끔흘끔 시선이 뒤따랐지만 누구도 제지하지 않았다.

　마침내 지하철 2호선 좌석에 앉아 미라는 다리를 길게 뻗었다. 옆자리에 앉는 사람은 아무도 없었다. 용녀 아줌마를 어떻게 찾아야 할지 감이 오지 않았지만 최소한 놀이터에 숨어 있을 때보다 안전한 것 같았다. 안도감과 함께 잊고 있던 피로가 한꺼번에 밀어닥쳤다. 미라는 꾸벅꾸벅 졸기 시작했다.

　얼마나 잤을까. 고개가 뒤로 꺾이며 유리창에 텅, 소리를 내며 부딪쳤다. 손에서 스마트폰이 달아나 바닥을 굴렀다. 잠이 확 달아났다. 시선이 느껴졌다. 미라는 잽싸게 스마트폰을 줍고 괜스레 아픈 뒤통수를 매만졌다. 입안에 괸 침이 달달했다. 눈을 부비며 정신을 차리려는데 내내 비어 있던 옆자리에 누가 앉아 있었다. 새까만 선글라스를 낀 여자였다. 미라는 여자의 손에 잡힌 흰 스틱과 무릎에 올라간 파란 플라스틱 바구니를 멀거니 바라보았다. 선글라스 아래 야윈 턱이 움직이고 얇은 입술이 벌어졌다.

　"이제 깼구나."

　"용녀 아줌마?"

　"잘됐네. 안 그래도 다다음 정거장에서 내려야 해서 깨우려고 했어."

　용녀 아줌마가 몸을 일으켰다. 바구니에 든 동전이 짤랑거렸다.

"다다음 정거장이라면서 왜 벌써 일어나요?"

"일이나 좀 더 하고 갈까 해서. 천천히 따라와."

용녀 아줌마는 작은 카세트의 전원을 켰다. 찬송가가 흘러나왔
다. 플라스틱 바구니를 앞으로 내밀고 다른 손에 든 스틱으로 전
방 좌우를 툭툭 치며 익숙하게 지하철 칸을 이동했다. 그 뒷모습
을 보던 미라는 용녀 아줌마를 놓칠세라 잽싸게 따라붙었다.

지하철에서 내린 용녀 아줌마는 군데군데 창문이 부서진 빌라
촌으로 들어갔다. 어느새 해가 떨어지고 있었다. 청룡보살이라는
깃발이 걸린 반지하방이 용녀 아줌마의 집이었다.

"아줌마, 청룡보살이 누구예요?"

"나야."

"하지만 청룡에 보살이라니 이상하잖아요."

미라가 갸웃거리자 용녀 아줌마가 아무렇지 않게 답했다.

"청룡선녀도 이상하잖니."

"그거야 그렇지만……."

복도 등도 들어오지 않아 컴컴한 가운데 익숙하게 현관문을
따고 들어간 용녀 아줌마는 신발장 옆에 스틱과 바구니를 내려놓
았다. 미라는 더러워진 발을 어떻게 해야 하나, 쉽게 들어가지 못
하고 어물거렸다. 신발을 벗고 들어간 용녀 아줌마가 화장실 문
을 열어주었다.

"수건은 장에 있다. 일단 씻으렴."

미라는 까치발로 화장실에 갔다. 비누로 살살 흙먼지와 피딱지를 닦아내고 내친 김에 샤워까지 했다. 용녀 아줌마가 헐렁헐렁한 사각팬티와 호피무늬 상의, 알록달록한 꽃무늬 냉장고 바지를 빌려주었다. 모양새가 영 우스꽝스러웠지만 감히 불평할 수 없었다. 용녀 아줌마는 그사이 김치찌개와 멸치볶음으로 밥상까지 차려놓았던 것이다. 하얀 밥에서 몽실몽실 뜨거운 김이 올랐다. 미라의 시선이 밥에 꽂힌 사이, 용녀 아줌마는 다친 다리에 빨간 약을 듬뿍 바르고 붕대를 감아주었다.

치료가 끝나자 미라는 허겁지겁 밥에 달려들었다. 용녀 아줌마는 그 모습을 가만히 선글라스 너머로 바라보았다. 원래도 입을 열지 않으면 무슨 생각을 하는지 알 수 없는 사람이었는데 선글라스까지 끼고 있으니 더욱 아리송했다. 미라는 어느 정도 배가 차자 수저 놀리는 속도를 줄이고 물었다.

"집 안에서도 선글라스 껴요?"

용녀 아줌마가 선글라스를 벗었다. 아줌마의 왼쪽 눈에 하얀 막이 덮여 있었다. 밥숟가락이 멎었다.

"아줌마, 눈이⋯⋯."

"이쪽은 이제 안 보여. 다른 쪽도 시력이 떨어지는 중이야."

"진짜로 안 보이는 거예요?"

용녀 아줌마가 고개를 끄덕이고는 다시 선글라스를 꼈다. 미라는 말을 잃었다. 용녀 아줌마가 집을 나간 이후, 원망은 많이 해보았지만 어떻게 살고 있을지 궁금했던 적은 별로 없었다. 한참을 버벅거리던 미라가 간신히 물었다.

"그럼 지하철에서 진짜……?"

용녀 아줌마가 고개를 끄덕였다.

"그럼 청룡보살은……."

"일 하나만 해서 어떻게 먹고사니. 두세 가지 해야 풀칠하나 못하나 그러지."

대수로울 것 없다는 말투였다. 미라는 숟가락을 밥에 꽂으며 고개를 끄덕였다. 잘 모르지만 그래야 할 것 같았다.

"그런데 혼자 먹고사는 것도 그렇게 힘들어요?"

"누가 혼자라니."

눈 이야기를 할 때도 담담하던 용녀 아줌마의 말투가 확 싸늘해졌다.

"네?"

"구복 할배가 말 안 해?"

"무슨 말이오?"

"집세, 전기세, 수도세, 보험료, 하다못해 쌀이랑 부식비까지, 누구 돈으로 내고 있는지 얘기 안 하더냔 말이야."

목소리에서 얼음덩이가 뚝뚝 떨어졌다. 미라는 구복 할배가 돈을 꾸어 오는 아는 사람이 누군지, 그제야 눈치챘다.

"아줌마가……?"

"그래. 하다못해 네가 들고 있던 스마트폰도 해줬다. 내가 등신이지."

"아."

스마트폰의 출처가 밝혀진 데 대한 감탄인지, 용녀 아줌마가 등신이라는 데 동의한다는 추임새인지 애매한 감탄사를 흘리고 미라는 숟가락을 깨물었다. 말을 들어보니 구복 할배는 하루가 멀다 하고 용녀 아줌마에게 전화로 쌀이 떨어졌다, 경호가 먹을 고기가 떨어졌다, 시시콜콜 귀찮게 한 모양이었다. 그때마다 전화 좀 그만하라고 타박을 놓으면서도 용녀 아줌마는 사달라는 대로 사다 준 모양이다. 이쯤 되면 구복 할배와 용녀 아줌마에게 각각 다른 의미로 존경심이 들 지경이었다. 용녀 아줌마는 보살이 맞았다.

용녀 아줌마는 방구석에 이불을 깔아주었다. 구복 할배에게 들었으니 경호에게서 지켜주겠다고, 마음 놓고 쉬라 했다. 지하철에서 까무룩 잠들었던 탓인지 잠이 오지 않았지만 미라는 시키는 대로 자리에 누웠다. 용녀 아줌마가 미라의 팔을 다독이며 흥얼흥얼 자장가를 불러주었다. 밥의 따뜻함이 배 속에서 후욱 풀어지며 몸의 근육도 함께 늘어졌다. 용녀 아줌마의 목소리가 점점 아득해졌다.

톡, 토그르르르르.

가볍고 딱딱한 것이 가볍고 딱딱한 것에 부딪혀 구르는 소리가 났다. 미라는 그 소리를 알고 있었다. 용녀 아줌마가 쌀점 치는 소리였다. 용녀 아줌마는 궁금한 일이 있을 때면 손끝에 쌀을 쥐고 작은 목탁 위에 흩뿌렸다. 용녀 아줌마는 엎드리듯 몸을 굽혀 목탁에 고개를 가까이 들이밀었다. 하얀 눈이 치켜올라갔다. 쌀알에 닿을 듯이 가까이 간 눈동자에 파르르 경련이 일었다. 숨결이 닿을세라 입술이 가늘게 벌어졌다.

"큰 물에 가기 전에 막아야겠구나."

희미한 웃음이 섞여 있었다. 무슨 소리인지 궁금했지만 몸이 나른해서 힘이 들어가지 않았다. 용녀 아줌마의 손가락이 확인하듯, 목탁 위를 움직여 쌀알을 더듬었다.

"여의, 여의, 여의."

목소리에 의구심이 섞였다.

"가게 두어야 하나. 막아야 하나."

무슨 뜻인지 말해줘요. 미라는 고개를 간신히 돌리고 입술을 달싹였다. 목소리가 나오지 않았지만 대신 목까지 덮인 이불이 바스락거렸다. 용녀 아줌마가 휙, 고개만 돌려 미라를 쳐다보았다. 한 손으로 쌀알을 흩어버리고는 목탁을 밀어 치웠다.

"벌써 일어났니?"

방바닥을 짚고 미라를 향해 기어왔다. 손을 내밀어 머리를 쓰다듬었다. 차가웠다.

"걱정하지 마라. 내가 돌봐줄게."

처음 듣는 다정한 목소리였다. 한기가 이마에서 코로, 코에서 뺨으로, 뺨에서 목으로 흘러내렸다. 무언가에 꽁꽁 묶인 듯 꼼짝달싹할 수 없었다. 가위에 눌렸나 싶어 미라는 손끝에 힘을 주었다. 용녀 아줌마가 혀를 날름이며 웃었다.

"애쓰지 마라. 내가 돌봐준대두."

미라가 끙끙대며 뒤척이자 용녀 아줌마가 속삭였다.

"넌 그게 깃든 네 눈만 다오."

미라는 눈을 번쩍 떴다. 정신은 완전히 돌아왔지만 몸은 여전히 움직일 수 없었다. 용녀 아줌마의 긴 몸통이 숨 쉴 때마다 부풀었다 줄었다 하며 미라의 몸을 중심으로 반 지하방을 가득 사려 채우고 있었다. 꿈이 아니었다. 스르르르륵, 푸른 비늘끼리 마찰하며 몸통이 죄어들었다. 미라는 발버둥쳤다.

"아줌마? 왜 이러는 거예요?"

"좋지도 나쁘지도 않다."

용녀 아줌마가 비늘을 떨며 웃더니 끝이 갈라진 혀로 쉭쉭거렸다.

"황 씨 할매가 네게 그랬지. 하지만 내게는 '나쁘다'고 했단다. 그놈의 집구석을 나오자 눈도 멀어가고, 망할 할배에게 등골은 등골대로 빨리고, 내 살 수가 없어 생각했지. 이래서 나쁘다 했나? 하지만 오늘 일을 듣고 나니 알 듯하더구나. 내 그 집을 나오는 바람에 거울에서 나온 그것을 손에 넣을 수 없게 되었으니 그것이 나쁜 일이로구나, 하고 말이야."

"그래도 우린 가족이잖아요! 이러면 안 돼요!"

미라가 애원했다. 용녀 아줌마의 몸이 슬쩍 풀어진 듯했다. 하지만 곧 다시 단단히 죄고는 답했다.

"애초에 근본이 다른 것들을 황 씨 할매가 억지로 한 집에 밀어 넣고 가족이라고 부른 것뿐이다. 괜찮다."

"그, 그럼 모르는 사이도 아니고 아는 사이에 해치면 안 돼요!"

"아가, 원래 해코지는 아는 사이에 하는 거란다. 생판 모르는 사람이 생판 모르는 남을 해코지하면 얼마나 어이없고 무섭겠니."

나긋나긋하게 말하며 용녀 아줌마가 몸을 더욱 죄어왔다. 미라는 숨이 막혀 컥컥거렸다. 갈비뼈가 부러질 것 같았다. 용녀 아줌마는 고통으로 찡그린 미라의 눈을 황홀하게 들여다보았다.

"보여, 보이는구나. 네 눈 속에 구름을 타고 노니는 용이 있구나……!"

하지만 미라는 눈앞의 우윳빛 구슬 같은 눈동자로 아무것도 읽을 수 없었다. 발톱이 달린 손이 미라의 머리를 끌어안았다.

"걱정하지 마라. 앞이 보이지 않는 것도 익숙해지면 지낼 만하단다."

용녀 아줌마의 입이 크게 벌어지며 송곳니가 눈으로 가까이 다가왔다. 미라는 다가올 통증을 상상하며 무력하게 비명을 질렀다.

와장창.

반지하 창문이 부서졌다. 쿵 소리를 내며 커다랗고 허연 사내가 들이닥쳤다. 갑자기 등장한 훼방꾼에게 용녀 아줌마는 목을 세우며 캬악, 위협했다.

"결국 도망쳐서 이 꼴이냐? 그러게 전화했을 때 들어오지."

경호가 이죽였다. 미라는 대답하지 못했다. 옴짝달싹 못하고 밭은 숨을 들이켜는 게 고작이었다.

"여길 어떻게……. 설마 구복이 알려줬나?"

용녀 아줌마의 말에 경호가 붕대 감은 미라의 다리를 보며 이를 드러내고 웃었다.

"할배가 입을 안 열길래 피냄새를 따라왔지."

용녀 아줌마는 허연 눈을 치뜨며 경고했다.

"네가 내게 조금이라도 고마운 마음이 있다면……."

하지만 말을 끝내기도 전에 경호가 덤벼들었다.

"다 팽개치고 도망간 주제에 고맙긴!"

구복 할배는 경호에게도 언질이 없었던 모양이다. 경호의 팔뚝이 팽팽해지며 굵은 손가락이 용녀 아줌마의 목을 움켜쥐었다. 비늘 달린 몸통이 퍼덕이며 미라를 팽개쳤다. 문지방에 처박힌 미라는 몸을 웅크리고 헐떡였다. 온몸의 근육과 뼈마디가 통증을 호소했다. 미라는 휘청거리는 팔다리로 바닥을 짚어 버르적거리며 기었다. 미라가 도망치자 마음이 급해졌는지 용녀 아줌마는 긴 꼬리로 경호의 허리를 감고 경호를 떼어내려 했다. 경호는 어금니를 깨물고 방바닥에 발을 박았다. 그리고 한 손으로는 용녀 아줌마의 목을 쥔 채로, 다른 손으로 꼬리를 움켰다. 용녀 아줌마가 입을 벌려 경호의 목을 노렸지만 피하는 대신 손아귀에 더욱 힘을 주었다. 허연 손가락이 푸른 비늘 틈을 뚫고 들어가며 피가 튀었다. 크아아아악! 용녀 아줌마의 커다란 몸통이 들썩이며 분노에 찬 절규가 터져 나왔다.

"네 이놈……! 구보오오오옥!"

경호는 자신의 이름이 아니라 엉뚱한 구복의 이름을 부르는 용녀 아줌마가 이상했는지 피식 웃었다. 미라는 신발장으로 기어갔다. 곧, 절규의 꼬리를 먹어치우며 우드드득, 하는 소리가 튀어나왔다. 현관을 나와 계단을 오르던 미라는 흠칫, 뒤를 돌아보았다. 설마 하는 사이 피에 물든 푸른 머리통이 날아와 픽, 하고 미라의 다리를 때렸다. 미라는 그대로 계단에 엎드러졌다. 순간 눈앞이 깜깜해지며 숨을 쉴 수 없었다. 입가에서 침이 흘러내렸다. 미라는 구겨진 채 계단에 누워 경호가 나오는 것을 보았다. 경호는 얼굴과 목에 묻은 피를 손으로 문질러 닦았다. 미라는 입을 크게 벌려 비명을 질렀다. 하지만, 한심할 정도로 조그만 흐느낌이 대신 기어 나왔다. 경호가 문가에 처박힌 머리통을 주워 들었다.

잡히면 죽는다. 눈 정도로 끝나는 것이 아니라 죽을 것이다.

미라는 마지막 힘을 짜내 계단을 기어올랐다. 간신히 마지막 계단에 몸을 올린 순간, 다시 한 번, 머리통이 미라를 노리고 날아왔다. 미라는 차갑고 푸른 밤 공기 속에 몸을 던졌다.

숨을 쉴 때마다 오른쪽 가슴이 아파왔다. 미라는 기침을 뱉고 다시 기운을 쥐어짰다. 소리는 들리지 않지만 알 수 있었다. 경호가 따라오고 있었다. 지치고 방심하여 땅에 내려오면 그때 붙잡을 심산이리라. 어디까지 쫓아왔는지 돌아볼 기운도 없었다. 고개를 돌리면 휘청이다 떨어질 것 같았다. 피범벅이 된 용녀 아줌마의 머리가 떠올라, 미라는 밤하늘에 하얀 김을 뿜으며 어흐흑, 울었다. 제 눈을 뽑겠다 할 때부터 제정신이 아닌 줄은 알았지만 이 정도일 줄은 몰랐다. 돌보아줄 테니 눈을 내놓으라던 용녀 아줌마가 다정하게 느껴질 지경이었다. 결국, 경호가 용녀 아줌마의 말을 끝까지 들을 정도의 인내심이 없다는 것이 아줌마에게 나쁜 일이었다. 그 때문에 경호도, 그동안 자기가 먹어 치웠던 고기가 전부 누구 주머니에서 나온 줄도 모르고 미친 짓을 저질렀다. 나쁜 일이었다. 온통 나쁜 일이었다. 기운이 점점 떨어져갔다. 그때 미라는 용녀 아줌마가 쌀점 치던 소리를 떠올렸다.

큰 물에 가기 전에 막아야겠구나.

큰 물로 가자. 미라는 멀리 색색의 불빛을 가득 품고 어른거리는 강으로 향했다. 새벽의 축축한 공기가 강바람에 실려 얼굴을 때렸다. 강 위로 날아오르자 첨벙 하는 소리가 들린 것 같았다. 헤엄도 칠 수 있었나. 지방이 많으니 물에 잘 뜨겠지. 웃음도 나오지 않는 시답잖은 생각을 하며 미라는 한강 위를 날았다. 누가 볼까 염려할 틈도 없었다. 지쳐서 추락하기 전에 경호가 먼저 지치거나 포기하길 기대하는 수밖에 없었다. 시야가 점점 흐려졌다. 저 멀리 강 한가운데 높이 솟은 무언가가 보였다. 미라는 마지막으로 저걸 목표 삼아 도망치자, 정신을 다잡았다. 저 높은 건물 위에 올라앉으면 경호가 아무리 빨리 쫓아온다 해도 얼마간 쉴 시간을 벌 수 있을 터였다. 미라는 건물만 보고 힘껏 기류를 탔다. 바람에 올라앉은 잠깐 사이, 아래를 내려다보자 시커먼 강물을 가르며 움직이고 있는 허옇고 둥그런 것이 보였다. 경호였다. 이젠 징글징글하다는 생각도 들지 않았다. 목표로 삼은 곳으로 가서 쉬겠다는 목적만이 미라를 날게 했다.

점점 건물이 커졌다. 황혼빛 유리창으로 가득 덮인 몸체가 길게 하늘로 뻗어 있었다. 목표를 확인한 미라의 입가에 웃음이 한 조각 걸렸다. 63빌딩이었다. 여의도구나. 여의, 여의, 여의 중얼거리던 용녀 아줌마의 목소리가 떠오르자 웃음이 커졌다. 미라는 홰를 치며 숨을 골랐다. 강에서 튀어나온 경호가 푸르륵, 물을 털어내고 숫제 네 발로 달려왔다. 지친 미라의 발이 땅에 닿을 듯, 떨어질 듯 아슬아슬했다. 경호가 얼굴을 시뻘겋게 붉히며 전력으로 달겨 들었다. 미라는 마지막 힘을 다해 성한 다리로 땅을 차고 올랐다. 건물벽을 타고 위로 위로 솟구쳤다. 해가 떴다. 금빛 벽에 날아오르는 미라의 몸이 비추어졌다. 미라는 처음으로 자신이 나는 모습을 보았다.

그 눈 속에 어린 빛이 터져 나와 거대한 거울에 비꼈다.

그것은 거대한 새였고, 뱀이었고, 용이었고, 범이었으며, 거북이이자 사람이었다. 미라였고, 경호였고, 구복이었고, 용녀였고, 황 씨 할매였다. 모두이기도 하고 누구도 아니었다. 그것은 형상을 바꾸며 거울 속에 잠겼다가 아침 햇빛과 함께 구름처럼 흐려져 하늘로 녹아버렸다.

좋지도 나쁘지도 않았다.

미라는 왈칵 울며 웃으며 정신의 끈을 놓았다.

아프고 불편한 곳도 있었지만 뜨끈뜨끈하고 푹신한 데다 기분 좋게 흔들리고 있었다. 미라는 늘어져 있던 팔을 뻗어 저를 받치고 있는 무언가를 끌어안았다. 갑자기 흔들림이 딱 멈췄다.

"깼나?"

미라의 몸이 굳었다. 눈을 떠보니 경호의 등에 업혀 있었고 끌어안은 것은 세 번 접힌 경호의 목이었다. 어쩔 줄 몰라 슬그머니

팔을 푸는데 경호가 말했다.

"됐다. 업기 편하게 다시 둘러."

팔을 두르자 경호가 다시 걷기 시작했다.

"어떻게 된 거야?"

"너 63빌딩에서 떨어져서 죽을 뻔했어."

"그래서?"

"보면 모르냐. 내가 받았지."

"어디 가는 거야?"

"집에 가야지."

좀 전까지 죽이네 사네 하던 경호가 미라를 구하고, 아무 일도 없었던 것처럼 집으로 간다고 하는 것이 꿈같았다. 하루 동안 정신도 많이 잃고 이상한 일도 많이 겪었으니 이번에도 그러지 말라는 법은 없을 것 같아 미라는 손끝에 힘을 주었다. 깨어날 기미가 없었다. 미라가 꼼지락거리자 불편했는지, 경호가 투덜거렸다.

"가만히 좀 있어. 그나저나 너 옷이 이게 뭐냐. 업고 가기 쪽팔리게."

그러고 보니 용녀 아줌마가 빌려준 호피무늬 상의에 꽃무늬 냉장고 바지를 그대로 입고 있었다. 용녀 아줌마에 생각이 닿은 미라는 집에 가면 구복 할배가 비슷한 모양을 하고 죽어 있는 걸 보아야 하는 게 아닌가 겁이 났다.

"구복 할배는? 가만 안 둔다며?"

"너한테 전화하다가 도망쳐서 어디로 꼭꼭 숨었는지 나도 모르겠다. 기다리면 집에 오겠지."

최소한 구복 할배에게는 아무 일이 없었다는 것을 확인하고
나자 아무래도 좋다는 기분이 들었다. 미라는 경호의 둥그런 어
깨에 머리를 묻고 물었다.

"그거 봤어?"

경호가 다시 멈췄다.

"봤어. 그게 그거지?"

"아마도."

"그럼, 헛게 아니었던 거지?"

경호가 이를 사려 물고 다시 물었다. 미라가 중얼거렸다.

"응. 착각도, 꿈도, 헛것도 아니었어."

갑자기 경호의 몸이 흔들리며 받치고 있던 손을 빼는 바람에
미라는 주욱, 미끄러져 내렸다. 당황한 미라가 경호의 목을 꽉 붙
드는 사이, 잽싸게 얼굴을 훑은 경호의 손이 미라의 다리를 받쳤
다. 경호가 말없이 걷기 시작했다. 다리를 받친 손이 축축하고 뜨
겁고 미끌미끌하기까지 했지만, 미라는 아무 말도 하지 않고 팔
에 힘을 주어 목을 단단히 안았다.

■ 거 울 바 라 기 는 ……

환상문학웹진 거울의 창간 10주년을 기념하기 위해 마감에 쫓기며 신나게 썼다. 그래서 주인공 이름이나 시간 설정 같은 것에 소소한 장난거리가 꽤 들어갔지만 몰라도 상관없다. 인도 액션 영화를 보면 필요 이상으로 잔인하고 극단적이면서 엔딩은 갑자기 훈훈하다. 그게 재미있어서 내 식대로 풀어 보았다.

환상문학웹진 거울 119호와 2014 거울 대표단편선 『여행가』에 실렸다.

온우주
단편선

권민정 작가가 이름을 알린 것은 2000년 장르문학웹진 이매진 단편공모전에서 대상을 수상하면서이다. 그러나 그 작품이, 이 작가가 이야기구조를 가진 단편을 쓴 지 세 편 만에 나온 작품이라는 것을 아는 사람은 많지 않을 것이다. 나는 운 좋게도 이 작가가 처음 글을 쓸 때부터, 여러 작품을 모아 작품집을 내는 지금까지 함께할 수 있었다. 그만큼 감회도 의미도 색다르다.

이 작품집의 사소한 의의 중에 하나는, 공동단편집으로 묶기에는 여의치 않아 볼 수 없었던 권민정 작가의 재치 발랄한 엽편과 단편을 만날 수 있다는 점을 들 수 있다. 「나하의 거울」이나 「우주화」 「윤회의 끝」과 같은 작품들에서는 권민정 작가의 진중하고 묵직하며 조금은 냉소적이고 비관적인 세계를 만날 수 있다. 그렇다고 우울함에 빠지지는 않는 이 작품들을 앞에 배치한 것은 작가의 재치와 발랄함을 만나기 전에 일단 그의 세계를 진지하게 보아주길 바라는 마음에서다.

「지구를 돌아오다」까지가 이러한 작품들을 만날 수 있는 작품집의 1부 능선이라면, 그 뒤로 「K 씨의 개인사정으로 이번 호의 연재는 쉽니다」부터 「고양이 나라의 마녀」까지는 때로 쓸쓸하고, 때로 앙증맞고 귀엽다는 차이가 있을 뿐 재치와 은유로 가득한 2부 능선이라고 할 수 있다. 작가 본인은 쉽게 썼기 때문인지 이

2부에 열광하는 나를 비롯한 지인들의 반응을 잘 이해하지 못했다고 작품 후기에 썼는데, 그저 허무하지 않고 너무 비약적이지도 않은 엽편은 만나기 어려운 법이며 권민정 작가의 전매특허라고 볼 수 있어 매우 기껍게 2부 능선에 들어갈 작품들을 골랐다. 「기사의 사랑」처럼 가볍지만 통렬한 현실 은유, 「엄마는 고양이야」처럼 귀여운 상상을 만날 수 있다.

마지막의 두 작품 「누구의 포크인가」 「거울바라기」는 장대하고 다양한 면모를 만날 수 있는 꼭대기 능선으로, 「누구의 포크인가」는 술술 읽혀서 알기 어려우나 상당한 분량을 자랑하는 작품이고 「거울바라기」는 안에 숨은 의미와 마지막의 스케일이 예상보다 크고 전개가 특이한 작품이다.

작품 수가 많은 만큼 집중도를 잃지 않으면서도 처음부터 끝까지 심심하지 않게 읽을 수 있도록 여러 번 배치를 바꾸었던 만큼 독자에게 편하게 다가가는 동시에 권민정이란 작가의 팔색조 매력을 효과적으로 선보이게 되기를 희망한다.

온우주 단편선을 처음 기획하며 내부에서 이야기하기로는 그저 가볍게 집어 들어 한 편씩 쿠키처럼 집어 읽을 수 있기를 희망했는데, 권민정 작가의 작품집이 그 의도에 참으로 부합하지 않나 싶다. 갑자기 집어 아무 데나 펼쳐 읽어도 무방한 것이 단편집의 묘미이니 원하는 대로 즐기시되, 어느 곳부터 펼치든 간에 그 작품이 이 작가의 전부가 아니란 점만 유념해주시면 감사할 것이다.

처음 글을 쓴 것이 1998년이었다. 그땐 학생이었고 글은 특별한 사람만 쓰는 것인 줄 알았다. 그 기준으로 나는 읽는 사람이었지 쓰는 사람은 아니었다. 그래서 내가 쓴 것은 전부 낙서 같았고 부끄럽기만 했다. 지금도 부끄럽다. 예전보다 뻔뻔해졌다고 생각하지만 아직도 끝없이 부끄러워하던 내가 남아서 이렇게 작가 후기를 쓰고 있다는 사실을 견디지 못하고 숨고 도망치고 싶어 한다.

글 쓰는 것은 어찌나 힘들고 고통스러운지. 들어가는 에너지는 엄청나지만 나오는 것은 몇 글자 안 된다. 써야 할 외부적인 이유가 없으면 쓰게 되지도 않는다. 때문에 더더욱 쓰는 사람이기에는 부족하다고 생각했다. 좋은 결과를 얻으려면 성실성과 생산력을 겸비해야 하니까. 그럼에도 불구하고 이렇게 모아보니 부끄럽다고 하면서 그 부끄러운 것을 다 쓰고, 힘들다면서 하고 싶은 것은 다 하고 놀았구나 싶다.

연습장 노트에서 PDA, 넷북과 데스크탑으로 글 쓰는 도구도 달라졌다. 작품 후기에서 썼던 것처럼 작년에 하드도 한 번 날려먹었다. 출판제의가 들어오고 나서 부랴부랴 인터넷 검색을 통해 예전에 올렸던 글을 찾아내고 프린트해두었던 것, 책에 실었던 것을 일일이 손으로 타자 쳐서 옮기는 삽질을 했다. 덕분에 심각하게 이상한 문장들이 편집장님의 손에 들어가 놀림감이 되는 일을 막을 수 있었다. 그러나 검색과 발굴로도 아직까지 찾아내지 못해서 수록 물망에조차 올리지 못한 글도 있다. 떠올리기 싫을 정도로 엉망인 것도 있지만 꽤 좋아하는 글도 포함되어 있기에 부디 옷장 위의 박스나 책장 뒤쪽에서 언젠가 발굴할 수 있기를 희망한다. 다시 한 번 강조하지만 Ctrl+S와 이중 백업의 생활화는 절대 잊어서는 안 될 진리이다.

내가 장르 소설을 좋아하는 것은 게임과 같기 때문이다. 쓰는 사람도 보는 사람도 읽는 모든 것이 허구라는 룰을 알고 있다. 누군가 속이기 위해서 괴로워할 필요도 없고, 속았다고 죄책감을 느낄 필요도 없다. 허술하면 허술한 대로, 그럴싸하면 그럴싸한 대로 따라가며 만드는 이도 즐기는 이도 재미있기를 바랄 뿐이다. 불꽃놀이처럼 터지기를 바라지는 않는다. 부끄럽고 힘들었고 부족한 글들이 어딘가에 닿아 찰나라도 즐거움을 빚어낼 수 있다면 좋겠다.

책이라면 만화책이라도 보게 두어준 가족들에게 감사한다. 누구나 누릴 수 있는 행복이 아니었다. 처음으로 글을 쓰게 해주었던 언니들, 취향 차에도 불구하고 글을 읽고 반응해주었던 친구 지선, 환상문학웹진 거울의 모든 분들, 온우주 사장님, 온우주 편집장님, 온우주 디자이너님, 카메라 공포증이 있는 피사체를 프로필 촬영해주셨던 사진작가님, 이 책을 읽으실 분들을 포함하여 만난 사람들, 만나지 못하는 사람들 전부에게 감사드린다. 언제나 건강하고 책 한 권쯤이야 얼마든지 곁에 두고 읽을 여유가 넘치는 삶을 사시길 바란다.

우주화

권민정 작품집

초판 1쇄 펴낸날 2014년 5월 9일

지은이 권민정
펴낸이 이규승
엮은이 최지혜
디자인 이경진

펴낸곳 온우주
등록번호 제215-93-02179호
주소 138-847 서울시 송파구 석촌동 284-2 501호 (백제고분로40길 4-7 501)
전화 02-3432-5999
팩스 02-6442-3432
홈페이지 www.onuju.com | onuju@onuju.com

ISBN 978-89-98711-16-0 03810